GÉRARD DE VILLIERS

S. A. S.

LE TRÉSOR DU NÉGUS

LON

ISBN : 2-259-00221-8

S. A. S.

LE TRÉSOR DU NÉGUS

DU MÊME AUTEUR

CHEZ LE MÊME ÉDITEUR

S. A. S. A ISTANBUL
S. A. S. CONTRE C. I. A.
SAMBA POUR S. A. S.
OPÉRATION APOCALYPSE
S. A. S. RENDEZ-VOUS A SAN FRANCISCO
S. A. S. LE DOSSIER KENNEDY
S. A. S. BROIE DU NOIR
S. A. S. CARAÏBES
S. A. S. A L'OUEST DE JÉRUSALEM
S. A. S. L'OR DE LA RIVIÈRE KWAÏ
S. A. S. MAGIE NOIRE A NEW YORK
S. A. S. LES TROIS VEUVES DE HONG KONG
S. A. S. L'ABOMINABLE SIRÈNE
S. A. S. LES PENDUS DE BAGDAD
S. A. S. LA PANTHÈRE D'HOLLYWOOD
S. A. S. ESCALE A PAGO-PAGO
S. A. S. AMOK A BALI
S. A. S. QUE VIVA GUEVARA
S. A. S. CYCLONE A L'ONU
S. A. S. MISSION A SAÏGON
S. A. S. LE BAL DE LA COMTESSE ADLER
S. A. S. LES PARIAS DE CEYLAN
S. A. S. MASSACRE A AMMAN
S. A. S. REQUIEM POUR TONTONS MACOUTES
S. A. S. L'HOMME DE KABUL
S. A. S. MORT A BEYROUTH
S. A. S. SAFARI A LA PAZ
S. A. S. L'HÉROÏNE DE VIENTIANE
S. A. S. BERLIN CHECK POINT CHARLIE
S. A. S. MOURIR POUR ZANZIBAR
S. A. S. L'ANGE DE MONTEVIDEO
S. A. S. MURDER INC. LAS VEGAS
S. A. S. RENDEZ-VOUS A BORIS GLEB
S. A. S. KILL HENRY KISSINGER!
S. A. S. ROULETTE CAMBODGIENNE
S. A. S. FURIE A BELFAST
S. A. S. GUÊPIER EN ANGOLA
S. A. S. LES OTAGES DE TOKYO
S. A. S. L'ORDRE RÈGNE A SANTIAGO
S. A. S. LES SORCIERS DU TAGE
S. A. S. EMBARGO
S. A. S. LE DISPARU DE SINGAPOUR
S. A. S. COMPTE A REBOURS EN RODHÉSIE
S. A. S. MEURTRE A ATHÈNES
L'IRRÉSISTIBLE ASCENSION DE MOHAMMAD REZA SHAH D'IRAN

AUX PRESSES DE LA CITÉ

LES SOUCIS DE SI-SIOU
PAPILLON ÉPINGLÉ
LES DOSSIERS SECRETS DE LA BRIGADE MONDAINE
LA MORT AUX CHATS
LES DOSSIERS ROSES DE LA BRIGADE MONDAINE

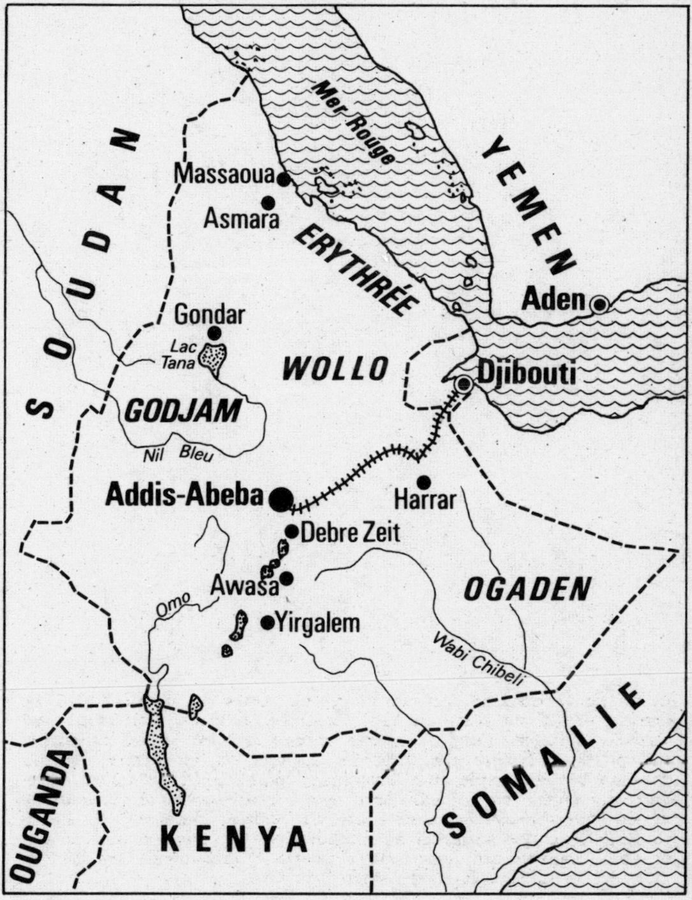
Mer Rouge
SOUDAN
YEMEN
Massaoua
Asmara
ERYTHRÉE
Aden
Gondar
Lac Tana
WOLLO
Djibouti
GODJAM
Nil Bleu
Addis-Abeba
Harrar
Debre Zeit
Awasa
OGADEN
Omo
Yirgalem
Wabi Chibeli
SOMALIE
OUGANDA
KENYA

CHAPITRE PREMIER

Le regard de Malko glissa de l'affiche punaisée au mur vantant les joies du tourisme en Ethiopie par le biais d'une superbe Danakil aux cheveux hirsutes, à la peau très sombre et à la poitrine fabuleuse, jusqu'à la princesse Chewayé Mekonnen, assise sur le lit en face de lui.

Elle aurait pu poser pour l'affiche. Le mouvement qu'elle fit en se penchant pour prendre un paquet de cigarettes sur la table basse fit s'écarter les pans de son haut de soie marron, presque de la couleur de sa peau. Révélant les seins lourds, aigus, très légèrement tombants. L'Ethiopienne leva vers Malko ses prunelles sombres, noyées par le *tej* [1] :

— A quoi pensez-vous?

Il se souvint à temps de sa bonne éducation et dit en souriant, d'une voix presque normale :

— Au contraste entre cette affiche et votre raffinement.

Le lit sur lequel ils étaient assis n'était qu'un chatoiement de satin : trois draps, deux mauves, un noir, l'un faisant couverture. Le *nec plus ultra* du luxe. Sans répondre, Chewayé rejeta le torse en arrière, prenant appui sur ses mains. De nouveau, la soie se

[1] L'hydromel.

colla étroitement à la peau café-au-lait, sculptant les moindres détails.

Malko avait encore les yeux fixés sur cette poitrine presque irréelle à force d'être parfaite lorsque la princesse Chewayé changea de position. Le frottement de son pantalon de satin sur le drap mauve produisit un crissement si sensuel qu'il fit évaporer d'un coup deux mille ans de civilisation. Malko, aussi, avait pas mal abusé du *tej*, sans parler du *guder*, le vin éthiopien à 14° que les serveurs du *Kekob* versaient comme de l'eau. Depuis sa sortie du restaurant, il planait dans une euphorie totale. La princesse Chewayé ne valait pas mieux. Elle avait eu du mal à descendre l'unique étage qui séparait son studio du restaurant. L'altitude multipliait les effets de l'alcool, accélérant les battements du cœur, engendrant une bizarre oppression. Malko vida son cerveau des raisons qui l'avaient amené en plein cœur de l'Afrique, à Addis-Abeba, capitale de l'ex-royaume d'Ethiopie. Il se pencha vers la princesse Chewayé, prit les deux pans de son haut, noués sur son estomac, et tira d'un coup sec.

La soie s'ouvrit, n'étant retenue par aucun bouton, glissant le long des seins. La princesse Chewayé ne fit rien pour se recouvrir. Sa poitrine jaillissait de la soie comme deux globes de marbre, semblable à celle de l'affiche, dominant l'immense lit bas : les yeux sombres de l'Ethiopienne se posèrent sur Malko. Sa cigarette fumait entre ses doigts :

— Vous êtes content?

Cela faisait une semaine qu'ils dînaient tous les soirs ensemble. Ils avaient flirté, sur la piste de danse du *Hilton*, mais leur intimité n'avait jamais été plus loin. Jamais, non plus, la princesse Chewayé ne s'était habillée de façon aussi provocante.

— Non, dit Malko.

Il allongea le bras et fit courir les doigts de sa main droite sur la peau satinée des deux seins, en effleurant les pointes, écartant encore plus la soie, s'attardant à leur courbe pleine et ferme. La princesse Chewayé eut un sursaut bref, comme si on l'avait brûlée, et se leva d'un bond, échappant à la caresse trop précise. Malko laissa retomber son bras, avec l'impression qu'une bétonnière venait de se décharger dans son estomac. Frustré et ivre de rage. Il avait horreur des allumeuses. Pour se donner une contenance, il se leva à son tour et alla se poster près de la fenêtre, admirant tout l'est de la ville et l'avenue Ménélik déserte, huit étages plus bas. Du restaurant *Kekob*, au dernier étage du building, on avait une vue panoramique de la ville. Le couvre-feu n'entrait en vigueur qu'à minuit, mais, dès dix heures, il n'y avait plus un chat dans les rues d'Addis-Abeba. En dépit des étoiles, le ciel semblait écraser d'une chape sinistre la ville morte, *patchwork* de palais, de bidonvilles et de gratte-ciel comme celui où se trouvait Malko. Il n'y avait pas vraiment de centre, Addis-Abeba [1] ayant été construite autour des différentes enceintes concentriques du camp retranché de l'empereur Ménélik, au siècle précédent.

Des chiens se mirent à aboyer furieusement dans un des innombrables bidonvilles. Malko s'était un peu calmé. Au moment où il se retournait, une odeur douceâtre frappa ses narines.

Un bouquet de bâtonnets d'encens brûlait dans un petit vase à côté de l'immense lit. Les volutes de fumée semblaient s'enrouler autour de la princesse Chewayé. Celle-ci, totalement nue, allongée sur le côté, la tête appuyée sur un coude, fixait Malko avec une expression malicieuse. Même dans cette

[1] La « Nouvelle Fleur », en amarik.

position, ses seins continuaient à pointer à l'horizontale. Un flot d'adrénaline balaya instantanément l'essoufflement dû aux 2 400 mètres. Le spectacle qu'il avait sous les yeux semblait sorti tout droit de la lampe magique d'Aladin : les murs recouverts de fourrure blanche jusqu'au plafond, le chatoiement du satin noir et mauve, cette jeune princesse soudain aussi impudique que belle. Tout cela contrastait tellement avec cette ville exsangue, terrifiée et primitive où on se tuait à tous les coins de rue, parmi des troupeaux d'ânes errant au milieu des automobiles, où les coyotes pullulaient dans les jardins des ambassades.

Le minuscule studio surchauffé et douillet était un Shangri-La de rêve, inattendu au milieu de cette désolation.

Pour la première fois depuis son arrivée à Addis-Abeba, Malko se félicita d'avoir, une fois de plus, dit « oui » à la Central Intelligence Agency. Il ne réalisa pas qu'il se déplaçait. Mais, quelques secondes plus tard, sa main courait sur la peau satinée et tiède, reprenant sa caresse là où il l'avait laissée. La bouche sèche, le ventre en feu. Sauf pour ses cheveux crépus, la princesse Chewayé aurait pu passer pour une Européenne très bien bronzée. Les prunelles sombres suivaient les doigts qui la frôlaient. Les pans de ses narines battaient spasmodiquement, révélant son trouble. Son épaisse lèvre supérieure se retroussa soudain sur ses dents, comme un fauve, et elle murmura :

— Doucement...

Malko abandonna la poitrine de marbre marron glacé, descendit le long du ventre plat qui palpitait furieusement. Les longues cuisses charnues s'ouvrirent toutes seules. La jeune femme s'était laissé aller en arrière, les yeux ouverts. Comme les doigts de Malko jouaient cruellement avec son ventre, elle se redressa, et, avec des gestes de noyée, entreprit de lui arracher ses vêtements. Il interrompit ses caresses pour l'aider, agenouillé sur la peau de zèbre qui entourait le lit.

Sa position inconfortable était volontaire. Il se sentait incapable de résister à son désir, s'il se retrouvait à côté de Chewayé. Il avait envie de faire durer ce plaisir délicat. Sans changer de position, il fit glisser le long corps flexible vers lui sur le satin, les jambes de part et d'autre de sa tête. Lorsqu'il s'inclina sur elle, Chewayé voulut l'écarter, murmurant :

— Non, non, pas ça.

Elle ajouta des mots décousus en amarik, feulant comme un félin, les jambes dans le vide, les doigts agrippés aux draps de satin, agitée de brusques soubresauts. Lorsque la bouche de Malko l'atteignit, ce fut comme si on l'avait branchée brutalement sur un courant électrique. Son torse se redressa avec une force incroyable, les muscles de son ventre se raidirent d'un coup, ses bras balayèrent l'air et se refermèrent sur la nuque de Malko, l'arrachant d'elle, le tirant sur son corps, le forçant à se relever. Il n'y avait pas une ouverture de son corps qu'elle n'offrît à ses amants, mais son éducation religieuse copte la paralysait sur certains points. Puis, de nouveau, elle se laissa glisser en arrière, l'attirant sur elle. D'une façon si naturellement habile que leurs sexes se trouvèrent sans le moindre geste supplémentaire.

Malko l'envahit d'une seule poussée, jusqu'à ce que leurs os se heurtent. Sans effort. La princesse Chewayé sursauta comme si on lui avait enfoncé un pieu rougi dans le ventre. Ses cuisses fuselées se replièrent comme pour s'ouvrir encore plus. Ses mains partirent à la recherche de Malko, se nouant avec violence autour de sa nuque. Son ventre se creusait sous lui, comme pour l'aspirer. Il se redressa, toujours à genoux, pour arracher sa nuque à l'étreinte de sa partenaire. Il empoigna brutalement ses hanches, la soulevant vers lui et la forçant à reposer ses pieds sur le sol. La tenant ainsi, il se retira d'elle. Puis il revint de nouveau. Chewayé feulait, les yeux fermés, ses reins s'écrasaient sur les draps de satin, sous les coups lents et profonds. Mais cela ne lui suffisait pas. Elle se mit à gémir d'une voix saccadée :

— *Tolo, tolo*[1].

Ses reins glissaient d'avant en arrière et d'arrière en avant sur le satin noir, avec un bruit humide et doux. Les ongles de la jeune princesse crissaient sur le satin qu'elle tenait à pleines mains. Elle égrenait des mots amariks qui n'étaient sûrement pas à mettre dans toutes les oreilles... Plusieurs fois, Malko sentit Chewayé au bord de l'orgasme. Elle le repoussait brièvement alors pendant quelques secondes pour le reprendre aussitôt. Cela aurait pu encore durer longtemps s'il n'avait commis l'imprudence d'enfouir son visage entre les seins de marbre brûlant.

Les bras de Chewayé se refermèrent autour de lui, comme des tentacules. Le contact contre son visage de la peau satinée et ferme acheva de lui faire perdre le contrôle de lui.

Oubliant toute douceur, il se mit à la labourer furieusement, dans un halo de sueur et de parfum, dérapant sur le satin, s'échappant même d'elle. Ils roulèrent l'un sur l'autre dans une mêlée confuse. Malko glissait, ne trouvant pas de point d'appui. Le satin, cela n'avait pas que des avantages.

Enfin, il parvint à accrocher ses pieds dans un

[1] Vite, vite.

repli du troisième drap, trouvant un point d'appui solide qui lui permit de la pénétrer encore plus violemment. Comme si elle n'avait attendu que cela, les jambes de Chewayé s'entrecroisèrent aux siennes, dans un nœud reptilien. Ils glissaient l'un contre l'autre, dans la position du missionnaire déchaîné, les seins de marbre paraissant prêts à trouer la poitrine de Malko. La bouche de Chewayé trouva son visage, une langue brûlante et agile s'enfonça dans son oreille comme un dard électrique. C'est elle qui lui faisait l'amour maintenant, avec de brusques détentes de tout son corps qui leur ébranlaient tous les os. On aurait dit le combat de deux pythons siamois. Le bassin de Chewayé commença tout à coup à trembler. Malko poussa un grognement furieux. Les dix ongles de la princesse venaient de se planter dans son dos. Ce n'était pas une caresse, mais la prise sauvage d'un fauve qui assure sa proie. La brûlure s'étendit comme Chewayé faisait glisser lentement ses ongles le long de ses omoplates, arrachant la peau. Le feulement se fit grognement comme l'orgasme lui embrasait les reins. Ce fut alors une explosion en chaîne, une série de saccades profondes. Chewayé souleva Malko comme un fétu, ses ongles enfoncés jusqu'à l'os, son sexe fut serré, aspiré, vidé de sa substance. Puis ils retombèrent ensemble, foudroyés, hors de souffle, vidés.

Juste au moment où les bâtonncts d'encens achevaient de se consumer. Le cœur de Malko était une bête autonome qui cherchait à s'évader de sa poitrine. Les jambes de Chewayé étaient encore mollement nouées autour des siennes. Mais ses mains quittèrent son dos et, aussitôt, il réprima un cri de douleur. Les dix sillons le brûlaient comme des coups de fouet.

Chewayé Mekonnen, veuve d'un des petits-fils du

négus, était décidément du bois dont on faisait les princesses. Même par alliance.

*
* *

A genoux sur le champ de bataille de satin bicolore, les yeux fermés, Chewayé faisait onduler son torse au rythme de la chanson amarik. Malko, allongé sur le ventre, reprenait des forces et le cours de ses pensées. Parfois, elle se penchait, effleurant avec les pointes de ses seins les brûlures cuisantes de son dos. Ses sens apaisés, Malko se souvenait que c'était l'antenne de la C.I.A. à Londres qui l'avait envoyé à Addis. Pas une agence de voyage. Que, dans un dossier vert, il y avait un ordre de mission émis à Washington par le *Deputy Director* de la section « Afrique ». Avec une certaine tristesse, il réalisa que le merveilleux orgasme qu'il venait de partager avait probablement été prévu par un bureaucrate du *desk* « Afrique ». Un de ceux qui préparaient les missions.

— A quoi pensez-vous? demanda tout à coup Chewayé.

L'intimité n'empêchait pas le vouvoiement.

— A votre sœur, dit Malko. Je suis ravi qu'elle m'ait envoyé à vous.

La sœur de Chewayé, en exil à Londres, avait remis une lettre à Malko. Le « Sésame, ouvre-toi », dans un sens encore plus complet qu'il n'aurait pu l'espérer... Malko l'avait rencontrée au cocktail d'un groupe d'émigrés discrètement subventionnés par la C.I.A., dans les salons du *Dorchester*. Par un « heureux » hasard...

— Vous ne vivez pas trop mal, en dépit de la révolution, remarqua-t-il. Ce studio est très agréable.

Les prunelles noires de Chewayé s'assombrirent encore.

— Vous trouvez que cela ne suffit pas! explosa-t-elle. Les militaires ont tué la moitié de notre famille et mon oncle est emprisonné à Vieux Guebbi depuis dix-huit mois. Dans une cave avec trente autres prisonniers. Ils ont à peine de quoi manger... Si j'avais un passeport, j'irais rejoindre ma sœur immédiatement.

Malko eut un peu honte de sa remarque. Chewayé, appartenait à l'Ancien Régime exterminé sans pitié par le « Derg », cette junte qui régnait sur l'Ethiopie depuis le renversement du souverain, le 12 décembre 1974, et qui gouvernait avec des principes inspirés directement d'Ubu et de Kafka. Se fusillant joyeusement les uns les autres. De cent vingt officiers et sous-officiers au départ, ils n'étaient plus que soixante-dix.

— Vous ne pouvez pas avoir de passeport? demanda-t-il.

Chewayé eut un sourire amer.

— Si. En payant une « rançon » de soixante-dix mille dollars éthiopiens [1].

Malko regarda le luxueux studio. Dans un pays comme l'Ethiopie, des draps de satin devaient valoir leur poids d'or.

— Vous ne pourriez pas réunir cette somme?

Chewayé baissa les yeux.

— Si, peut-être. Mais ils me demanderaient d'où je la tiens. Pour le savoir, ils m'enfermeront à la Quatrième Division et ils me violeront jusqu'à ce que j'en crève. Vous savez ce qu'ils ont fait à une de mes cousines?

— Non, dit Malko.

Chewayé se redressa, les seins pointant comme des armes, des gouttelettes de sueur dégoulinant sur sa

[1] Environ trente-cinq mille dollars U.S. (cent soixante-quinze mille francs).

peau claire. Comme la plupart des Amharas, elle avait la peau très claire. Bien que les Africains considèrent l'Ethiopie comme un Etat fasciste, ils avaient choisi Addis-Abeba comme siège de l'O.U.A. parce que les Ethiopiens avaient la couleur de peau dont ils rêvaient tous.

— Ils sont venus la chercher un jour, dit Chewayé, d'une voix épaisse, et ils l'ont emmenée là-bas. Elle a giflé un officier qui voulait la violer, alors ils l'ont tuée tout de suite. Puis, ils ont été réclamer à la famille cinq dollars pour la balle, et douze dollars pour la garde du corps! Disant que la révolution était pauvre!

Le fantôme d'Ubu passa en se frottant les mains. L'aboiement d'un coyote rôdant dans un bidonville parut encore plus sinistre. Chewayé se pencha sur Malko, lui soufflant la fumée dans le visage.

— En attendant d'être tuée, dit-elle, je fume, je bois, et je fais l'amour.

— Vous n'avez pas d'ennuis avec les militaires? demanda-t-il.

Chewayé se tendit imperceptiblement.

— Pas encore. Enfin pas trop. Il y a un mois, ils m'ont convoquée pour m'annoncer que je n'avais prétendument pas payé mon loyer depuis un an! Cela faisait deux mille dollars éthiopiens. Si je ne payais pas, ils me mettaient dehors. Puisque tout est nationalisé! Même les bidonvilles. Ma pauvre « mamité »[1] avait travaillé toute sa vie pour se payer une petite maison. Elle appartient à l'Etat maintenant.

— Vous avez payé?

— Oui. Ils savent que je travaille au *Zébra-Club*. Comme toutes mes amies. Nous sommes entraîneuses.

[1] Femme de ménage.

Et le reste, quand on veut, pour trois cents dollars.

— Vous gagnez bien votre vie? demande Malko d'une voix égale.

Chewayé ne remarqua pas la lueur froide dans ses yeux. L'Altesse Sérénissime avait fait place à la barbouze « hors cadre ». De nouveau, il travaillait. Cela lui faisait parfois horreur, mais c'était devenu une seconde nature. Pour être plus à l'aise, il se retourna et se redressa, appuyé sur ses coudes.

— Vous pensez vraiment que je fais la putain? demanda la princesse Chewayé d'une voix à faire frissonner un iceberg.

— Dans votre situation, cela n'a rien de déshonorant, dit-il doucement.

Chewayé se pencha vers lui, visage contre visage, et demanda d'une voix dure :

— Combien ai-je gagné tout à l'heure?

Malko éclata de rire.

— Ce que vous voulez!

— C'est vrai?

Ses lèvres épaisses s'étaient ouvertes sur d'éblouissantes dents blanches en un sourire sensuel.

Il approuva en souriant.

La princesse Chewayé bougea à peine. Malko poussa un hurlement, écartant la jeune femme d'un geste si brusque qu'elle glissa jusqu'au pied du lit, entraînant un des draps de satin. Avec incrédulité, il regarda la cloque au-dessus de son nombril là où elle venait d'écraser sa cigarette!

Chewayé l'observait, les yeux flamboyants de rage.

— C'est sur votre queue que j'aurais dû l'éteindre!

Il crut qu'elle allait lui sauter à la gorge. Malko essaya de conserver son calme.

— Ecoutez, Chewayé, plaida-t-il, à part ce club où vous êtes entraîneuse, vous ne travaillez pas, on vous a confisqué vos biens. Or, vous vivez dans le luxe. Vous m'avez avoué dépenser plus de huit cents dollars par mois pour vous habiller. Alors, il faut bien que cet argent vienne de quelque part.

La princesse Chewayé le fixait avec un mélange de rage et d'incrédulité. Semblant hésiter.

Au moment où Malko la sentait prête à se calmer, il ajouta, trop gentiment :

— Je pense qu'une aussi jolie femme que vous n'aura jamais de vrai problème.

Ce fut le déclic.

Avec un grognement de rage, la princesse Chewayé s'arracha du lit, traversa la pièce comme un ouragan et plongea à la volée dans un placard. Lorsqu'elle se retourna, Malko avait déjà bandé tous ses muscles, s'attendant à la voir brandir une arme. Mais elle n'avait dans la main droite qu'un petit sac en toile.

La bouche serrée, elle revint vers le lit, tendit le bras au-dessus de Malko, secouant le sac. Une fine poudre de paillettes jaunes s'en échappa recouvrant son estomac et son bas-ventre d'une pellicule froide et étonnamment lourde. Chewayé jeta le sac vide et, les mains sur les hanches, les cuisses encore humides de lui, interpella Malko.

— Vous savez ce que c'est?

Il prit quelques particules entre ses doigts et les examina. Cela ressemblait à du mica pulvérisé. Pourtant, son cœur s'était mis à battre plus vite. D'un ton volontairement égal, il dit :

— Non.

— Vous ne voyez pas que c'est de la poudre d'or! fit la princesse Chewayé avec agacement.

— De l'or?

— Oui, de l'or. Là, sur votre ventre, il y en a pour plus de deux mille dollars.

Malko passa le bout des doigts sur les paillettes jaune pâle. Il aurait crié de joie. Une fois de plus les informations de la C.I.A. se révélaient exactes. Mais il était encore loin du but. Il prit quelques paillettes dans le creux de sa main.

— Il ne faut pas gaspiller une telle fortune pour me prouver que vous êtes une honnête femme, dit-il. Je vous aurais cru.

La princesse Chewayé haussa les épaules avec insouciance.

— Aucune importance. J'en ai tant que je veux.

— Pourquoi n'achetez-vous pas votre passeport?

Elle se ferma.

— Je vous ai déjà répondu.

Chewayé n'avait visiblement pas envie de s'étendre sur le sujet. A genoux, près de Malko, elle commença distraitement à tracer des arabesques sur son ventre du bout de ses ongles, séparant les paillettes, évitant la brûlure qu'elle lui avait infligée.

— Ne parlons plus de cela, dit-elle d'un ton sec.

Elle se mit à souffler sur les paillettes, les répandant sur le satin des draps. De nouveau, elle semblait d'humeur enjouée, jouant d'une main distraite avec le sexe de Malko, comme si c'était un objet familier.

Profitant de cette détente, Malko hasarda un pion en avant :

— Dites-moi, Chewayé, cet or, c'est le trésor du négus?

La réaction fut immédiate. Une onde de fureur effaça le sourire, les yeux s'assombrirent, et Chewayé éructa un seul mot :

— *Prick!* [1]

La main qui jouait avec lui se serra brutalement, et Malko sentit quatre ongles aigus s'enfoncer dans sa chair. Mais cette fois, ce n'était pas le plaisir

[1] Salaud.

qui poussait Chewayé. Un rictus féroce déformait ses traits gracieux.

— Arrêtez! cria Malko en saisissant le poignet de la jeune femme.

.La princesse Chewayé continua à enfoncer ses ongles. La douleur devenant insupportable, Malko saisit Chewayé à la gorge, de la main gauche, comprimant ses carotides. Pendant d'interminables secondes, ils luttèrent ainsi, Chewayé, les yeux hors de la tête, mais ne lâchant pas prise, Malko retenant des hurlements. Enfin, les yeux de la jeune femme se voilèrent, sa main droite libéra Malko et monta vers sa gorge.

Aussitôt, il relâcha sa pression. La princesse déglutit péniblement, en massant sa gorge. Ils se firent face, essoufflés.

— Pourquoi avez-vous fait cela? demanda Malko.

L'Ethiopienne lui adressa un regard méprisant.

— *Prick*, répéta-t-elle. Vous travaillez pour les militaires!

Elle se leva.

— Foutez le camp! Et ne revenez jamais.

Il n'eut pas le temps de répondre. Il y eut un bruit de clef dans la serrure, et la porte du studio s'ouvrit à la volée. Une grande fille au visage angélique, avec des cheveux noirs tombant jusqu'à la taille, un corps mince et élancé, serré dans un tailleur de toile, des bottes, s'encadra dans l'ouverture. La peur déformait ses traits fins, faisait trembler sa bouche. Ignorant Malko, elle interpella Chewayé en amarik d'une voix pressante.

La jeune femme se décomposa instantanément. Lorsqu'elle se tourna vers Malko, la haine lui sculptait une tête de mort.

— Vous nous avez dénoncées! cracha-t-elle. Ils viennent nous chercher.

— C'est faux! dit Malko. Qui vient?

— Les militaires. Ils sont en bas.

La voix pressante de l'autre fille les interrompit :

— *Tolo, leult!* [1]

— Venez, dit Malko, je vous emmène à l'ambassade des Etats-Unis.

Chewayé le fixa avec incrédulité quelques secondes, puis elle se remit en mouvement, enfilant son pantalon de satin à même la peau, s'empêtrant dans la fermeture Eclair.

— Ils attendent l'ascenseur, dit l'autre fille en anglais. Heureusement, il y avait des gens qui l'avaient appelé précédemment de l'étage du *Kekob*.

Malko s'habilla à toute vitesse, le cœur battant la chamade. Il découvrait brutalement la violence cachée qui faisait d'Addis une ville morte dès la nuit tombée. Il fut prêt au moment où Chewayé achevait d'enfiler ses bottes. La grande fille brune surveillait le palier. Chewayé bondit vers le placard d'où elle avait sorti le sac d'or, y prit quelque chose qu'elle glissa dans son sac et se rua vers la porte. Malko suivit, la cravate dans sa poche. Au passage, les deux filles s'étreignirent.

— *Egziabeher yestelegne,* Elmaz, [2] murmura Chewayé.

Malko hésitait. Le bouton de l'ascenseur était au rouge.

— L'escalier, dit Chewayé.

Il aperçut un escalier métallique en colimaçon placé à l'extérieur de la façade.

La princesse Chewayé s'y jeta, descendant les marches quatre à quatre, rebondissant sur les parois ajourées à travers lesquelles on apercevait les lumières

[1] Vite, princesse!
[2] Que Dieu te le rende, Elmaz.

d'Addis, si vite que Malko avait du mal à la suivre.

Ils ne mirent pas deux minutes à dévaler les treize étages, débouchant dans une entrée sombre, donnant sur la cour intérieure de l'immeuble. Au moment où ils allaient l'atteindre, une silhouette en uniforme surgit devant eux, un fusil à la main, et dit quelque chose en amarik.

La princesse Chewayé s'arrêta net. Sa main plongea dans son sac, son bras se détendit, trois détonations claquèrent, assourdissantes dans le petit espace, le soldat recula, tituba et s'effondra en lâchant son fusil. Tout n'avait pas duré dix secondes. Chewayé courait déjà à travers la cour, son arme à la main. Elle s'arrêta devant une Volkswagen de couleur claire, fouilla dans son sac, en tira un trousseau de clefs qu'elle tendit à Malko.

— Conduisez!

Sans discuter, il ouvrit, s'installa, le cerveau en ébullition. Son instinct de conservation lui disait de s'éloigner à toute vitesse. Chewayé venait d'abattre un soldat. Dans aucun pays, ce n'est indiqué... Shangri-La était loin. Automatiquement, il mit en route, marche arrière, puis avant, fonça à travers la cour, sans allumer ses phares, franchit le porche, déboucha dans le chemin de terre reliant l'immeuble à Soudan Street. Au passage, il aperçut une Land-Rover garée dans l'ombre, près de l'entrée, et les battements de son cœur s'accélérèrent.

Mais le véhicule ne bougea pas tandis qu'il s'éloignait... Son capot était heureusement tourné dans le mauvais sens.

— Bon sang, Chewayé, explosa-t-il, qu'est-ce qui vous a pris?

— Vous auriez préféré qu'ils nous tuent tous les deux!

Sa voix montait à la limite de l'hystérie. Elle avait

posé son pistolet automatique sur ses genoux et s'était pris la tête à deux mains, ses épaules tremblaient. Malko arriva dans Soudan Street déserte.

— A droite, dit Chewayé.

Normalement, ils auraient dû tourner à gauche, pour rattrapper l'avenue Ménélik, contournant la masse du Vieux Guebbi, l'énorme enceinte englobant l'ancien palais du négus et ses dépendances, devenu siège du Derg et prison politique.

— Nous allons contourner le Guebbi, dit Chewayé d'une voix blanche, nous risquons moins de trouver une patrouille de ce côté. Vous m'avez bien dit que vous me conduisiez à l'ambassade américaine?

De nouveau, il y avait de la peur dans sa voix. La Volkswagen cahotait sur les trous de Soudan Street, bordée par les néons des « bounabetts » [1] et des maisons de passe... Au bout, Chewayé fit tourner Malko dans une grande voie mal éclairée et non asphaltée qui montait droit vers le nord. Au début de son séjour, il avait repéré l'ambassade américaine. Un complexe de bâtiments semés dans un parc immense, tout en haut de Asfa Wossen Street, presque à la sortie nord de la ville, à 2 600 mètres d'altitude. Ce jour-là, Malko s'était bien gardé d'y entrer. Les instructions données par l'antenne de la *Company* à Londres étaient formelles. *Aucun contact* avec l'antenne d'Addis. Les barbouzes éthiopiennes la surveillaient étroitement. On devait le contacter, et cela s'était passé ainsi.

La colline du Vieux Guebbi apparut sur sa gauche. Il aperçut dans la pénombre un des miradors jalonnant le mur d'enceinte. Parfois, les sentinelles s'amusaient à tirer sur les voitures, la nuit. Il accéléra. A la minute où il franchissait la grille de l'ambassade

[1] Cafés.

sa mission se terminait. Mais il n'avait pas tellement le choix... Il tourna encore à gauche, puis à droite dans l'énorme avenue King George, qui se continuait par Asfa Wossen, deux kilomètres plus haut. Les réverbères éclairaient les deux chaussées désertes.

Malko passa en seconde et franchit le croisement de Sahlé Sélassié au rouge. Plus que deux kilomètres. Chewayé se tenait la tête très droite, les mains nouées sur ses genoux, mais son menton continuait à trembler.

— Comment votre amie a-t-elle pu vous prévenir? demanda-t-il.

— Elle revenait de son travail, murmura Chewayé. Elle les a vus en bas... Elle a heureusement pu prendre l'ascenseur avant eux.

— Qui est-ce?

— La princesse Elmaz, ma meilleure amie. Son père était *agafari* [1] à la cour.

Le silence retomba. Malko contourna le rond-point d'où partait Asfa Wossen Street. Dans l'ombre du trottoir un piéton isolé se hâtait. Ce vide était oppressant. Malko posa sa main sur celle de la jeune femme.

— Dites-moi, si je ne vous ai pas dénoncées, pourquoi sont-ils venus ce soir?

Elle secoua la tête :

— Je ne sais pas. Ils surveillent tous nos contacts. Comme vous êtes étranger, ils ont peut-être cru que vous m'apportiez de l'argent éthiopien de l'extérieur. Ils sont très sévères là-dessus...

Ça, Malko le savait. A son arrivée à l'aéroport, on avait fouillé ses bagages avec une minutie tout israélienne, examinant les livres feuille par feuille,

[1] Mot à mot : gardien de la porte, chambellan.

tâtant les doublures, essayant même de décoller les semelles de chaussures! C'était, paraît-il, pire pour les voyageurs venant par le train Djibouti-Addis. Là, on déshabillait carrément les voyageurs, hommes et femmes sur le quai...

Quinze jours plus tôt, le Derg avait décidé d'échanger tous les billets à l'effigie du négus pour de nouvelles coupures plus révolutionnaires. La vraie raison étant d'empêcher que les émigrés n'utilisent leur argent à des fins subversives. Dans leur fougue radicale, les militaires avaient même été jusqu'à décréter la fouille des valises diplomatiques! Déclenchant les couinements indignés et impuissants de tous les ambassadeurs en place. Ce dont le Derg se moquait comme de son premier charnier.

De toute façon, l'argent « noir » avait repassé la frontière à dos de chameau. Quant au train, il s'arrêtait avant et après la frontière pour laisser descendre les contrebandiers. Mais à côté de Malko, à l'aéroport, un malheureux s'était fait surprendre avec deux vieux billets de 50 dollars, ce qui lui avait valu une volée immédiate.

Asfa Wossen Street montait devant lui, déserte. Un peu plus haut, à droite, c'était l'ambassade U.S.

— Nous y sommes presque, dit-il.

Il n'avait pas refermé la bouche qu'il écrasait le frein. Cent mètres plus haut, une Land-Rover était arrêtée sur le trottoir. Un soldat s'en détacha, descendant sur la chaussée, le bras levé pour faire signe à Malko de s'arrêter. La princesse Chewayé poussa une exclamation à voix basse :

— Oh, *Amedake!* [1]

Malko avait déjà donné un brusque coup de volant à droite. La Volkswagen plongea dans une petite rue

[1] Oh, mon Dieu!

sombre, perpendiculaire à Asfa Wossen. Rebondissant au milieu d'énormes nids de poule. Malko espérait trouver, sur la gauche, une autre rue accédant au derrière de l'ambassade U.S. Mais la voie s'incurvait et redescendit vers le centre. Trois minutes plus tard, ils émergeaient au rond-point du « 12 Yekatit »! De retour au début de Asfa Wossen. Presque nez à nez avec la Land-Rover qu'ils venaient d'éviter. Ou une autre... Plus question de gagner l'ambassade.

Malko tourna autour du rond-point aussi vite que le permettait le moteur poussif et plongea dans l'avenue King George. Dans son rétroviseur, il s'aperçut que la Land-Rover les prenait en chasse. Le visage de Chewayé semblait avoir rétréci.

— Nous allons au *Hilton*, dit Malko. De là, je téléphonerai à l'ambassade, ils viendront nous chercher, avec une voiture diplomatique.

— Ils s'en moquent, ils me tueront quand même, dit la princesse d'une voix blanche.

Tout en conduisant, Malko consulta sa montre : minuit moins quatre... A cette heure tardive, Addis-Abeba n'était pas très hospitalière... L'estomac serré, il maintint l'accélérateur au plancher tandis que la Volkswagen contournait le Vieux Guebbi à près de cent à l'heure. La Land-Rover disparut dans la courbe. Il lui restait quatre cents mètres en déclivité avant le *Hilton*, où il habitait.

La Volkswagen jaillit dans l'avenue Ménélik, en contrebas du Guebbi. Malko ne pouvait pas aller plus vite. Une lueur aveuglante se refléta soudain dans le rétroviseur. La Land-Rover avait mis pleins phares et se rapprochait. Il en distingua les détails. C'était un véhicule découvert, en dépit du froid vif régnant dès le coucher du soleil. Un soldat était debout à l'arrière, derrière le long canon d'une mitrailleuse lourde, tenant l'arme par ses deux poignées de tir, les yeux protégés par des lunettes de motocycliste, le bas du visage recouvert d'un foulard.

Chewayé poussa un hurlement :

— Ce sont eux! Les tueurs du sergent Tacho!

Malko n'eut pas le temps de demander qui. Le « poum-poum » lent de la mitrailleuse lourde fit vibrer ses tympans. Il aperçut dans le rétro les lueurs jaunes des départs. La Volkswagen sembla secouée par un tremblement de terre. La lunette arrière vola en éclats. Chewayé poussa un cri et plongea dans le pare-brise, comme propulsée par une main invisible.

Instinctivement, Malko zigzagua, échappant à la rafale suivante. L'allée transversale conduisant au *Hilton* défila sur sa gauche à toute vitesse. Pas question de freiner. De nouveau, la Land-Rover s'alignait derrière lui, le tueur masqué cramponné à la poignée de la « 50 ». L'avenue Ménélik coupait Soudan Street à angle droit, Malko entama un virage à droite, comme pour aller vers la gare, et aussitôt braqua tout à gauche, en accélérant. Le hurlement des pneus martyrisés fut couvert par le sinistre « poum-poum-poum ». La Volkswagen fit presque un tête à queue... Mais la Land-Rover avait été prise de vitesse. Trop lourde, elle dut continuer tout droit pour ne pas se renverser. Les énormes balles déchiquetèrent l'asphalte du carrefour, tandis que la Volkswagen plongeait à gauche dans Soudan Street, longeant le parc du *Hilton* dont la masse rougeâtre se découpait sur le ciel clair.

Malko parcourut cent mètres. La Land-Rover n'avait pas réapparu. Apercevant sur sa gauche un chemin de terre coincé entre le parc du *Hilton* et les palissades d'un bidonville, il s'y engouffra.

Au bout de vingt mètres, il stoppa brutalement, éteignit ses lumières, sauta à terre, le cœur cognant dans sa poitrine.

— Vite, Venez! jeta-t-il à Chewayé.

Comme elle ne réagissait pas, il ouvrit sa portière. Chewayé sembla se tasser un peu. Malko lui passa le bras autour des épaules pour la redresser. Sa main effleura sa nuque et rencontra une masse gluante et tiède. Il en eut instantanément la chair de poule. L'occiput de la jeune princesse n'était plus qu'une masse sanguinolente, là où la balle de « 50 » avait fait éclater les os, ravageant le cerveau. Elle était ressortie à la racine du nez, emportant la moitié du visage.

CHAPITRE II

Malko sentit le goût amer de la bile monter dans sa gorge. Sans pouvoir se retenir, il eut une violente nausée. Puis il s'éloigna en courant le long du mur, saisi par le froid de la nuit. Vingt mètres plus loin, le mur s'abaissait. Malko était encore à califourchon sur le faîte quand les phares blancs apparurent à l'entrée du chemin. Il se laissa tomber sur la pelouse du *Hilton*.

Il s'éloigna du mur, contournant l'énorme piscine vide pour s'engouffrer sur l'aire cimentée où l'on jouait au *squash* durant la journée. L'altitude aidant, son cœur semblait prêt à bondir hors de sa poitrine. Il parvint enfin dans le couloir sombre menant aux ascenseurs et s'arrêta. Il se trouvait un étage en contrebas du hall du *Hilton*. Ses poursuivants n'avaient pu l'identifier.

Il appuya sur le bouton de l'ascenseur. L'appareil arriva presque aussitôt. Vide. Malko entra et appuya sur le bouton du rez-de-chaussée. Il n'avait pas pris sa clef, ce qui lui interdisait d'aller directement dans sa chambre.

La porte de l'ascenseur s'ouvrit sur le hall désert. Un employé somnolait à la réception. Loin sur la gauche, dans le large couloir où aboutissait l'entrée principale, Malko aperçut le militaire préposé à la fouille des visiteurs, endormi sur sa table.

Les rafales qui avaient tué Chewayé n'avaient ému personne. Il y en avait tous les soirs. De la musique filtrait du night-club de l'hôtel, en face de lui. Il traversa rapidement le hall et pénétra dans la boîte plongée dans une quasi-obscurité, sauf la piste de danse. L'orchestre jouait un air éthiopien, une mélopée lente et rythmée. Au milieu de la piste une fille dansait toute seule, moulée dans une combinaison d'un blanc éblouissant, les seins comme des obus, visiblement fière de son corps épanoui. Un Noir ventripotent en boubou était incrusté contre une Ethiopienne à la croupe callipyge et au visage hautain. Une serveuse conduisit Malko à une table en bout de piste. Il s'assit avec soulagement, la tête encore bourdonnante des détonations, et commanda une vodka. Il ne pouvait s'empêcher de tourner parfois la tête vers la porte. Mais les tueurs de la Land-Rover semblaient avoir perdu sa trace. Il but sa « Laïka », en commanda une seconde. Il ne restait qu'une vingtaine de personnes. La fille en blanc dansait toujours. Une autre, énorme, la rejoignit avec des rires joyeux.

Seuls ses doigts poisseux de sang rappelaient à Malko qu'il ne venait pas de faire un cauchemar...

Une fois de plus, il avait échappé à la mort. Il savait que sa mission en Ethiopie ne serait pas facile, mais ne s'attendait pas à une confrontation aussi brutale. Il but encore une vodka et quand sa tête commença à s'alourdir il se leva. Le moustachu de la réception lui adressa un sourire complice.

— *You had a good time,* Sir?

— *Very good* [1], assura Malko.

[1] Vous avez passé une bonne soirée? — Très bonne.

L'autre se pencha à travers le *desk* en lui donnant sa clef.

— Sir, il y a une fille qui ne sait pas où aller coucher à cause du couvre-feu. Vous l'avez peut-être remarquée, elle est en blanc, une fille superbe, Sir.

— Merci, dit Malko, je suis un peu fatigué.

L'autre n'insista pas. Malko éprouva un profond soulagement en retrouvant sa chambre. Il courut à la salle de bains, lava le sang de ses mains, puis se déshabilla, le cerveau vide, ne voulant plus penser au lendemain. Il ignorait encore si la descente chez Chewayé était un hasard ou liée à sa présence. Mais il n'arrivait pas à s'endormir.

La lampe de chevet éclairait les paillettes d'or encore accrochées au poils de son ventre. Il en prit quelques-unes et les réunit dans le cendrier. Ainsi, l'or du négus existait bien. Ce qu'il était venu chercher en Ethiopie. Un meuglement troua la nuit. Il se leva, alla au balcon. Cela venait du bidonville en face de l'hôtel, pudiquement entouré de palissades, comme tous ceux d'Addis. Il frissonna. La princesse Chewayé était morte et elle était la seule à pouvoir le conduire à cet or.

*
* *

Le sergent Manur Tacho sauta de sa Mercedes à peine arrêtée et marcha d'un pas rapide jusqu'au corps étendu dans la lumière des phares de la Land-Rover. Un des soldats lui raconta brièvement ce qui s'était passé. Le visage plat, barré d'une moustache noire, ses gros yeux saillants reflétaient la cruauté.

Furieux de ce qu'il venait d'entendre, il envoya brusquement un coup de pied dans le visage de la morte. Un des soldats rit, mais cela ne suffit pas à calmer le sergent. Son blouson de cuir noir semblait agité d'une houle furieuse à la hauteur des épaules. Tic habituel lorsqu'il était nerveux. Se ravisant brusquement, le sergent Tacho revint vers le corps s'accroupit et commença une fouille en règle, arrachant le pantalon de satin, qu'il descendit jusqu'aux genoux, tirant ensuite les bottes, prenant appui sur le ventre de la morte.

Malheureusement pour lui, il n'y avait rien à trouver, ce qui le rendit plus furieux encore. Ses hommes attendaient sans mot dire qu'il ait fini. A la violence du tic qui lui secouait les épaules, ils devinaient qu'il était d'une humeur de chien. Tous s'attendaient à ce qu'il donne l'ordre d'investir le *Hilton* pour retrouver le fugitif qui conduisait la Volkswagen, mais il se contenta de faire placer le corps dans la Land-Rover, tandis qu'un soldat prenait le volant de la Volkswagen. Lui-même remonta dans sa Mercedes, et le petit convoi fit demi-tour dans l'étroit chemin, reprenant la direction de la Quatrième Division, route de Nazareth.

Machinalement, tout en conduisant, le sergent Tacho enfonçait son petit doigt dans l'espace vide entre deux dents de devant, se grattant la gencive. Ça l'aidait à réfléchir. Il en manqua presque le virage de Soudan Street et jura furieusement.

Pour se défouler, il appuya sur l'accélérateur, distançant les deux autres véhicules, descendant à tombeau ouvert Ras Desta Street. Il allait si vite qu'il faillit de nouveau sortir du virage avant le passage à niveau et l'entrée de la caserne de la Quatrième Division. Les pneus hurlèrent sur le macadam, et les sentinelles en sursautèrent. Mais il n'y avait qu'une Mercedes blanche capable de rouler à cette allure après le couvre-feu, dans Addis : celle du sergent Tacho.

Celui-ci entra en trombe dans la cour et stoppa devant la cabane où on parquait les suspects de la soirée. Il ouvrit la porte à la volée. Trois hommes et une jeune femme étaient assis par terre à la lumière d'une forte ampoule nue, gardés par un soldat. Ce dernier envoya un coup de pied au prisonnier le plus proche pour le faire lever. Il y avait deux vieux et un jeune homme à l'épaisse tignasse taillée en style « afro ».

Tous s'étaient fait surprendre quelques minutes après le couvre-feu. Le sergent Tacho ne s'intéressa pas au vieux. Se plantant devant le jeune homme, il lui empoigna les cheveux de la main droite, et se mit en devoir de lui cogner la tête contre le mur. Comme sa victime se mettait à crier, Tacho tira en tournant, arrachant une poignée de cheveux et un peu de cuir chevelu avec.

— Tu préfères que je te coupe la tête? demanda-t-il méchamment.

Le Derg avait récemment interdit les coiffures « afro » supposés être le signe de reconnaissance des étudiants contestant le régime. Certains des hommes du sergent Tacho ayant abusé de *kabikala* [1] avaient fait respecter cet ordre au pied de la lettre en coupant les têtes des contrevenants. Le jeune homme le savait. Il essaya de se taire, surtout de ne pas résister en dépit de la douleur. Tacho parvint à arracher une autre touffe de cheveux, mais c'était décidément trop fatigant. Il attrapa un bâton posé contre le mur et dit en ricanant :

— Attends, je vais t'aplatir les cheveux.

Le malheureux essaya d'abord d'esquiver mais fut promptement rattrapé par le soldat qui le força à s'accroupir dans un coin. Là, Tacho s'en donna à

[1] Alcool éthiopien très fort.

cœur joie. Pendant plusieurs minutes on n'entendit plus que le choc écœurant du bâton sur le cuir chevelu. Au quatrième coup, le jeune homme s'était évanoui, le sang ruisselait sur son visage, mais le sergent Tacho continuait à frapper. Le téléphone sonna, et il s'arrêta, décrocha. Son expression changea immédiatement. C'est d'une voix presque douce qu'il répondit :

— Je vais venir bientôt. Je n'ai pas trop de travail ce soir.

Il raccrocha, ragaillardi en pensant à ce que la petite putain gojjamé qu'il honorait de ses faveurs allait lui faire. On peut être une brute, on n'en est pas moins homme. Il assena encore quelques coups de bâton sur la tête ensanglantée de l'étudiant, évanoui, réussit à décoller une oreille et s'arrêta. Les trois autres attendaient, terrifiés.

— Ils sont prêts à payer l'amende? demanda-t-il au soldat.

— Oui, chef, fit l'autre, mais la fille est érythréenne.

— Ah! fit le sergent Tacho en se triturant la moustache.

Cela coûtait trente dollars de se faire prendre après le couvre-feu. Sauf aux Erythréens, haïs par le Derg, à cause de la sécession de leur province. Le sergent Tacho fixa la fille grise de peur.

— Tu vas rester un peu ici, dit-il d'une voix doucereuse, cela t'apprendra à ne pas savoir l'heure.

— Mais, mes parents... protesta-t-elle timidement.

A toute volée, Tacho lui expédia une gifle qui la fit reculer d'un mètre.

— Putain, fit-il, on devrait te fusiller. Et tu pues, en plus.

Effectivement, la peur lui avait relâché les

sphincters, et elle urinait debout le long de sa jambe.

— Celle-là, tu l'emmènes à Sandafa, ordonna-t-il au soldat.

C'était le camp de police militaire voisin. Elle pourrait y être violée à l'aise pendant quelques semaines. Selon son état, on la relâcherait ou on lui tirerait une balle dans la tête. Cela n'avait aucune importance. Pour le sergent Tacho et son équipe, une vie humaine n'avait pas plus d'importance que celle d'un lapin...

Tacho sortit en claquant la porte et s'engouffra dans sa Mercedes.

Le grondement de la voiture s'éloigna dans un silence terrifié. Même dans un pays aussi naturellement féroce que l'Ethiopie, la cruauté du sergent Tacho suscitait une crainte respectueuse.

C'était un Danakil, tribu établie dans le nord du pays et jouissant d'une réputation de sauvagerie aussi établie que méritée. Dès son plus jeune âge, on lui avait appris à marcher en lui jetant des pierres. Ensuite, il s'était initié sans difficulté à la coutume danakil qui veut qu'un homme, s'il désire épouser une femme riche, porte autour du cou un collier fait de testicules humains séchés. Le seul problème étant que ces testicules doivent être pris sur le vif... Aussi n'importe quelle bagarre chez les Danakils se termine par l'ablation des parties sexuelles, afin de favoriser les chances de réussite dans la vie. Manur Tacho avait composé un très beau collier avant d'être enrôlé dans l'armée du négus.

Son niveau d'éducation voisin de zéro ne l'avait pas empêché de se faire nommer caporal, grâce à ses aptitudes « tranchantes » durant la répression d'Erythrée. En dépit de ces qualités précieuses, il aurait peut-être croupi à ce grade subalterne toute sa vie, sans le coup d'Etat. Lorsqu'il avait fallu envoyer un délégué au P.M.A.C.[1], ses camarades avaient été ravis de s'en débarrasser. Manur Tacho, promu sergent, était devenu l'un des cent vingt membres du tout-puissant Derg qui gouvernait le pays. Ses qualités naturelles l'avaient très vite spécialisé dans la répression. Il n'avait aucun titre officiel, mais le groupe qu'il avait formé avec les plus féroces des soldats gallas de la Quatrième Division avait déjà quelques centaines de morts à son actif. Tout ce qui était, ou pouvait devenir, un adversaire politique, dénoncé par la *Special Branch* du ministère de l'Intérieur. Tacho ne connaissait qu'un argument : la mitrailleuse lourde. Rôdant la nuit et le jour dans Addis, ses Land-Rover équipées de mitrailleuses de « 50 » servies par des soldats masqués pour ne pas être reconnus, semaient la terreur. Tacho avait pratiquement droit de vie et de mort sur les habitants d'Addis. Il ne s'en privait pas, avec une prédilection particulière pour les tenants de l'Ancien Régime. Comme la princesse Chewayé.

Il regrettait sincèrement de ne pas l'avoir eue sous la main, chaude et bien vivante, pour l'interroger. Frustré à cette idée, il gara sa Mercedes en face de l'hôtel *Tegi* et partit à pied dans la rue déserte. Chewayé était morte mais il lui restait une piste. Il était certain que l'étranger avec qui elle se trouvait n'était pas venu à Addis pour une aventure avec elle. Il y avait autre chose qu'il découvrirait.

[1] *Provisional Military Administration Council*, le Derg.

CHAPITRE III

— L'Ethiopie est un pays d'avenir qui le restera longtemps, laissa tomber Dick Bruce de sa voix douce.

Il parlait presque sans remuer les lèvres, d'une voix onctueuse d'ecclésiastique, le regard fixé sur l'énorme hôpital suisse, dans la colline, de l'autre côté de Churchill Avenue. Malko grimaça un sourire et but d'un trait son café.

— J'espère que j'y aurai un avenir, soupira-t-il.

Toute la nuit, il s'était réveillé, rendormi, s'attendant à chaque seconde à voir sa chambre envahie de soldats. Mais rien. Il avait pris son breakfast à la cafétéria du *Hilton,* comme d'habitude. Et rejoint Dick au rendez-vous prévu deux jours plus tôt. Un soleil radieux brillait sur Addis-Abeba.

Dans la petite cafétéria, en face de la poste ultra-moderne d'Addis, on se serait cru en Europe. Dick Bruce caressa sa barbe soyeuse d'un geste paisible.

— C'est bon signe, que vous soyez là.

Comme la serveuse s'approchait, il commanda deux autres cafés. Malko était stupéfait de son aisance en amarik. D'ailleurs, avec sa barbe et ses cheveux très noirs, ses traits réguliers et fins, sa bouche sensuelle et son allure nonchalante, il aurait pu passer très bien lui-même pour un Amhara. Curieux phénomène de mimétisme...

Cela réconfortait Malko de le voir. C'était son cordon ombilical avec la C.I.A. Dick était en Ethiopie depuis cinq ans. C'est lui qui avait contacté Malko dès son arrivée à l'hôtel.

— Que pensez-vous de l'incident d'hier soir? demanda Malko.

Dick Bruce ne se troubla pas.

— Qu'il va falloir recommencer à zéro.

Il ressemblait plus à un hippie qu'à une barbouze. Et c'est pour cela qu'il était encore en vie. Malko remarqua ses ongles noirs de crasse. Son pantalon de velours, ses grosses bottes, son blouson verdâtre étaient élimés et sales.

— Vous n'avez eu aucun écho? Il n'y a rien dans le journal.

Un sourire doux perça la barbe noire. Dick Bruce secoua la tête.

— Ici, on ne sait jamais rien... Pas de journaux, pas de communiqués officiels. Des rumeurs... La plupart du temps, fausses ou invérifiables. Tout se passe la nuit, entre Ethiopiens. Le Derg a la passion du secret. Comme tous les gens de ce pays... Des gens disparaissent, on retrouve un charnier, c'est tout.

Malko regardait son café. Encore sous le choc de sa nuit d'horreur. Il étendit la main vers le verre d'eau. Dick l'arrêta :

— Ne buvez pas d'eau ici. La syphilis est encore la maladie nationale, mais les amibes arrivent en seconde position, et le ver solitaire remonte très fort.

— Pourquoi les militaires sont-ils tellement déchaînés?

Dick Bruce fouilla dans sa poche, en sortit un papier plié qu'il glissa à Malko sous la table.

— A cause de ça.

Malko le déplia. C'était un tract en éthiopien, orné d'un signe inconnu : une faucille et un marteau, avec une étoile et des lauriers.

— C'est l'EPRP, commenta Bruce.

— Dites-moi, fit Malko, ils ont l'air aussi communistes que le Derg...

— Faut pas se fier aux apparences. Ils sont surtout anars, un peu féodaux. Beaucoup ont fait leurs études chez nous. De toute façon, nous n'avons pas le choix. Les officiers prosoviétiques du Derg sont en train de prendre le pouvoir. Si on ne fait rien, on va se trouver devant un nouvel Angola.

— Mais le Derg a l'air de bien tenir le pays, objecta Malko.

Dick Bruce eut un sourire ironique.

— Vous êtes traumatisé par la nuit dernière. Ils sont très fragiles. La moitié de l'armée est bloquée en Erythrée, par la rébellion. Dans le Tigré, le gendre du négus a pris la tête d'un maquis de droite. Le gouvernement ne contrôle que le tiers du pays. Même si les tueurs du Derg abattent les gens à la mitraillette dans les rues. Ils sentent quelque chose, alors ils font le nettoyage par le vide...

Malko était perplexe. Bien sûr, à Londres, le chef d'antenne lui avait expliqué que l'or devait servir à procurer des armes à des opposants au Derg, soutenus en coulisse par la C.I.A.

Cette ville de montagne paraissait terriblement hostile. Son vis-à-vis regarda sa montre et sortit de sa poche un paquet enveloppé de papier brun.

— Voilà ce que je vous ai apporté. C'est encore plus important maintenant.

Malko entrouvrit le papier et aperçut un morceau de bois peint de couleurs violentes, taillé en forme de croix.

— C'est une icône de la fin du XVe, précisa

l'Américain. On s'en servait pour les processions. C'est très rare, car elle est enluminée des deux côtés. Elle a été volée dans une église de Lalibella.

— Mais que voulez-vous que j'en fasse?

Le regard doux de Bruce s'était posé sur l'icône avec amour.

— Vous la gardez, dit-il. Leurs indicateurs leur ont dit que vous êtes venu acheter des icônes et des documents coptes. Le pays en est plein. Ils risquent de fouiller votre chambre. Ils trouveront ça. C'est une belle pièce. Ça peut les tromper.

— Mais vous vous y connaissez vraiment?

C'était plutôt rare de voir une barbouze folle d'icônes!

— Un peu, fit modestement Dick Bruce. J'ai réussi à rassembler une assez belle collection de rouleaux d'écriture copte. Près de deux cents. Si j'arrive à les sortir, cela représente une fortune. Je vous les montrerai. J'étais venu dans ce pays pour cela au départ. J'ai pas mal étudié la médecine de brousse, aussi. Et puis...

Il se tut. Une question brûlait les lèvres de Malko.

— Cette histoire d'or, vous y croyez vraiment? dit-il à voix basse.

— C'est moi qui devrais vous demander cela, dit en souriant Dick Bruce. J'en ai entendu parler, vous l'avez vu.

— Je n'ai vu qu'un peu de poudre d'or, précisa Malko, et j'ignore d'où elle provenait.

— Oh, c'est une longue histoire, soupira l'Américain. Je l'ai entendue une douzaine de fois. Il y a des mines d'or dans le sud, à Dolo. Exploitées à ciel ouvert, sans aucun matériel moderne. Le négus s'était réservé la production de ces mines. Parfois, il en offrait un petit sac à un de ses proches ou à une fille, mais la plus grande partie était conservée par lui. Dans le pays ou à l'étranger. Seuls, quelques intimes savaient. Il aurait amassé ainsi une quinzaine de tonnes de poudre d'or...

— Quinze tonnes! sursauta Malko.

Dick Bruce hocha la tête.

— C'est très possible. J'ai vérifié la production de la mine.

Malko fit un rapide calcul mental.

— Il y en aurait pour plus de soixante millions de dollars...

— Exact.

C'était un conte des *Mille et Une Nuits*.

— Personne ne sait où se trouve cet or? insista Malko. Quinze tonnes, cela tient de la place. Les gens parlent.

Dick Bruce eut de nouveau son sourire innocent.

— Les gens du Derg ont été un peu trop impétueux. Après le coup d'Etat, ils ont commencé par fusiller tout ce qu'il y avait dans le palais. Pour faire place nette. Ils ont appris l'histoire de l'or après. Ou plutôt, ils ont eu un indice de son existence.

— Comment?

— Un *legaba*, un haut régisseur, s'est fait piquer à Diredawa alors qu'il essayait de gagner Djibouti avec une valise qui en contenait vingt kilos. On l'a ramené à Addis, et les tueurs de la Quatrième Division l'ont interrogé. Ces idiots-là l'ont tué en une seule séance! A coups de bâton. Ils étaient tellement frustrés qu'ils ont fait passer un camion sur son corps jusqu'à ce qu'on puisse le rouler comme un tapis... Mais cela ne leur a pas donné l'or.

C'était dingue.

— Et le négus? Il savait où était l'or, lui? Ils l'ont arrêté.

— Très juste, admit Dick Bruce avec un demi-sourire. C'est même de cela qu'il est mort. Une mauvaise colique dorée. Au début, les militaires ont été assez gentils avec lui. Quand ils ont investi le Guebbi, on l'a conduit tout de suite dans les locaux de la Quatrième Division, sur la route de Nazareth où on l'a enfermé dans une cabane. J'étais là, par hasard. Je l'ai vu. Il avait la tête dans ses mains, il pleurait. Il était déjà à moitié gâteux.

— Vous étiez là?

C'était de plus en plus suffocant.

— Oh oui, fit Bruce d'un ton tranquille, certains officiers du Derg étaient mes amis, ils me vendaient des icônes. Cela leur faisait beaucoup d'argent.

« Ensuite, le négus est tombé malade. Et l'histoire de l'or a commencé à se faire jour. On l'a interrogé. Mais il avait encore assez de tête pour comprendre que, s'il parlait, on le tuait immédiatement. Alors, il a fermé sa gueule. C'était un dur... Un secret. Vous vous souvenez de la fameuse famine dans le Wollo? Trois ou quatre cent mille morts. Quand l'O.N.U. a proposé d'envoyer des secours, le négus a répondu dignement qu'il n'y avait pas de famine. Il était parfaitement au courant, mais il avait horreur que le monde extérieur se mêle de ses affaires. Les Ethiopiens sont comme cela. C'est pour cela que l'or n'a pas été découvert. Et que le négus est mort.

— Comment?

— Parmi les officiers du Derg, il y en avait un qui avait décidé d'avoir cet or. Pour ses copains érythréens du Front de Libération. Un général. Un jour, il s'est enfermé avec le négus, et il l'a interrogé. Le lendemain, le Derg a annoncé que le souverain avait eu un arrêt du cœur... On ne sait même pas où on l'a enterré...

— Que s'est-il passé?

Bruce eut un sourire triste.

— Le général a essayé de le faire parler. C'est un garde qui m'a raconté, par la suite. De la main gauche, il le maintenait dans son lit, de la droite, il lui plaquait un oreiller sur le visage. Ce n'est pas sain pour un vieillard de quatre-vingt-quatre ans...

— Il a parlé?

— Il paraît qu'il a parlé. Mais seul le général a entendu ce qu'il a dit. Ensuite, il lui a laissé bouffer les plumes de l'oreiller jusqu'à ce qu'il en ait plein les poumons...

— Et alors? Ce général...

— Il est mort, laissa tomber d'une voix douce Dick Bruce. Deux jours plus tard, il rentrait chez lui dans sa Mercedes quand deux Land-Rover armées de mitrailleuses de « 50 » l'ont bloquée. Il s'est couché sur le plancher et seul son chauffeur a été transformé en charpie. Le général a eu le temps de se réfugier chez lui. Ses copains n'ont pas perdu de temps. Ils ont envoyé un char. Ils ont achevé leur collègue à bout portant au 90. En pleine ville. On n'a même pas retrouvé assez de viande pour remplir une boîte à chaussures. Le Derg a annoncé qu'il s'était suicidé. C'est le premier suicide de l'Histoire au canon de char...

Un ange aux plumes en or massif s'enfuit à tire d'aile. Malko n'en revenait pas. C'était une histoire de fous.

— Mais pourquoi l'ont-ils tué?

— Parce qu'il savait peut-être où se trouvait l'or. Ses copains ont eu peur qu'il le donne aux Erythréens. Ils préféraient encore le perdre. D'ailleurs, ce n'était même pas sûr qu'il le sache vraiment. Le négus était assez vicieux pour lui avoir menti avant de crever... Mais les militaires du Derg sont comme les Dalton : bêtes et méchants. Ils ne prennent pas de risques et ne connaissent pas la subtilité.

Il y eut un long silence. Les voitures klaxonnaient sur l'avenue Winston-Churchill, les Champs-Elysées d'Addis, reliant la gare au building triangulaire de la Municipalité.

— Vous pensez que Chewayé aurait pu avoir accès à cet or?

Dick Bruce caressa sa barbe.

— Plausible. Elle avait épousé le petit-fils favori du vieux. En plus, son oncle dirigeait les « services » du négus. Partouzes et renseignements en tout genre.

— Où est-il?

— Fusillé.

Un ange passa, les yeux bandés. Tandis que Malko méditait sur la fragilité de la vie, Dick Bruce dit avec douceur :

— Je me demande si les militaires ne se doutent pas que vous êtes ici pour l'or. Ça expliquerait qu'ils vous foutent la paix après hier soir. Ce n'est pas leur genre. Vous devriez être déjà à la Quatrième Division ou mort.

Malgré lui, Malko ne put s'empêcher d'éprouver une certaine lourdeur dans l'estomac.

— Il faudra être très prudent, souligna Dick. Et rapide.

Malko laissa son regard errer sur la petite cafétéria ripolinée. Il étouffait dans cette ville, au propre et au figuré.

La « Nouvelle Fleur » [1] était de l'espèce carnivore... Chassant ses pensées noires, il reprit son raisonnement.

— Cet or, Chewayé le recevait de quelqu'un?

— Bien sûr, mais le secret est bien gardé. Il n'y a plus qu'à le trouver. Et à échapper aux militaires.

— Après toutes les armes qu'on leur a vendues

[1] Addis-Abeba.

depuis vingt-quatre ans, remarqua amèrement Malko, ils devraient être plus gentils.

— Ces types sont fous, dit sentencieusement Bruce. Personne ne sait vraiment ce qu'ils veulent.

Il avait posé deux dollars éthiopiens sur la table.

— Quand nous revoyons-nous? demanda Malko.

— Je pars voir un pope. Lui et ses copains ont volé un truc fantastique. Une Bible enluminée du XIVe. Il paraît qu'elle est en parfait état.

— Une Bible!

C'était vraiment le moment. Mais le doux barbu s'était transfiguré. Il précisa avec une excitation contrôlée :

— Des comme cela, il y en a deux au monde. Une au National Museum de Londres. Volée au début du siècle dernier. L'autre au Metropolitan de New York. Cela vaut entre cent mille et deux cent mille dollars pour un amateur... Ici, on la paiera quinze mille ou vingt mille.

Devant l'air étonné de Malko, il précisa :

— N'oubliez pas que je fais vraiment le commerce de ces œuvres d'art. Sinon, il y a longtemps que les Ethiopiens m'auraient piqué. Venez, je vais vous ramener au *Hilton*.

Ils rejoignirent la vieille Land-Rover couverte de poussière. La circulation était intense dans la Winston-Churchill. Au premier feu rouge, une horde de mendiants sortis directement de la Cour des miracles, bossus, difformes, goitreux, s'abattit sur la Land-Rover pour faire semblant de la nettoyer.

En arrivant devant le *Hilton*, Dick Bruce se tourna vers Malko.

— Il faudrait retrouver cet or, vite, dit-il. C'est la dernière chance de nos amis du EPRP. Ils en ont besoin pour acheter des armes. Ils comptent sur nous, sur vous...

— Mais je ne les ai jamais vus, protesta Malko, et je ne suis pas certain de réussir.

— Ce serait dramatique, dit Dick Bruce d'une voix altérée. Ils se terrent dans Addis, ils ont un plan pour renverser le Derg, des hommes. Il leur manque des armes. Mais ils se découragent. En vous quittant, je vais les voir pour les réconforter. Alors, bonne chance.

— Merci, dit Malko. J'ai commandé une voiture. Ensuite, je me mets à la recherche de cette Elmaz. Mais j'ai peur d'être obligé d'attendre ce soir.

— N'attendez pas trop, dit Bruce d'une voix lasse avant de redémarrer.

Malko se dirigea vers le comptoir d'*Avis*. Dans le hall, il aperçut un couple qui le fit sourire. La fille en combinaison blanche dont les seins pointaient plus que jamais, au bras d'une sorte d'Amin Dada jovial, noir comme du charbon... Elle avait décidément vaincu les rigueurs du couvre-feu...

*
* *

— C'est tout ce que vous avez? demanda Malko, horrifié.

— C'est la seule, confirma l'employée d'*Avis*. Mais elle marche très bien et elle est presque neuve.

Malko regarda avec découragement la Toyota rouge vif à travers les glaces du hall. Discrète! On aurait dit une voiture de pompier.

— Vous n'aimez pas les Toyota? s'enquit la fille devant l'air accablé de Malko.

— Si, si, assura-t-il.

— Bon. On va remplir les papiers.

Malko vit la fille en blanc se diriger droit sur eux, seule cette fois. Elle embrassa l'employée d'*Avis* puis sourit en lui tendant la main.

— Bonjour. Je m'appelle Wallela. Je suis aussi une amie de Dick. Je vous ai vu avec lui tout à l'heure.

Elle enveloppait Malko d'un regard nettement caressant. Sa combinaison était ouverte, découvrant la naissance et même l'enfance de son impressionnante poitrine.

— Il y a longtemps que vous êtes à Addis?

— Quelques jours, dit Malko, en empochant son contrat.

— Maintenant que vous avez une voiture, dit Wallela, sans complexe, vous ne pourriez pas me déposer chez moi? C'est au-dessus du Vieux Guebbi.

— Allons-y, dit Malko. Je vais voir ce que cette Toyota a dans le ventre.

Escorté de sa pulpeuse conquête, il gagna sa voiture de pompier. Wallela chantonnait.

— Votre fiancé africain ne va pas être jaloux? interrogea Malko.

Wallela éclata de rire.

— Moncogo! Oh non, c'est un brave type. Il était très fier hier soir parce que son président vient de se nommer empereur. (Elle glissa un coup d'œil à Malko.) Je vous ai vu, hier, vous aviez l'air triste. Vous n'aimez pas Addis? Il ne faut pas rester seul.

— Vous voulez dîner avec moi? demanda Malko.

Une fille comme Wallela pouvait avoir de précieuses informations...

L'Ethiopienne sourit.

— Oh oui! Je devais dîner avec ma cousine, mais ce sera plus drôle avec vous. Dick vient?

— Je ne crois pas.

— Vous savez qu'il faut dîner tôt, à cause du couvre-feu?

— Je sais, dit Malko. Nous pouvons nous retrouver ici vers sept heures.

Le couvre-feu, il connaissait. Ils montèrent dans la Toyota écarlate. Au bout de cent mètres dans l'avenue Ménélik, il sut ce que la Toyota avait dans le ventre : rien. Elle se traînait dans la côte, à 40, pied au plancher. Il aperçut une file de voitures arrêtées devant le vieux Guebbi.

— Ce sont les familles des prisonniers, expliqua Wallela. Le Derg ne les nourrit pas. Ceux qui n'ont personne meurent de faim.

Premier résultat du mariage de la Pauvreté et de la Révolution.

*
* *

— Moi, je gagne trois cents dollars par mois, et j'en dépense quatre cents pour m'habiller. Les terres de mes parents ont été confisquées. Les militaires leur donnent un peu d'argent, mais très peu. Alors, il faut bien que je me débrouille.

Les yeux brillants, Wallela engloutit un demi-verre de *ducam,* nectar éthiopien à 14°.

Malko et elle étaient installés dans un coin du *Cottage,* le seul restaurant décent d'Addis. Tout en boiseries et acajou, avec un bar à rendre jaloux un pub anglais. Le steak de buffle y était presque mangeable.

Wallela était maquillée comme la reine de Saba, dans une salopette de lamé argent qui la moulait comme un gant et faisait visiblement l'économie de tout dessous. Le zip descendait jusqu'au bas-ventre, mais Wallela ne l'avait ouvert que de dix centimètres, découvrant une croix copte en or posée entre deux globes dont la vue aurait rendu la foi au pire des mécréants. Malko n'avait pas encore voulu poser de questions précises. Le vin aidant, sa compagne se dévoilait. Sans complexe.

— Comment vous débrouillez-vous? demanda-t-il.

— Oh, la boîte du *Hilton* est toujours pleine de diplomates africains, dit Wallela. Il y en a de gentils. Comme Moncogo. Ils font des cadeaux. Ou alors, je vais au *Vénus* ou au *Zébra-Club*.

— Qu'est-ce que c'est?

— Des discothèques. Avec des filles seules. Vous pouvez les emmener après avoir dansé et leur faire un cadeau. Ce ne sont pas des putains, mais des filles comme moi, des employées, des étudiantes, qui ont envie de sortir et de gagner un peu d'argent. La vie est dure. Elles gagnent quarante dollars U.S. quand elles couchent, une ou deux fois par semaine. Ça suffit.

Sous la table, le genou de Wallela s'appuyait au sien. Apparemment, elle était prête à lui accorder le même traitement qu'à Moncogo. Sans même prendre le temps d'aller au *Zébra-Club*. A brûle-pourpoint, Malko demanda :

— Vous connaissez une fille qui s'appelle Elmaz? Grande, mince, avec de très longs cheveux.

— Bien sûr, fit Wallela. C'est une copine. Vous avez envie de coucher avec elle? demanda-t-elle sans se formaliser. Assez éméchée.

— Elle a beaucoup de charme, reconnut Malko.

Wallela rit.

— Elle est très belle, mais elle est coupée, alors, hein...

Elle eut un sourire entendu.

— Comment, coupée? fit Malko, suffoqué.

— Eh bien, oui, fit jovialement Wallela, en Ethiopie toutes les filles sont excisées, on leur coupe le clitoris lorsqu'elles ont quelques mois. Pour qu'elles ne soient pas trop chaudes... Sauf les filles du Godjam.

— Et vous?

Wallela eut un rire joyeux.

— Moi! Je suis du Godjam... Votre ami Dick m'a dit que j'étais une des seules ici à ne pas avoir le clitoris maussade. Bon, on va danser?

— Je crois que je vais me coucher, dit Malko.

En dépit de cet aveu précis qui faisait de Wallela la perle d'Addis...

— Bon, vous me laisserez au *Hilton*.

Il paya. Dans la voiture, Wallela semblait boudeuse. Mais, plus tard, dans le hall, lorsque Malko lui tendit la main, elle approcha sa bouche de la sienne, força ses dents d'un coup de langue rapide avant de faire demi-tour en riant.

— Dormez bien, cria-t-elle moqueusement.

Pas dupe...

Malko attendit près des ascenseurs qu'elle ait disparu dans la boîte. Avec le goût de son parfum aux lèvres.

Puis il regagna la Toyota et démarra après s'être renseigné chez le concierge.

Il n'était que neuf heures, et déjà la ville était déserte. Il fila vers le sud, franchit le passage à niveau en face de la caserne de la Quatrième Division et continua, s'enfonçant dans la banlieue. Le concierge lui avait expliqué que le *Zébra-Club* se trouvait dans le quartier du Néfassié, littéralement les « Filles qui parlent au vent ». En souvenir du premier standard téléphonique installé sous les ordres de l'empereur Ménélik, fanatique des télécommunications. Quiconque refusait le téléphone avait la tête coupée.

Il parcourut près de trois kilomètres dans une triste avenue rectiligne avant de trouver une pancarte en anglais indiquant en lettres rouges *Zébra-Club*. Il s'engagea dans un chemin sombre en terre battue qui le mena à une petite bâtisse au milieu d'un jardin en friche. De la musique en sortait.

*
* *

Des filles, il n'y avait que cela. Debout, le long des grandes zébrures noires et blanches des murs, alignées sur les banquettes de moleskine, sages comme à un bal de sous-préfecture, en train de danser entre elles, agglutinées près du bar de l'entrée. Toutes très jeunes, certaines belles, vêtues sagement de pantalons ou de robes. Une trentaine. Une demi-douzaine de clients étaient attablés en bonne compagnie. Un ivrogne largement quinquagénaire, vêtu avec recherche, jusqu'à l'épingle de cravate, effectuait au milieu de la piste une imitation grotesque de danse cambodgienne, avec des mines énamourées.

Un garçon à la veste zébrée installa Malko sur la banquette, une fille s'approcha, lui tendit cérémonieusement la main avec une sèche inclinaison de tête.

— *Good night*.

Elle s'assit. Le garçon, automatiquement, apporta deux consommations. La fille avait des traits épais de paysanne et la peau très sombre. Son anglais s'arrêtait vraisemblablement à *good night*. Avec un sourire engageant, elle se mit à lui pétrir la cuisse droite. Pour échapper à ce massage, Malko voulut se lever afin d'explorer la seconde pièce. Si Elmaz ne se trouvait pas au *Zébra*, il avait juste le temps d'aller au *Vénus* avant le couvre-feu. Sa conquête crut qu'il voulait danser et se leva pour venir se coller à lui. La musique était assourdissante, la fille dansait mal, exhalant une vague odeur de beurre rance...

Tout en évoluant, Malko examinait les filles dans la pénombre. Pas d'Elmaz. Il arriva en vue de la seconde pièce. Un groupe de filles bavardaient ensemble près de la cheminée. Les battements du cœur de

Malko s'accélèrent brusquement. Elmaz était là, ses hanches minces moulées dans un pantalon à grands carreaux, très ajusté sur la croupe cambrée, les cheveux noirs encadraient un visage angélique, à l'expression distante, presque méprisante, tombant en cascade jusqu'à ses reins.

Appuyée à la cheminée, elle avait l'air de s'ennuyer prodigieusement. Elle vit Malko à la seconde où il l'apercevait. Ses traits se figèrent.

D'un seul élan, elle plongea à travers la pièce, passant tout près de Malko. Ce dernier lâcha aussitôt sa cavalière et appela.

— Elmaz!

Elle marcha encore plus vite, disparut vers la sortie, esquivant l'ivrogne. Malko voulut foncer derrière elle, mais sa cavalière s'accrocha à son cou.

— *Please, I love you!*

L'imminence du danger élargissait miraculeusement son vocabulaire. Malko défit les bras qui l'emprisonnaient et fonça à la poursuite d'Elmaz, traversant le petit bar encombré. Il scruta la pénombre de la cour et aperçut les phares d'une voiture dont le moteur tournait encore. Une Triumph décapotable. Au volant se trouvait Moncogo, le sosie d'Amin Dada, « fiancé » de Wallela! Elmaz lui parlait, penchée à la portière. Elle se retourna, vit Malko et, sans même ouvrir la portière, sauta dans la voiture!

La Triumph partit en marche arrière, vira, rugit et franchit le porche à toute vitesse.

CHAPITRE IV

Une seconde, Malko demeura interdit. Puis il se rua sur la Toyota. Il *devait* rattraper Elmaz maintenant, sinon, elle se cacherait certainement. Mais lorsqu'il déboucha dans l'avenue, les feux de la Triumph n'étaient plus que deux points rouges. Il écrasa l'accélérateur mais la Toyota refusait obstinément de dépasser le 60. La rage au cœur, il essaya de ne pas perdre de vue les gros feux carrés. Ils parurent soudain ne plus diminuer, et même grossir! La distance qui séparait Malko de la voiture diminuait. La Triumph s'était arrêtée à un feu. Cent mètres, cinquante, trente, et le feu était encore au rouge.

Concentré sur les feux, il ne vit pas le cycliste surgir sur la droite, bien entendu sans lumière. Le coup de volant, le bruit de ferraille, le cri furent simultanés. Malko sauta à terre. Le cycliste était étendu sur le côté, sa machine près de lui. Il se releva péniblement. Une silhouette jaillit de l'autre côté de l'avenue : un *zabagna* [1] emmitouflé dans une vieille capote militaire, brandissant un énorme gourdin. Malko ne fit qu'un saut dans la Toyota, furieux de son réflexe d'homme civilisé. Dans un pays

[1] Gardien.

comme l'Ethiopie, lorsqu'on avait un accident, le mieux était de faire une marche arrière pour achever le blessé — ou de fuir. Autrement, c'étaient des ennuis sans fin, au pire le lynchage. Il redémarra, pas assez vite pour éviter un furieux coup de gourdin du *zabagna* sur le coffre. Le cycliste lança une pierre qui ricocha sur la carrosserie avec un bruit sinistre... Malko franchit le feu au rouge et ne ralentit légèrement que devant le passage à niveau de la Quatrième Division. Bien entendu, la Triumph avait disparu.

Il n'y avait plus qu'à aller se coucher.

Il crut que la Toyota n'arriverait pas à monter la côte de l'avenue Ménélik. Sa rage s'évapora instantanément lorsqu'il déboucha dans le parking du *Hilton*. La Triumph rouge était là. Ou alors sa sœur jumelle. Ses occupants étaient sûrement à la boîte du *Hilton*, rendez-vous préféré des diplomates de l'O.U.A. Ceux-ci, arguant du couvre-feu, pouvaient en toute tranquillité prendre une chambre au *Hilton* avec leur petite amie sans risquer les foudres de leurs épouses légitimes.

Si le couvre-feu n'avait pas existé, il aurait fallu l'inventer...

***

Malko n'était pas arrêté depuis trente secondes à l'entrée de la boîte que deux obus de satin blanc foncèrent sur lui.

— Alors, vous n'avez pas été vous coucher?

Wallela ressemblait à un cosmonaute vu par *Penthouse*. Sa combinaison de lamé argenté moulait comme un gant parfaitement indécent des formes épanouies et sa poitrine encore plus fabuleuse que la moyenne des Ethiopiennes, pourtant pas privées de ce côté.

— J'ai changé d'avis, dit-il, un peu embarrassé.

— Alors, venez danser!

Sur la piste, son danseur, le représentant d'un vague Etat africain qui n'existait guère que sur le papier, attendait, les yeux en érection. Wallela le congédia d'un geste bref, et, à peine sur la piste, se colla à Malko, des chevilles au front.

— Et votre cavalier? demanda Malko.

— Oh, je m'en fous. Tous ces Noirs sont dégoûtants, ils veulent coucher avec nous en dix minutes...

Une douzaine de couples tournoyaient dans la pénombre. Des Noirs, un Arabe ou deux. Toutes les filles étaient éthiopiennes. Deux dansaient entre elles, ostensiblement, avec des éclats de rire. Malko scrutait les tables autour de la piste. Il découvrit Elmaz derrière l'orchestre. Elle se tenait très droite à côté du Noir de la Triumph. Elle sursauta en apercevant Malko, et engagea aussitôt une conversation animée avec son cavalier. Ce dernier se mit à fixer Malko avec une expression féroce, presque comique.

La musique s'arrêta. Aussitôt, Wallela tira Malko vers une banquette dans l'ombre. Automatiquement elle avait pris sa main, avec un geste de propriétaire.

— Vous savez ce que cela veut dire, Wallela? Miel... *Honey*, en anglais.

Il n'eut pas le temps de commenter cette intéressante nouvelle. Le faux Amin Dada se dirigeait vers eux d'un air menaçant. Il s'arrêta devant Malko, posa ses énormes mains noires sur la nappe et dit d'une voix de basse impressionnante :

— Monsieur, si vous ne partez pas d'ici tout de suite, je vais casser votre tête.

A voir son expression féroce, ce n'étaient pas des paroles en l'air... Wallela sauta au plafond.

— Moncogo! Qu'est-ce qui te prend? C'est mon ami.

— Tu lui dis de partir, alors. Sinon, je casse son gueule très fort.

Il avait fermé ses énormes poings et se balançait d'un pied sur l'autre. Malko ne voyait guère comme solution qu'une mitrailleuse ou une fuite honteuse. Wallela apostropha soudain le Noir en amarik. Il répondit de mauvaise grâce, se dégela pas à pas. Wallela jeta un œil furibond à Malko.

— Alors, vous étiez au *Zébra*... Elmaz a dit à Moncogo que vous aviez été très méchant avec elle, que vous l'aviez battue parce qu'elle ne voulait pas faire ce que vous vouliez. Ce n'est pas bien. Que vous lui faites peur.

— Mais c'est faux! protesta Malko, outré. Archifaux.

Wallela haussa les épaules, résignée.

— Je sais bien que vous autres, Européens, vous ne faites l'amour qu'avec deux femmes à la fois, mais il faut comprendre que nous ne sommes pas pareilles.

Malko bouillait. Moncogo serrait et desserrait ses énormes poings.

— Ecoutez dit-il, il y a un malentendu que je ne peux pas vous expliquer. Je vais aller la voir. Gardez ce fauve pendant ce temps-là!

— Bon, je vais essayer, dit Wallela, mais c'est parce que vous êtes un ami de Dick. C'est pas gentil de m'avoir laissé tomber, tout à l'heure.

Elle se leva, prit le géant noir par la main et l'entraîna vers la piste malgré son évidente réticence. Ce n'est que lorsque les obus de satins se vissèrent dans sa poitrine qu'il se détendit un peu.

L'orchestre venait de recommencer à jouer. Un air curieux qui ressemblait vaguement à un slow japonais, dansant.

Malko fonça vers la table d'Elmaz avant qu'on aille

l'inviter. En le voyant elle eut un mouvement comme pour se lever. Malko était déjà assis à côté d'elle.

— Il faut que je vous parle.

Il devait crier pour dominer le bruit de l'orchestre. Elmaz secoua la tête et dit en regardant droit devant elle :

— Je n'ai rien à vous dire. Je ne voulais pas venir ici, je savais que vous me poursuivriez. Partez.

De quoi refroidir une banquise. Malko sentit qu'elle allait se lever, et qu'il ne pouvait pas la poursuivre. Il tendit la main, emprisonna le poignet d'Elmaz et tira, la forçant à se lever.

— Moi, j'ai à vous parler, hurla-t-il d'un ton sans réplique. Ici, c'est impossible, à cause du bruit. Venez danser.

Il crut un instant qu'elle allait faire un esclandre, mais elle se laissa tirer sur la piste et ne résista pas lorsqu'il entoura sa taille fine. Ses cheveux et ses vêtements étaient imprégnés d'un parfum très fort, genre tubéreuse. Mais elle détourna ostensiblement la tête et précisa d'une voix glaciale :

— Si vous avez envie de coucher avec moi, vous perdez votre temps, je ne suis pas une putain.

Malko colla ses lèvres contre son oreille et chuchota :

— Pourquoi me fuyez-vous? Je ne suis pour rien dans ce qui est arrivé hier soir. C'est la sœur de Chewayé qui m'a envoyé à elle. Je ne suis pas un mouchard du Derg.

— Dans ce cas, pourquoi l'a-t-on arrêtée, elle, et pas vous?

— Mais, dit Malko, vous ne savez pas?

— Quoi?

Elmaz s'était détachée brusquement de lui, une lueur horrifiée dans ses yeux noirs. Son cri avait couvert le bruit de l'orchestre.

— Qu'est-ce...

Malko se souvint d'un coup de ce qu'avait dit Dick Bruce : pas de journaux, pas d'informations. Elmaz ignorait la mort de Chewayé. Mais il ne pouvait pas la laisser dans l'ignorance.

— Chewayé n'a pas été arrêtée, dit Malko.

— Mon Dieu!

Convulsivement, elle se serra contre lui. Il la sentait trembler de tout son corps. Rassuré de voir qu'il ne l'avait pas encore violée, Moncogo explorait les courbes de Wallela avec ses énormes battoirs. Avec des mots volontairement neutres, Malko raconta ce qui était arrivé. Elmaz l'interrompit avec incrédulité.

— Ils ne vous ont pas rattrapé!

Elle ne croyait pas un mot de son histoire.

— J'ai pu rentrer au *Hilton* sans attirer l'attention, expliqua-t-il. Ils ne savaient pas qui j'étais. Peut-être n'ont-ils pas voulu effrayer les touristes en débarquant à l'hôtel.

Elmaz secoua la tête avec un sourire amer.

— Il n'y a plus de touristes au *Hilton*. Et s'ils voulaient vous trouver, ils auraient été vous chercher en enfer... Ils n'ont pas voulu, c'est tout.

Ce que cela impliquait justifiait l'attitude d'Elmaz.

— Pourquoi Chewayé a-t-elle tiré sur eux? demanda-t-il.

— Chewayé m'avait toujours dit qu'elle ne se laisserait pas prendre vivante, expliqua sombrement Elmaz. Elle avait peur d'être torturée.

La musique s'arrêta. Ils restèrent face à face. Déjà « Amin Dada » se dirigeait vers eux.

— J'ai encore des choses à vous apprendre, dit-il rapidement. Je ne suis pas ce que vous croyez...

Elmaz n'eut pas le temps de répondre. Moncogo arrivait, traînant Wallela. Il sourit.

— Alors, vous êtes réconcilités? C'est bien. Venez à notre table, monsieur...

Quand il ne voulait pas vous réduire en bouillie il était charmant... Afin de fêter leur réconciliation, Moncogo commanda une bouteille de cognac Gaston de Lagrange. Elmaz avait du mal à cacher son bouleversement. Wallela adressa un clin d'œil à Malko et vint s'asseoir à côté de lui, soufflant dans son oreille :

— C'est à cause d'elle que tu ne voulais pas rester avec moi? Je ne savais pas que vous étiez sortis ensemble.

— Je voudrais aller ailleurs, dit Malko, sans s'étendre. Il faut que je parle à Elmaz. C'est sérieux.

Wallela eut un rire entendu.

— Si vous me laissez avec Moncogo, dans l'état où il est, il va me violer. Je vais essayer de convaincre Elmaz de nous emmener chez elle. Mais il faut se débarrasser de Moncogo. Laissez-moi faire.

Elmaz et Moncogo avaient déjà vidé le tiers de la bouteille de Gaston de Lagrange. Malko voyait qu'elle retenait ses larmes. Il réfléchissait, intrigué, et inquiet. Pourquoi les tueurs ne l'avaient-ils pas poursuivi? Ils savaient qu'il s'était introduit au *Hilton*. Même s'ils ne l'avaient pas identifié. Ils pouvaient interroger le personnel. Cela ne pouvait signifier qu'une chose : ils avaient une raison précise pour lui laisser la bride sur le cou. Ce qu'avait déjà suggéré Dick.

Wallela se tourna vers Malko et lui glissa d'un ton triomphant.

— Ça y est! Voilà comment on va faire. On dit à Moncogo qu'on ne veut pas partir officiellement avec lui. Qu'il prenne une suite et qu'on le rejoint. Et on file tous les trois dans ta voiture...

— Où? demanda Malko. Il est onze heures et demie... Tout est fermé.

— Chez Elmaz. On passera la nuit là-bas.

C'était inespéré! Wallela engagea une conversation à voix basse avec le Noir.

Sournoisement, Moncogo tripotait le zip, agrandissant insensiblement le décolleté. Finalement, Wallela l'embrassa dans le cou avec un rire complice. Aussitôt, le Noir se leva très dignement et fila vers la sortie, légèrement titubant, la bouteille de Gaston de Lagrange à la main. Wallela le regarda partir en pouffant.

— Il va être en colère! dit-elle d'un air ravi.

C'était un *understatement*.

Elmaz jouait machinalement avec son verre vide, évitant de regarder Malko. Wallela se pencha vers lui.

— Demande l'addition.

*
* *

Les lampadaires éclairaient d'une lueur blême et sinistre l'avenue King-George. Malko ne pouvait s'empêcher de penser à la soirée de la veille.

— A droite, fit la voix neutre d'Elmaz, derrière lui.

Malko obliqua, continuant à monter dans les rues désertes. Ils passèrent devant une caserne, cahotèrent dans un chemin de pierre, redescendirent pour franchir une petite rivière. Malko dut ralentir, tant la Toyota était secouée sur la pente raide.

Le chemin aurait découragé un char d'assaut. La malheureuse voiture avançait par hoquets successifs sur une pente de 35° hérissée de trous énormes, faisant jaillir les pierres sous ses roues. Soudain, une grille noire surgit dans la lueur des phares.

— Klaxonnez, dit Elmaz.

Quelques secondes plus tard, un *zabagna* en loques poussa la grille, découvrant un spectacle extraordinaire. Un sentier montait en zigzaguant au milieu d'un parc dont les massifs de fleurs étaient éclairés par des lampes improvisées faites de boîtes pleines d'huile où brûlaient des mèches. En haut, on distinguait les contours d'une maison bâtie sur le sommet de la colline, dans le style du château de Dracula... Pour ajouter encore à l'ambiance sinistre, trois grands dogues noirs surgirent de l'obscurité et entourèrent la Toyota lorsqu'elle s'arrêta.

— Attendez, dit Elmaz, ne sortez pas tout de suite.

Elle sortit, calma les bêtes et alla allumer la véranda qui faisait le tour de la maison. Wallela et Malko descendirent à leur tour. L'air était glacial, on apercevait dans le lointain les lumières d'Addis-Abeba.

— C'est une des plus belles maisons d'Addis, souffla Wallela à Malko. Son père l'avait fait construire. Les militaires l'ont fusillé.

Dans un coin de la véranda, un *zabagna* dormait, emmitouflé dans une vieille capote, un fusil dans les bras. Elmaz les fit entrer dans un grand salon, puis dans un plus petit beaucoup plus intime, plein de poufs, de tapis, de divans bas. Wallela mit un disque sur l'électrophone et se mit à danser toute seule, au milieu de la pièce.

Comme une automate, Elmaz alla chercher une bouteille de *J & B* et remplit les verres à ras bord. Elle avait manifestement décidé de se saouler. Wallela rafla son verre et recommença à danser. Elmaz se tourna vers Malko, plus distante que jamais.

— Qu'est-ce que vous avez à me dire?

De larges cernes bistres soulignaient ses yeux noirs rendus brillants par l'alcool. Assise en tailleur, elle se tenait très droite, ses longs cheveux touchant les coussins, son visage triangulaire tendu.

— Je devais rencontrer Chewayé, dit Malko, pour une raison précise.

— Laquelle?

Wallela se laissa tomber à côté d'eux, glissant une main dans la chemise de Malko, merveilleusement saoule.

— Vous habitez seule ici? demanda Malko.

— Oui, dit Elmaz d'une voix neutre. Avec mes chiens.

Malko sentit qu'elle ne voulait pas parler devant Wallela.

— Si nous faisions un tour dehors? proposa-t-il.

Elmaz eut un regard surpris.

— Mais il fait froid!

— Couvrez-vous, dit-il.

Elle se leva et se drapa dans une sorte de cape blanche, un *chamaa*. Seule sa tête émergeait.

Wallela ne parut pas s'émouvoir de leur disparition. Elmaz mena Malko jusqu'au petit bois qui dominait la maison.

— Ce sont de très vieux oliviers, dit-elle d'une voix absente. Les plus grands du pays.

Malko se moquait des oliviers.

— Elmaz, dit-il, je ne suis pour rien dans le meurtre de votre amie. J'ai failli être tué moi-même.

Elmaz resta silencieuse un long moment avant de laisser tomber :

— Ils n'ont jamais ennuyé Chewayé. Jamais jusqu'à hier soir. Pourquoi? Pourquoi l'ont-ils tuée? Pourquoi vous ont-ils laissé partir? Pourquoi voulez-vous me voir? Qu'est-ce que vous voulez?

Son anglais se dégradait au fur et à mesure qu'elle s'énervait. Des chiens se mirent à aboyer dans le lointain, ponctuant un coup de feu.

— Les militaires ont peut-être cru que j'apportais de l'argent à Chewayé, dit-il.

Il commençait à frissonner sous la morsure du vent glacial. Lui n'avait pas de *chamaa* pour se couvrir.

— Que voulez-vous me dire? répéta-t-elle. Et qui êtes-vous?

Malko décida de se jeter à l'eau.

— Je suis à Addis en vue de participer à un coup d'Etat contre le Derg, expliqua-t-il. Avec un groupe d'opposants.

— Qui?

— L'EPRP.

Elmaz sursauta.

— Eux? Ce sont des communistes.

— Je ne crois pas, dit Malko prudemment. Les services américains les considèrent comme valables.

Elmaz s'était refermée. Malko ne l'avait pas convaincue de sa bonne foi. Il se sentit obligé d'aller plus loin.

— L'EPRP a besoin d'armes pour réussir son coup d'Etat, dit-il. Le Derg a complètement isolé le pays. Il est impossible de leur faire parvenir de l'argent. Les Américains ne veulent pas officiellement leur venir en aide. Chewayé était au courant d'un secret... Elle avait accès aux réserves d'or du négus. Celles qu'on n'a jamais retrouvées. Cet or suffirait largement pour acheter des armes. Voilà pourquoi je suis à Addis...

Cette fois, Elmaz ne perdit pas une seconde pour répondre :

— Je ne sais rien au sujet de cet or, dit-elle. Ce sont des racontars. S'il y avait de l'or, le Derg l'aurait pris depuis longtemps. Vous êtes venu pour rien.

Elle reprit le chemin de la maison. Malko sur ses

talons. Furieux. Elmaz ne se laisserait pas convaincre.

Ils retrouvèrent Wallela dans la même position. Perdue dans sa rêverie. Elle ne sembla pas s'apercevoir de leur retour.

Elmaz regarda ostensiblement sa montre.

— Vous avez encore le temps de repartir avant le couvre-feu. Comme étranger, vous ne risquez qu'une amende de trente dollars. Vous avez sûrement les moyens de la payer...

Elle le mettait dehors. Malko tenta un dernier effort.

— Il faut que vous me croyiez, adjura-t-il. Vous étiez l'amie de Chewayé, vous êtes sûrement au courant.

— Je vous répète que je ne sais rien de cet or! Ce sont des racontars. Si le négus avait eu de l'or, il s'en serait servi quand il y a eu la grande famine du Wollo... Maintenant, partez.

— Et elle? demanda Malko, désignant Wallela.

— Elle peut rester, dit Elmaz, nettement plus douce.

Comme Malko ne bougeait pas, elle siffla doucement. Il y eut une galopade feutrée sur le parquet ciré, et deux des dogues surgirent, la langue pendante, les crocs étincelants, s'arrêtant à quelques centimètres de Malko. Il eut du mal à ne pas sursauter. A l'intérieur, ils étaient encore plus impressionnants qu'à l'extérieur...

— Ils vont vous raccompagner, annonça Elmaz d'une voix glaciale. Klaxonnez pour vous faire ouvrir la porte.

Malko hésitait. Les deux dogues pouvaient le mettre en charpie. L'un d'eux se rapprocha, bandant les muscles de ses pattes de derrière, prêt à lui bondir à la gorge. Il ne lui restait plus qu'une seule carte à jouer. Avec des gestes volontairement contrôlés, il mit la main gauche dans sa poche, en sortit un petit sachet en plastique qu'il jeta sur les genoux d'Elmaz.

— Jetez un coup d'œil à ceci, demanda-t-il.

La jeune femme hésita d'interminables secondes avant de ramasser le sachet.

— Ouvrez-le, dit Malko.

Elmaz leva les yeux sur lui.

— Qu'est-ce que c'est?

— Vous verrez.

Elle obéit, renversant le contenu dans sa paume. Cela fit un petit tas doré. Malko vit le sang se retirer du visage d'Elmaz. Elle referma les doigts comme pour cacher le contenu de sa main. Il guettait son expression. Avant qu'elle ouvre la bouche, il dit tranquillement.

— C'est de la poudre d'or. Cela vient de chez Chewayé. Elle en avait un plein sac et m'a confié qu'elle en avait autant qu'elle le voulait et que c'était ce qui l'aidait à vivre. Alors, vous continuez à prétendre ne pas être au courant?

Les cils d'Elmaz battirent rapidement.

— Je ne sais rien de tout cela, Chewayé ne me disait pas tout. Je croyais qu'elle se faisait entretenir.

— Vous vous faites entretenir aussi? demanda brutalement Malko.

— Oui, dit-elle, avec une certaine hésitation.

Cela sonnait faux. Il était certain d'avoir mis le doigt sur la bonne piste. Soudain, Elmaz regarda sa montre et dit d'une voix parfaitement naturelle :

— Il est trop tard pour que vous rentriez maintenant. Vous allez coucher ici. Il y a assez de chambres.

L'effet de l'alcool qu'elle avait bu toute la soirée semblait s'être dissipé d'un coup.

— Je vais vous montrer votre chambre, dit Elmaz en se levant.

Les dogues les suivirent jusqu'au premier étage, silencieux et menaçants. Elmaz ouvrit la porte d'une chambre banalement meublée et se tourna vers Malko, désignant une autre porte en face.

— Ceci est ma chambre. Ne tentez pas d'y pénétrer, les chiens vous mettraient en pièces. Je dors toujours avec eux. Bonsoir. Nous discuterons demain matin de ce que vous m'avez dit. Ce soir, je suis trop fatiguée. Ce que vous venez de m'apprendre est affreux. Je ne peux plus penser...

Elle s'éloigna dans le couloir. Malko ferma la porte. Ivre de fatigue, il s'allongea sans même se déshabiller avec l'intention de réfléchir. Des chiens aboyaient sans arrêt dans la nuit. Sans même s'en rendre compte, il sombra dans le sommeil.

*
* *

Malko se dressa en sursaut. Ses oreilles avaient enregistré un craquement qui l'avait réveillé, sans qu'il puisse l'identifier. Il resta sur son séant, vérifia à sa Seiko qu'il était six heures du matin. Il faisait encore nuit. Il perçut un frôlement, une odeur tenace et entêtante frappa ses narines. Le parfum d'Elmaz... Le sang se rua à ses tempes. Il appela doucement.

— Elmaz?

— Je suis là, dit la voix douce de la jeune femme.

Il distingua une vague silhouette dans l'obscurité avant qu'un tissu rugueux ne lui tombe sur le visage. Pendant une fraction de seconde, il crut à une plaisanterie. Puis il entendit une voix d'homme et sentit qu'on le jetait au bas du lit. Un coup violent le frappa à la nuque. Il fut ébloui par une lueur aveuglante et perdit connaissance.

CHAPITRE V

L'odeur âcre et piquante attaquait les narines, s'infiltrant jusqu'aux sinus. Malko lutta plusieurs secondes puis éternua plusieurs fois de suite, ce qui ébranla douloureusement son crâne endolori. Mais acheva de lui faire reprendre connaissance. Tout lui revint d'un coup : le parfum d'Elmaz, le coup sur la tête. Il avait un bandeau sur les yeux, les mains attachées derrière le dos et les chevilles liées. Il entendit une voix d'homme dire quelque chose, sentit qu'on enlevait son bandeau, cligna des yeux sous la lueur crue d'une ampoule nue, distingua vaguement des sacs gris empilés tout autour de lui. Il avait le dos appuyé à l'un d'eux. La pièce ressemblait à un magasin, sans fenêtre, avec une grande table au milieu. Entouré de sacs, il ne pouvait pas voir grand-chose. Pris de vertige, il ferma les yeux. Lorsqu'il les rouvrit, il réprima un haut-le-cœur.

Le visage qui était penché sur lui respirait l'abjection comme d'autres respirent la bonté.

Des yeux globuleux, un nez busqué et trop important, plongeant dans une grande bouche molle s'ouvrant sur des dents gâtées. L'inconnu était vêtu d'un costume avec une chemise sans cravate, prête à éclater sous la pression de son ventre. Un gamin se faufila à côté de lui. Le crâne rasé, le visage rond, les yeux vifs.

Le gros se redressa et tourna la tête vers le rideau qui fermait la porte.

— *Leult!* [1]

Le rideau qui séparait le réduit de la pièce voisine s'écarta, et Elmaz apparut, une cravache à la main. La jeune femme portait de hautes bottes, un pantalon de drap gris très ajusté et un gros chandail. Ses longs cheveux étaient roulés en chignon et cachés sous un foulard rouge ce qui lui durcissait les traits. Son visage angélique respirait le mépris. Elle s'approcha de Malko et posa sur lui un regard glacial.

— Vous pensiez m'avoir eue hier soir, fit-elle d'une voix trop haute pour être naturelle. Vous voyez où vous en êtes, maintenant...

— Pourquoi m'avez-vous attaqué? demanda Malko.

La cravache lui cingla l'épaule. Les yeux d'Elmaz flamboyaient de haine.

— Pour qui travaillez-vous chez les militaires? Qui vous a recruté? Le sergent Tacho?

— Je vous ai dit que j'étais à Addis pour participer à un coup contre le Derg, dit Malko, essayant de garder son calme. Je suis sorti plusieurs fois avec Chewayé avant le soir du meurtre. Je travaille *contre* le Derg.

Elmaz écoutait, les lèvres serrées.

— Chewayé était ma cousine, dit-elle. Nous ne nous cachions rien. Elle ne m'a jamais parlé de vous comme d'un comploteur.

— Je ne lui avais encore rien dit.

Elmaz cingla sa botte de sa cravache. En colère, elle était encore plus belle. Mais Malko n'aimait pas du tout la lueur qui dansait dans ses yeux. Elle mit

[1] Princesse.

la main dans un sac ouvert et en retira une poignée de graines verdâtres qu'elle montra à Malko.

— Vous voyez ces grains? C'est du poivre. Teferi va vous en faire manger jusqu'à ce que vous disiez la vérité. Vous n'aurez rien à boire. Votre estomac va vous brûler tellement que vous aurez envie de l'arracher de votre corps.

Ainsi c'était cela, l'étrange odeur! Malko n'eut pas le temps de protester.

Elmaz avait tourné les talons. A peine était-elle sortie que l'immonde réapparut, suivi du gosse. Ce dernier se précipita sur Malko avec une expression joyeuse, raflant au passage une poignée de grains. Brutalement, il lui pinça les narines, jusqu'à ce qu'il ouvre la bouche, pour ne pas suffoquer. Aussitôt, il lui enfourna la poignée de poivre au fond du gosier, lui maintenant le menton pour qu'il ne puisse pas cracher. Les grains de poivre commencèrent à se dissoudre dans la salive et, en quelques secondes, Malko eut l'impression d'être un avaleur de feu. Ses yeux se remplirent de larmes, son palais le brûlait, il avala malgré lui, et le feu descendit le long de son œsophage jusqu'à l'estomac, laissant une traînée brûlante... C'était atroce. Déjà, le gamin recommençait. A travers ses larmes, Malko vit qu'il paraissait s'amuser beaucoup. Il lutta, maintenant les dents serrées, essayant de respirer sans ouvrir la bouche, mais dut céder. De nouveau, le poivre lui embrasa la gorge. Qui allait le tirer de là? Il n'avait même pas la ressource d'avouer pour stopper son supplice. Puisqu'il n'avait rien à avouer.

Il mourait déjà de soif, et il lui sembla que sa langue avait triplé de volume. Le gosse, qui devait avoir huit ans, continuait de lui remplir la bouche de poivre avec ses petites mains sales.

Malko poussa soudain un rugissement. L'affreux

gamin, pour faire bon poids, venait de lui bourrer les narines de poivre! Pendant que Malko pleurait, crachait et suffoquait, il lui subtilisa prestement sa Seiko...

La valeur n'attend pas le nombre des années.

D'un effort désespéré, Malko tenta de se lever. Le gosse sauta aussitôt sur un gourdin et se mit à taper sur le crâne de Malko comme un sourd. Malko retomba par terre, le brave petit se tordit littéralement de rire.

Pour le punir de sa rébellion il entreprit de lui souffler de la poussière de poivre dans les yeux!

C'était nettement plus récréatif qu'un train électrique.

*
* *

— Vous refusez toujours de parler?

Malko dut faire un effort gigantesque pour entrouvrir ses yeux gonflés et irrités. Il ignorait si une heure ou cinq heures s'étaient écoulées depuis le début de son supplice. Pendant un long moment, le gosse lui avait emprisonné la tête dans un vieux sac de poivre imprégné de poussière qui avait pénétré partout et lui faisait pleurer les yeux en permanence. Mais le pire était la soif. Sa langue était en carton, il pouvait à peine parler, et le feu embrasait son œsophage, son estomac et sa bouche d'une manière atroce. Il aurait donné son château pour une bouteille de Perrier. Son jeune bourreau avait découvert un nouveau tourment : il lui bourrait les narines de grains de poivre, jusqu'à ce que Malko éternue douloureusement!

Lorsqu'il voulut parler, il crut que ses lèvres allaient éclater.

— Je ne travaille pas pour le Derg, bredouilla-t-il. Je ne connais personne qui y travaille.

Elmaz eut un sourire mince et méchant.

— Alors, vous allez continuer à manger du poivre. Jusqu'à ce que vous mouriez. Ensuite, Sayoun ira jeter votre corps dans la rivière. Chewayé sera vengée...

Elle se redressa, savourant d'avance sa joie. Malko ne pouvait plus supporter l'horrible brûlure. Brusquement, il décida de jouer le tout pour le tout.

— Je vais parler, dit-il, mais donnez-moi de l'eau.

— De l'eau! fit Elmaz. Jamais.

Epuisé, Malko abandonna, subitement indifférent. Il ne vit pas la lueur d'intérêt dans les yeux de Elmaz. Celle-ci jeta un ordre au gosse. Il s'éclipsa et revint avec une tasse pleine d'un liquide noirâtre. Il s'agenouilla près de Malko et l'approcha de ses lèvres. Bien que ce soit chaud, Malko but avidement. N'importe quoi, sauf le poivre. Mais son soulagement fut de courte durée. Il recracha ce qu'il venait de boire avec une grimace de dégoût.

Elmaz le fixa, sincèrement étonné.

— C'est infect, protesta Malko.

Même imbuvable, cela l'avait quand même un peu soulagé.

— C'est du café, fit Elmaz, mais ici les gens le boivent avec du beurre rance. Maintenant, parlez.

Ce n'était pas le moment de discuter les goûts culinaires éthiopiens. Malko réunit ses dernière forces pour dire :

— Je n'ai rien à vous apprendre. Si ce n'est que je ne suis pour rien dans la mort de Chewayé.

Elmaz le fixa un long moment en silence.

Puis elle dit.

— Je n'ai même plus envie de vous tuer moi-même, Sayoun Teferi va s'en charger. Chewayé sera vengée.

Elle tourna les talons. Quelques instants plus tard,

le marchand de poivre réapparut avec le gosse, discutant avec animation.

A leurs gestes, Malko comprit que le gosse désirait continuer à le bourrer de poivre alors que l'autre était pour le tuer tout de suite à coups de bâton.

Soudain, alors que la discussion n'était pas finie, il y eut un coup de sonnette. Aussitôt, les deux hommes se mirent à empiler les sacs devant lui afin de le rendre invisible. Avec sa douceur coutumière, le gosse lui enfourna un torchon poussiéreux dans le gosier.

Qu'est-ce que cela signifiait? Au point où il en était, sa situation ne pouvait que s'améliorer. Il attendit, prêtant l'oreille, surprit des pas, les voix de ses deux bourreaux et une troisième qui parlait également amarik. Très douce, très calme.

Il lui fallut plusieurs secondes pour reconnaître celle de Dick Bruce.

***

La voix douce ne s'élevait jamais d'un ton. Le plus atroce c'est que Malko ignorait si l'agent de la C.I.A. était au courant de son existence. Pourtant, ce serait une coïncidence trop incroyable. Mais comment était-il arrivé à retrouver sa trace? Il ne comprenait pas ce que disaient les deux hommes car ils parlaient amarik. Mais au ton de Bruce, Malko sentait qu'il cherchait à convaincre son interlocuteur de quelque chose... La voix d'Elmaz intervint. Haute, furieuse, menaçante. Cette fois, Malko fut certain qu'on parlait de lui...

Dick Bruce n'éleva pas le ton. Parfois, il parlait si bas que Malko avait l'impression qu'il était parti. A force de se débattre il parvint en frottant son visage contre la toile du sac, à faire glisser son bâillon. Il put enfin cracher le chiffon enfoncé dans sa gorge. Aussitôt, il cria de toutes ses forces :

— Dick! *I am here!* [1]

Il y eut un brusque remue-ménage, et quelques secondes plus tard, Elmaz se pencha sur Malko avec une expression féroce, un poignard à la main. De la main gauche, elle tira en arrière sa tête et posa la lame sur sa gorge.

Malko photographia la scène. L'Américain était debout au milieu de la pièce, dans sa tenue habituelle, les deux mains dans les poches de sa veste kaki, le visage détendu comme s'il prenait le thé. Il adressa à Malko un sourire serein et dit en anglais :

— Ne vous tracassez pas, il y a un petit malentendu. Je travaille à le résoudre.

— Je vais le tuer, hurla Elmaz.

Le tranchant du poignard s'appuya encore plus sur la gorge de Malko. Sur le pas de la porte, le gamin regardait la scène d'un air gourmand. Dick s'adressa de sa voix douce à Elmaz, sans la regarder. Il y eut un silence dans la pièce. Comme si de rien n'était, l'Américain prit une poignée de poivre et la laissa glisser entre ses doigts... Malko avait envie de hurler, tant sa gorge lui faisait mal...

Dick Bruce continua la conversation. De la même voix patiente et douce, s'adressant tantôt à Elmaz, tantôt au marchand de poivre, agitant les mains, s'exprimant d'une voix imperceptible.

Peu à peu, Malko sentait l'atmosphère se détendre. Elmaz se redressa, posa son arme. Enfin, ce dernier tendit la main droite à Elmaz, la paume bien à plat, un sourire engageant et calme aux lèvres.

— *Eche?* [2]

[1] Je suis là!
[2] Ça va?

Il se passa d'interminables secondes avant que la jeune femme y plaçât sa main gauche, l'air encore buté. Elle se pencha sur Malko et trancha ses liens.

— Vous pouvez vous mettre debout, dit l'Américain. Le malentendu est dissipé.

Malko ne se fit pas prier. Sa tête lui faisait très mal, mais il fallait avant tout éteindre le feu qui le consumait.

— J'ai soif, dit-il, il faut que je boive.

Il pouvait à peine parler. Dick se tourna vers le gosse.

— *Tchai!* [1]

Le gosse disparut et revint avec une théière et une tasse. Il versa du thé froid à Malko qui but avidement trois tasses coup sur coup. Sayoun Teferi s'était assis sur un sac et se curait les ongles. Malko demanda :

— Que leur avez-vous dit?

Dick eut un sourire doux.

— La vérité. Que nous travaillons tous les deux pour la C.I.A. C'est dangereux, mais il n'y avait pas moyen de faire autrement.

Elmaz regardait ses bottes, butée. Dick caressa sa barbe soyeuse, et continua de la même voix tranquille :

— Je me suis porté garant de vous. Ils me connaissent, ils savent que je vis ici, que je viens souvent au *Mercato*. Qu'ils pourraient me tuer facilement si je leur ai menti.

— Mais pourquoi serais-je complice du Derg? demanda Malko.

L'Américain hocha la tête, plein de compréhension.

— Il faut les comprendre. Ils se méfient de tous. Il y a eu une coïncidence fâcheuse, avec le meurtre de Chewayé. Je sais qui l'a tuée, maintenant...

[1] Du thé.

— Qui?

— Le sergent Manur Tacho. Le tueur numéro 1 du général Mengestou, le patron du Derg.

— Pourquoi ont-ils voulu l'arrêter?

Dick secoua la tête.

— Difficile à dire. Peut-être un contrôle de routine pour vérifier si vous ne lui apportiez pas de l'argent. Ou c'est lié à l'histoire de l'or. Maintenant, je penche pour la seconde hypothèse. Puisqu'on ne vous a pas inquiété. Il y a eu des fuites à Londres.

Malko se tourna vers Elmaz; appuyée à une pile de sacs, les traits butés.

— Vous me croyez maintenant?

Elle dit « oui » d'une voix imperceptible. Pas vraiment convaincue. Dick prit Malko par le bras.

— Bien sûr elle vous croit, mais elle n'aime pas s'être trompée. Venez.

Doucement, il poussait Malko hors de la pièce. Ce dernier se dit que c'était trop bête d'avoir subi son supplice pour rien. Il se dégagea et fit face à Elmaz.

— Vous savez pourquoi je suis venu en Ethiopie, dit-il. Voulez-vous m'aider? Il s'agit de renverser le Derg.

Elmaz fixa sur Malko des prunelles d'un noir impénétrable.

— Je hais le Derg, mais si c'est l'or que vous voulez, je ne sais rien. Peut-être que Chewayé savait, mais elle ne m'a rien dit...

Malko intercepta le regard de Dick Bruce et sentit qu'il allait trop loin. Sayoun Teferi regardait le sol sans rien dire, le gosse s'était prudemment éclipsé.

Dick Bruce et Malko traversèrent un petit couloir encombré de sacs de poivre et émergèrent dans une cour, puis de là dans une allée en plein air, grouillante de foule.

— Nous sommes dans le *Mercato*, annonça Dick Bruce, le plus grand marché d'Afrique.

A perte de vue, c'était une mosaïque d'échoppes groupées en rectangles, couvertes ou en plein air. La colline en était entièrement recouverte.

Cela grouillait, criait, discutait à n'en plus finir. Un soleil brûlant tapait à la verticale. En voulant vérifier l'heure, Malko s'aperçut de la disparition de la Seiko. Mais il était trop fatigué pour retourner discuter. Sa gorge recommençait à le brûler atrocement, son estomac aussi.

— Où allons-nous? demanda-t-il.

— Soigner votre gorge, dit Dick, sinon vous allez souffrir le martyre plusieurs jours.

Ils traversèrent un hall couvert où s'alignaient des dizaines de gigantesques mottes de beurre hautes de deux mètres.

— C'est pour les Gallas, expliqua Dick au passage. Ils raffolent du beurre rance. Les femmes s'en enduisent le corps et les cheveux en permanence...

Ils quittèrent le beurre, descendirent une ruelle bordée de tailleurs, puis ce furent les marchands de grains. Cela devenait de plus en plus misérable. Le long d'un ruisseau, de pauvres types tapaient comme des sourds sur des bouts de tuyau pour les rendre utilisables de nouveau. Ils remontèrent par une ruelle bordée d'énormes cages contenant des centaines de poulets pour émerger enfin dans une rue en pente où s'alignaient de minuscules échoppes tenues par des femmes, accroupies devant des couffins remplis de poudres de différentes couleurs.

Dick Bruce s'arrêta devant l'une d'elles qui le salua avec chaleur.

Il était temps : Malko avait une fonderie dans la gorge. Dick engagea la conversation en amarik, puis se tourna vers Malko tandis que la marchande prenait une poudre verdâtre et une matière qui ressemblait à du goudron.

— Ce sont les médecins locaux, expliqua-t-il. Elle va vous faire un philtre pour votre gorge et votre estomac. Demain, ce sera fini.

Devant l'air inquiet de Malko, il précisa en souriant :

— N'ayez pas peur. J'étudie la médecine africaine depuis cinq ans. Venez, nous allons nous reposer ici.

Ils allèrent s'accroupir dans « l'arrière-boutique », un minuscule gourbi où brûlait une cassolette d'encens. L'odeur changeait agréablement du poivre. Dick Bruce semblait toujours aussi calme.

— Il faut savoir prendre les Ethiopiens. On peut souvent les raisonner... Il faut de la patience et comprendre leur façon de penser. Différente de la nôtre...

— J'ai admiré votre calme, tout à l'heure, dit Malko.

Dick sourit.

— Oh, je n'avais pas beaucoup de mérite. J'avais prévu le pire, vous savez...

Il écarta le pan de sa canadienne, découvrant un gros revolver noir accroché à un holster. Un « 357 Magnum », Smith & Wesson.

— C'était une solution extrême, dit-il. Cela m'aurait fichu en l'air cinq ans de travail.

Malko sentit grandir son estime pour cette barbouze hautement non conformiste. Mais tout aussi efficace. Et comme s'il ne manquait plus que ça, voilà qu'une question lui brûlait elle aussi les lèvres :

— Mais enfin, comment m'avez-vous trouvé?

— Il faudra que vous offriez une robe à Wallela. Elle a débarqué chez moi à six heures du matin, affolée. Elle avait assisté à votre enlèvement, par les types de Teferi. Elmaz lui avait fait jurer de garder le silence mais elle savait que je vous connaissais. Elle se méfie également des emballements de son amie. Alors, je me suis mis en campagne...

La vieille écarta le rideau et tendit à Malko une pâtée noirâtre sur un bout de fer-blanc, avec un sourire engageant.

— Qu'est-ce qu'il faut en faire? demanda Malko.

— Avalez-le. Lentement.

Malko obéit stoïquement. Cela avait la consistance du goudron et le goût d'un œuf pourri. Il ne vomit pas grâce à un effort surhumain. Pendant quelques secondes, il ne pensa qu'à cela, sentant l'ignoble pâtée descendre le long de son œsophage douloureux et brûlant.

— Dans deux heures, cela ira mieux, promit Dick Bruce.

— Comment m'avez-vous retrouvé au fond du *Mercato*? insista Malko. Il y a des milliers de marchands.

Dick sourit modestement.

— Wallela m'a parlé de l'odeur du sac dans lequel on vous a emporté. Le poivre. J'ai tout de suite pensé à Sayoun Teferi. Il connaît tous les membres de l'ancienne famille royale. Du temps du négus, il avait pratiquement l'exclusivité du poivre pour Addis. Il a amassé une fortune colossale. En contrepartie, il procurait des ouvriers au négus et des filles à son entourage. Depuis, ça s'est gâté, il a failli être fusillé par le Derg, le mois dernier.

— Pourquoi?

— Oh, il avait stocké trois mille cinq cents tonnes de poivre, c'est aussi indispensable que de l'eau. Ils ont des estomacs en amiante. Alors, je me suis un peu renseigné chez mes amis du *Mercato*. Teferi, lui n'a pas que des amis. Quand j'ai débarqué tout à l'heure, je savais que vous étiez là, mais j'ignorais si vous seriez encore vivant... Le reste était relativement facile. Teferi ne veut pas se brouiller avec moi. Il connaît mes contacts avec l'EPRP. Le *Mercato* est un monde à part. Les indicateurs du Derg ne l'ont jamais vraiment pénétré, et les militants de l'EPRP y sont comme des poissons dans l'eau. Surtout depuis l'échange des billets. Beaucoup de marchands ont été ruinés parce qu'ils n'ont pas osé dévoiler leur fortune. Ils risquaient de se faire fusiller comme profiteurs... C'est pour cela qu'il a pris des risques. Tout à l'heure, je lui ai expliqué que vous deviez rencontrer par mon intermédiaire une des responsables de l'EPRP. Que s'il vous tuait, l'EPRP risquait de prendre cela très mal.

— Astucieux, apprécia Malko.

— Mais c'est vrai, confirma Dick Bruce, de sa voix tranquille. Nous devons retrouver une des héroïnes de l'EPRP, Sarah Massawa. Le Derg a mis sa tête à prix pour cinquante mille dollars éthiopiens.

— Mais pourquoi?

— Elle tient à vous voir. Elle veut l'or. C'est elle qui doit mener l'opération contre le Derg.

CHAPITRE VI

Malko déglutit un peu de salive, ce qui lui fit horriblement mal. Il n'avait pas très envie de tomber de Charybde en Scylla.

— A quoi s'attend-elle? Que je transforme les toits de tôle de cette ville en or? En plus, vous m'avez expliqué que l'EPRP était traqué par le Derg. Ce n'est peut-être pas le moment d'aller se jeter dans la gueule du loup. Enfin, je risque de lui apporter de mauvaises nouvelles. Nos chances de récupérer cet or sont voisines de zéro...

Dick Bruce l'avaient écouté en tiraillant sur son sourcil gauche, comme pour en extraire une idée.

— Pour l'or, tout n'est pas perdu, dit-il. Elmaz se calmera. Les gens de l'EPRP mènent une vie très dure. Ils ont besoin qu'on leur remonte le moral. Ils sont traqués sans cesse. Même si vous n'avez rien de concret à leur offrir, cette rencontre leur fera du bien. N'oubliez pas qu'ils sont venus à Addis spécialement pour l'opération que nous avons mise au point. Sarah Massawa est un personnage. Une Erythréenne qui tient le maquis depuis quatre ans. Ancienne étudiante en sociologie. Les militaires du Derg ont tué toute sa famille, à Asmara. Sa mère, son père, ses trois frères et sa sœur. D'une façon particulièrement dégueulasse.

— Vous ne croyez pas que c'était prématuré de les faire venir à Addis, avant de savoir comment récupérer cet or? observa Malko.

Indigné.

— La *Company* vous a fait confiance, dit doucement Dick Bruce.

Toujours la même histoire. La C.I.A. excitait les ennemis de ses ennemis et les laissait tomber ensuite. Voir les Hongrois et les Kurdes. Malko éprouva soudain une furieuse envie de récupérer l'or du négus.

— Comment la retrouverons-nous?

Dick regarda sa montre.

— Nous allons attendre ici. Jusqu'à cinq heures. Ensuite nous nous séparerons. Je ne viens pas. Ce serait trop risqué. Je suis pratiquement la seule source d'information de la *Company* à Addis. Enfin, la seule sérieuse. On m'a bâti une couverture en béton. L'ambassade a même demandé à un moment aux Ethiopiens de m'expulser... Du beau boulot. Les Ethiopiens m'aiment bien parce que j'ai pris le mal d'apprendre leur langue. J'en apprends plus que la plupart des attachés militaires en traînant dans le *Mercato* ou dans les *bounabetts*. Les barbouzes du Derg me considèrent comme une sorte d'anarchiste. Ils me tolèrent.

— Mais nous allons rester ici jusqu'à cinq heures? Votre marchande de philtres ne va pas s'étonner?

Dick Bruce sourit.

— Non, non. Je lui ai dit que vous aviez besoin de vous reposer. Elle va nous apporter à manger. C'est une amie. Quand vous partirez d'ici, tout à l'heure, vous remonterez la ruelle, et vous tournerez à droite. Vous traverserez tout le quartier des marchands de tissus, puis un terrain vague pour arriver chez les coiffeurs en plein air. C'est le fief de

Sarah. Elle saura immédiatement que vous êtes là. Il n'y a pas beaucoup de *farangs*, d'étrangers. On vous proposera de vous faire raser. Vous vous installerez dans un fauteuil et vous ferez ensuite ce qu'on vous dit... Voilà.

A ce moment, le rideau s'écarta sur la marchande. Elle tendit un paquet à Dick et laissa retomber le rideau.

— Ah, nous allons déjeuner, fit l'Américain.

Il défit le papier qui contenait deux bouteilles de *tala*, ce qui parut à Malko être de la bande Velpeau, et un petit pot de sauce rougeâtre. Dick coupa la bande Velpeau en deux.

— Tenez, dit-il, c'est de l'*injira*, le plat national éthiopien. C'est fait avec du *tef*, du maïs. Je ne vous conseille pas la sauce avec votre gorge.

Malko avala un peu de pâte : c'était bien de la bande Velpeau... Pour faire passer, il essaya la bière. Il la recracha. C'était infect! Dick mangeait sa bande Velpeau avec un bel appétit. Il hocha la tête.

— Evidemment, la *tala*, ça a un drôle de goût. Mais on s'y fait. Ici, les jours de fête, ils mangent de la *kefto*. De la viande crue farcie de ténias...

Encore un paradis gastronomique méconnu.

Quand ils eurent fini, Dick semblait d'excellente humeur.

— Tout à l'heure, dit-il, j'ai rendez-vous avec un pope qui a réussi à voler une icône superbe et qui vient me l'offrir. Il a fait trois cents kilomètres à pied...

Etonnant Dick Bruce!

Ils tombèrent ensuite dans une sorte de torpeur, serrés l'un contre l'autre. Malko dut dormir. Lorsqu'il se réveilla, Dick avait jeté sur lui un vieux *chamaa*. Tout à coup, il crut qu'on lui enfonçait un fer rouge dans la cuisse. Il sauta en l'air, la brûlure se reproduisit près de sa cheville. Il s'examina fiévreusement, et découvrit avec horreur une puce grosse comme un petit rat! Qui lui échappa...

— Oh! Addis est plein de puces, dit philosophiquement Dick. Il n'y a que le *Hilton* qui est *safe*. Mais on s'y habitue...

Décidément, on s'habituait à tout. Le soleil était tombé et il faisait froid. Pourtant, Malko rejeta le *chamaa* et ses habitantes. Un quart d'heure plus tard, Dick Bruce regarda sa montre.

— Il faut y aller. Sortez le premier. Wallela viendra nous chercher au *Hilton*. Nous dinerons ensemble.

Malko écarta le rideau. La vieille lui adressa un sourire édenté. Il s'engagea dans le sentier nauséabond, franchissant un petit ruisseau, l'estomac dilaté par sa bande Velpeau. Il faisait froid car le soleil venait de se coucher. Les Ethiopiens qu'il croisait semblaient ne pas remarquer sa peau blanche. Un personnage étrange s'attacha aussitôt à ses pas. Un clochard au crâne rasé, vêtu d'une vieille capote militaire. Il ralentit volontairement. L'autre le rattrapa et se planta devant lui, avec une mimique grotesque de salut militaire, claquant même des talons. Pour s'en débarrasser, Malko lui donna quelques pièces. Mauvais calcul; l'autre le suivit de plus belle...

Presque s'en s'y attendre, il déboucha chez les coiffeurs. Une quinzaine de fauteuils étaient disposés à même le sol boueux, devant des échoppes misérables. Malko ralentit.

*
* *

Un moustachu qui ressemblait plus à un bourreau qu'à un coiffeur se courba en deux devant Malko, l'invita à s'asseoir dans un fauteuil planté dans la boue, en face d'une cabane en bois qui abritait ses instruments. En face, des tailleurs cousaient comme des fous sur des machines datant de la guerre de Cent Ans.

Malko s'installa dans le fauteuil. Sur ses gardes. Il commençait à se méfier des Ethiopiens. Le moustachu lui passa une serviette sale autour du cou et entreprit de le badigeonner de mousse à raser glaciale. Personne ne semblait s'étonner qu'un étranger se fasse raser en plein ciel. Lorsqu'il vit le rasoir, Malko eut un haut le corps : il était dentelé comme une scie à métaux... Par bonheur, le coiffeur parvint cependant à ne lui arracher que la moitié de la peau du menton. Il se demanda soudain s'il n'était pas tombé sur un véritable coiffeur en quête de clients.

Au moment où Malko mettait la main à sa poche pour payer, un gamin surgit et tira Malko par la main.

— *Ato!* [1]

Le coiffeur lui adressa un sourire éloquent. C'était donc le messager de Sarah la Rebelle.

Il laissa deux dollars au coiffeur et suivit le gosse. Le mendiant était toujours là, saluant. Impavide et pitoyable.

Il s'aperçut que son jeune guide tenait à la main un paquet de tracts qu'il semait comme le Petit Poucet. Malko en ramassa un. C'était un dessin grossier représentant un soldat en train de planter sa baïonnette dans le ventre d'une femme enceinte. Sûrement pas un tract militariste... Le gosse trottait comme un lama, dans une nouvelle ruelle en pente. Cette fois, c'étaient les marchands de poissons. Une odeur effroyable. Peu à peu, ils s'approchaient de la lisière du *Mercato*, près de Omedia Square.

Arrivé au bord d'une rue asphaltée, le gosse s'arrêta et siffla entre ses dents. Trois coups, très brefs.

[1] Monsieur!

Malko se retourna et vit le mendiant qui faisait comiquement son cinquantième salut militaire. Probablement découragé, il entra dans un bistrot.

Ils attendaient visiblement quelqu'un. Trois autres gamins les rejoignirent, distribuant aussi des tracts. Tous semblaient nerveux. Planté à côté d'un marchand de grains, Malko se demandait ce qu'ils attendaient. Autour d'eux, les clients du *Mercato* vaquaient à leurs occupations. Certains ramassaient des tracts et les enfouissaient hâtivement dans leur poche, la plupart se détournaient avec crainte. Enfin, sans qu'il ait rien vu, le gosse qui l'avait amené le tira par la manche. L'un suivant l'autre, ils pénétrèrent dans une boutique qui pouvait passer pour celle d'un antiquaire. Les étagères des murs disparaissaient sous les icônes, les rouleaux de papyrus et toutes sortes d'objets vrais ou faux. On n'y voyait presque pas.

Malko distingua la silhouette d'un enfant qui venait vers lui. Il prit la main tendue, minuscule. La voix le détrompa aussitôt. Une voix de femme, bien posée, grave, agréable.

— Bonjour. Je suis Sarah Massawa.

Il essaya de tempérer son expression de surprise. Sarah Massawa ne dépassait pas un mètre cinquante. Ce n'était pas une naine, mais presque... Le Kalachnikow qu'elle tenait de la main gauche était plus grand qu'elle. En dépit de sa taille exiguë, son aspect était loin d'être désagréable. Une couronne de cheveux crépus cernait un visage harmonieux aux traits fins, à la grande bouche sensuelle, avec des yeux un peu proéminents, pleins de vie.

Elle portait des bottes noires, un pantalon de velours assorti et une sorte de canadienne verdâtre. Lorsqu'elle s'approcha de la lumière, la surprise de Malko augmenta encore : Sarah avait une grande croix bleue tatouée sur le front, avec des branches de trois bons centimètres! L'Erythréenne sourit devant sa surprise.

— C'est ma mère, dit-elle. Elle ne voulait pas que l'on pût me prendre pour une musulmane... Cela se fait toujours. C'est indélébile.

Certes, il n'y avait aucun risque d'erreur... Trois hommes, armés également, s'éclipsèrent, laissant Malko seul avec la rebelle. Celle-ci posa son arme, alluma une cigarette, puis ouvrit son blouson. La laine épaisse n'arrivait pas à dissimuler d'énormes seins, disproportionnés pour sa taille. Lorsqu'elle se tourna, Malko put admirer une courbe de reins soulignée par le velours collant. Une vraie tanagra. Elle suivit le regard de Malko, et c'est d'une voix presque sèche qu'elle demanda :

— Quand allons-nous avoir l'or?

Malko ne chercha pas à finasser. C'était par trop grave.

— Je n'en sais trop rien, avoua-t-il. Peut-être jamais.

— Jamais?

Elle avait l'air d'une enfant boudeuse. S'il n'y avait pas eu le Kalachnikow, on aurait pu croire à un jeu. Mais le chargeur était engagé, elle en avait trois autres accrochés à la taille dans des étuis de toile.

— Vous nous avez menti! dit-elle avec aigreur. Vous nous avez fait venir ici, où nous sommes traqués jour et nuit par les hommes de Tacho. Maintenant, il faut nous aider. Je sais que vous êtes venu ici spécialement pour cet or. Que se passe-t-il?

Malko n'eut pas à répondre. Un des partisans de Sarah surgit en trombe dans l'arrière-boutique. Au même moment, un coup de feu claqua dehors. Isolé. Sarah Massawa avait sauté sur son Kalachnikow et en vérifiait rapidement l'armement. Son compagnon repoussa une étagère qui dévoila une porte basse.

— On nous a dénoncés, dit Sarah d'une voix brève. Venez!

Il sortit entre elle et le rebelle, aboutissant dans une cour. Dehors, il y avait deux autres partisans avec des Kalachnikow, près d'un corps étendu, face contre terre. Malko eut un choc en le reconnaissant. C'était le mendiant en tenue militaire! Il avait reçu une balle en pleine tête. Quelque chose de brillant accrochant son regard. Le mendiant portait à son poignet droit sa Seiko. Celle qui lui avait été dérobée par le gosse, chez Teferi!

Instinctivement, il se baissa et la décrocha. Il ne s'était pas relevé qu'une rafale de mitrailleuse claquait dans la rue. Déjà, Sarah le poussait contre le mur de torchis.

— Nous devons traverser. Attendez, ne vous redressez pas!

Malko jeta un coup d'œil vers la ruelle.

Des gens couraient dans tous les sens. Seuls les gosses distributeurs de tracts semblaient ne pas céder à la panique. Une Land-Rover surgit soudain, roulant à toute vitesse, chargée de soldats kakis. Les gosses s'égaillèrent dans tous les sens. Il y eut le « pom-pom-pom » sourd, et l'un d'eux se métamorphosa en une boule de sang. Déchiqueté par les énormes balles de 12,7, il tomba en arrière sur un sac de semoule qui se teinta aussitôt de rouge.

Le long canon de la mitrailleuse lourde se braqua sur les autres gosses qui fuyaient. La Land-Rover se mit à trembler sous le choc des départs. Impitoyablement, les énormes balles s'acharnaient sur les enfants, frappant même les corps étendus. Une demi-douzaine de corps gisaient à terre et le tir continuait, aveugle, sur tout ce qui bougeait.

A l'autre extrémité de la rue, une seconde Land-Rover surgit, fauchant deux femmes qui traversaient.

L'une tomba au milieu de la chaussée, se tenant le ventre pour empêcher ses entrailles de s'échapper. Ses cris atroces couvraient le bruit des détonations. Les soldats tiraient comme au stand.

Un des longs canons se tourna vers le recoin où Malko et ses compagnons étaient dissimulés. Les balles explosives frappèrent le mur de torchis, faisant jaillir un nuage marron. A côté de lui, un Kalachnikow vomit une longue rafale qui l'assourdit. Puis deux autres reprirent dans un bruit accourdissant. L'idée l'effleura que Dick Bruce n'était pas venu au rendez-vous. Mais c'était pour l'instant une considération académique. Il fallait sauver sa vie. Le « tac-tac-tac » sec et relativement lent d'un Kalachnikow retentit de l'autre côté de la ruelle. La longue rafale d'un chargeur. Suivie de cris et d'un silence inquiétant. La minuscule Sarah se releva, comme mue par un ressort.

— Vite, il faut traverser!

Malko bondit à son tour. Dans la pénombre, il aperçut la Land-Rover au milieu de la ruelle, immobile. Le canon de la 12,7 pointait vers le ciel. Le chauffeur était effondré sur son volant et le tireur, mort lui aussi, gisait renversé en arrière, la moitié du corps hors du véhicule. Un peu plus loin, la seconde brûlait dans un nuage de fumée noire, neutralisée par un autre groupe.

Ils se faufilèrent entre deux maisons, retrouvèrent quatre hommes en tenue para-militaire, eux aussi avec des Kalachnikow, accroupis dans l'ombre. Elle leur jeta un ordre, et ils déployèrent aussitôt vers la ruelle d'où ils venaient.

— Ils vont nous couvrir, dit Sarah. Venez!

Malgré le danger, elle semblait très calme. Elle fit tomber le vieux chargeur du fusil d'assaut et en mit un autre pris dans sa ceinture, tout en courant dans le dédale des ruelles. Brutalement, ils débouchèrent sur une petite place. Entre deux gros véhicules était garée une Land-Rover. Sarah Massawa sauta à l'avant et passa immédiatement le canon de son Kalachnikow par le mica.

— Conduisez, dit-elle, je vous guiderai.

Malko prit place au volant, et elle passa à l'arrière, s'installant à même le plancher. Le Kalachnikow au ras du mica arrière. Malko venait de mettre en marche.

— Descendez tout droit, dit-elle, il faut franchir l'avenue Churchill.

Il plongea dans une rue étroite, pleine de nids de poule. Décidément, la brutalité éthiopienne n'avait pas de limite. Pour la seconde fois, en moins d'une semaine, il se retrouvait traqué en plein Addis-Abeba. Pris dans un conflit dont il connaissait à peine les acteurs. Derrière lui, Sarah Massawa décollait du plancher à chaque cahot, mais ne lâchait pas son Kalachnikow.

Malko avait encore la vision d'horreur de la : « 12,7 » massacrant les enfants, et du visage fermé, indifférent, du tireur. Un Galla, la race la plus noire d'Ethiopie, toujours dominée par les Amharas des hauts-plateaux. Le Derg s'appuyait sur les Gallas pour mater les différentes rebellions. Sarah guidait Malko par courtes interjections, criant pour dominer le bruit. Ils débouchèrent sur une petite place. Voyant qu'ils n'étaient pas poursuivis, elle vint s'installer derrière lui.

— C'est la place Omedia, expliqua-t-elle. Nous allons essayer de remonter vers le nord pour franchir la rivière.

Malko réalisa qu'ils se rapprochaient de l'avenue Winston-Churchill qui coupait Addis du nord au sud, de la Municipalité à la gare. Une minute plus tard, il s'arrêtait à un stop. La circulation était intense sur la grande avenue. Beaucoup de Land-Rover comme la leur. L'idéal pour passer inaperçu à Addis. Malko mit pleins phares et franchit en trombe l'avenue à deux voies. La rue dans laquelle il s'engouffra bordée de vieilles maisons et de *bounabetts* plongeait vers le ravin de la rivière Kechene qui coupait Addis en deux, parallèlement à la Winston-Churchill. Soudain, à un carrefour, Sarah Massawa poussa une exclamation. Une Land-Rover venait de démarrer. Celle-là était décapotable avec la sinistre mitrailleuse de « 50 » pointée sur eux...

*
* *

— Plus vite! cria Sarah.

Elle avait repris sa position à l'arrière, et le museau du Kalachnikow pointait dehors. Malko essayait de ne pas penser, dévalant la rue étroite, pleine de passants, à grands coups de klaxon, tressautant effroyablement. Devant eux, la rue se séparait en deux voies. Au moment où il allait se retourner pour interroger Sarah, les détonations du Kalachnikow secouèrent la Land-Rover. Des douilles vides ricochèrent sur le pare-brise avec un bruit métallique...

A tout hasard, il bifurqua dans le chemin de droite, le long d'un grand mur aveugle.

Trente secondes plus tard, Sarah se retournait et jurait :

— Vous avez pris le mauvais chemin!

Elle s'aplatit de nouveau et lâcha une rafale. La rue sinuait en descendant de plus en plus, bordée de masures misérables. Soudain, Malko déboucha au milieu d'une place au sol défoncé où jouaient des enfants. De l'autre côté, la rue continuait, remontant l'autre versant du ravin, vers le Vieux Guebbi. Seulement, entre les deux, il y avait la rivière et pas de pont! Un vieux tronc d'arbre permettait aux piétons de franchir le torrent...

Malko freina à mort, faisant s'éparpiller les enfants D'un coup d'œil, il vérifia que la Land-Rover dévalait derrière eux. Sarah Massawa sautait déjà hors de la Land-Rover prenant dans sa ceinture un nouveau chargeur.

— Venez, dit-elle.

Ils foncèrent vers le tronc d'arbre. En dépit de sa taille minuscule, elle courait à toute vitesse, ses seins opulents ballottant sous le battle-dress. Elle cria quelque chose aux gosses qui se dispersèrent en hurlant.

Le « pom-pom » de la mitrailleuse lourde déchira la nuit au moment où ils franchissaient la rivière en équilibre sur le tronc d'arbre. Une balle ricocha, arrachant un morceau d'écorce. Ils sautèrent tous les deux dans la boue, et s'élancèrent dans un sentier qui se perdait dans le dédale du bidonville, où tremblotaient les lueurs jaunâtres des lampes à pétrole. Sarah marchait très vite, sans parler, le Kalachnikow à bout de bras. Ceux qu'ils croisaient faisaient semblant de ne pas les voir. Mais leurs poursuivants semblaient avoir abandonné. Malko n'en revenait pas. Il n'arrivait plus à respirer. Enfin, Sarah se glissa dans une sente nauséabonde et sombre, le long d'une masure. Les lumières d'Addis luisaient très haut, comme des étoiles.

— Il faut descendre, dit-elle.

Elle montrait le bord escarpé de la rivière. La première, elle sauta et disparut dans l'obscurité. Malko se lança à son tour. Il atterrit trois mètres plus bas sur un lit de pierres boueuses.

Sarah avait disparu.

Il n'eut pas le temps de s'en étonner.

— Ici, cria la voix de l'Erythréenne.

La voix venait d'une touffe de végétation, sortant du bord de la rivière à sec. Malko s'approcha et aperçut une fente dans le rocher. Il se glissa entre les parois humides et froides sentit une petite main qui le tirait à l'intérieur, se cogna la tête, jura, trébucha dans le noir pendant une douzaine de mètres. Enfin, la lueur jaune d'un briquet éclaira une sorte de caverne pleine de caisses d'uniformes, de matériel divers.

Sarah posa son Kalachnikow et s'essuya le front. Ses yeux saillants brillaient de joie enfantine.

— Ici, ils ne nous trouveront pas! Ils ne peuvent pas venir avec leurs Land-Rover dans la rivière. Une fois, l'année dernière, ils ont envoyé la Nebellore[1] Division pour nettoyer ce ravin, mais les soldats ont dû faire demi-tour. Il y a des centaines de grottes comme celle-ci tout le long de la Kechene River. C'est en suivant ce ravin que nous nous faufilons dans Addis. Le Derg n'a pas assez d'hommes pour tout surveiller. Alors, ils tournent avec leurs Land-Rover entre le Guebbi, la place Tewodros et la grande poste.

Elle prit une bouteille de *tala* dans une caisse, qu'elle but à la régalade. Malko reprenait son souffle. Plutôt angoissé. Les hommes du Derg l'avaient repéré avec Sarah. Mais il ne pouvait pas passer le restant de ses jours dans une grotte au cœur d'Addis-Abeba. Il sentit le regard de l'Erythréenne posé sur lui.

— Cet homme qui nous a vendu, vous le connaissez?

— Pas vraiment, dit Malko.

Il expliqua succinctement ce qui s'était passé. Sarah Massawa l'écoutait, transformée en statue de pierre.

— Si c'est Teferi, dit-elle lentement, je veillerai

[1] Flamme.

à ce qu'il ne vive pas très longtemps. Mais, pour l'instant, il faut nous reposer. Ne pas bouger d'ici. Ils nous cherchent. Ils vont encore tuer beaucoup de gens, ces salauds!

Une lueur de haine passa dans ses yeux saillants.

— Le jour où on prendra Mangestou, explosa-t-elle on le mettra dans une cage et on le vendra à l'Arabie saoudite — comme esclave!

— Pourquoi? demanda Malko.

— Sa mère était esclave, laissa tomber Sarah avec un mépris sidéral.

Malko regardait en direction de la grotte.

— Nous ne risquons pas d'être surpris? s'inquiéta-t-il.

Sarah se laissa tomber sur une couverture et secoua la tête.

— Non. Mes hommes veillent. Tout autour. Et puis... (Elle eut un geste plein de fatalisme.) S'ils viennent, nous nous battrons.

— Vous sortez souvent dans Addis? demanda Malko.

Elle releva fièrement la tête.

— Presque tous les jours! Sinon mes partisans ne me respecteraient pas. Nous avons du travail à faire.

— Du travail?

Elle fouilla dans la poche de son blouson et en sortit un papier plié qu'elle jeta à Malko. Il le déplia. C'était une liste de noms tapés à la machine. Plusieurs d'entre eux étaient barrés d'un trait rouge.

— Ce sont les traîtres, tous ceux qui soutiennent le Derg comme les fantoches du All Ethiopian Socialist Mouvement, annonça la rebelle. Il y en a cent cinq. Nous en avons déjà abattu seize. Le dernier hier.

Farid. Nous l'attendions près du café où il va d'habitude. Je l'ai abattu moi-même. Il a eu le temps de me reconnaître.

Devant l'air réprobateur de Malko, elle ajouta vivement :

— Eux aussi ont une liste! Je suis en tête. Ils ont tué plusieurs camarades. Mais nous gagnerons. Grâce à vous.

Sa minuscule main aux ongles aigus s'était posée sur le bras de Malko. Ce dernier entreprit de lui raconter en détail ce qui s'était passé depuis son arrivée. Sarah Massawa écoutait avec une colère grandissante.

— Cette princesse Elmaz, qui voulait vous tuer, nous allons la faire parler...

Malko secoua la tête.

— Inutile. Le Derg l'aurait déjà fait. Il faut remonter plus haut.

— Nous devons agir très vite, pressa l'Erythréenne. Le Derg va faire revenir la Flamme Division pour nous écraser. Nous ne pourrons pas résister à une offensive sérieuse.

— Vous avez un plan?

Sarah Massawa hésita de longues secondes avant de se décider à répondre.

— Oui, dit-elle. Dans dix jours, Mangestou va à Asmara inspecter le front et des traîtres ralliés. Nous voulons frapper à ce moment-là. Il faut nous emparer de trois points : le Vieux Guebbi, la radio et la caserne de la Quatrième Division. Nous sommes plus de deux cents en ville. D'ici là, nous recevrons encore des renforts. Beaucoup d'entre nous serons tués. Mais nous réussirons. A condition d'avoir des armes en quantité. L'armée est divisée, beaucoup d'unités basculeront. Nous avons des sympathies dans la police. Ils haïssent le Derg. On leur a pris leurs armes, parce que Mangestou n'a plus confiance en eux.

Elle s'animait en parlant, les yeux brillants. Une vraie Jeanne d'Arc en miniature. Malko avait tendance à se méfier des *pasionarias*. Qui confondaient souvent rêve et réalité. Mais Sarah était convaincante, et il l'avait vue à l'œuvre...

— Vous n'allez pas vous battre avec de l'or? remarqua-t-il.

Sarah le regarda, pleine de gravité.

— Quand je me battais en Erythrée, c'est moi qui ai été chargée du ravitaillement en armes. Vous savez qui nous les vendait?

— Non, avoua Malko.

— Les Bulgares! fit Sarah d'un ton triomphant. Ils avaient besoin de devises. Des armes russes fabriquées sous licence. Elles arrivaient par Addis. Ils nous vendent beaucoup d'autres choses encore, des autobus, du matériel électrique... Jusqu'au jour où une caisse censée contenir des machines à coudres s'est ouverte accidentellement... Ensuite, il a fallu passer directement par l'Erythrée.

— Et maintenant?

— Je suis toujours en contact avec mes fournisseurs, dit Sarah Massawa. J'étais sûre d'avoir l'or. Je leur ai passé une commande ferme. Ils me connaissent, ils ont accepté, ce qui est exceptionnel, de ne pas être payés d'avance. Les armes ont été débarquées d'un cargo bulgare à Mogadiscio, en Somalie. Ensuite, chargées à dos de chameaux, et nous attendent quelque part dans le Sud. Il y a quinze cents armes automatiques, avec leurs munitions, des lance-roquettes antichars, tout un matériel ultra-moderne. J'ai tout organisé, même l'acheminement sur Addis. Avec cela, nous écraserons le Derg.

Elle se tut et but une gorgée de sa bière infecte. Malko était presque convaincu. Mais le principal ne dépendait pas de lui.

— Je comprends, Sarah, dit-il. Dès que je sortirai d'ici, je reprendrai contact avec Elmaz. Mais je ne peux rien vous promettre...

L'Erythréenne secoua la tête avec résignation.

— Nous sommes tous entre les mains de Dieu. Essayons de nous reposer quelques heures. J'essaierai de vous ramener dans le centre vers dix heures, s'il n'y a pas trop de patrouilles.

La fatigue commençait à faire chavirer sa voix. Elle se recroquevilla en chien de fusil, et s'endormit en quelques secondes, la main sur son Kalachnikow. La rage empêchait Malko d'en faire autant. Le « philtre » de Dick Bruce avait calmé ses douleurs, mais l'angoisse bloquait sa respiration. Il était piégé. S'il ne retrouvait pas l'or du négus, il déclenchait un massacre. S'il le retrouvait, aussi. Mais ce ne seraient pas les mêmes qui se feraient massacrer...

Le silence de la grotte rappelait celui d'une tombe. Il avait de la peine à croire qu'il se trouvait en plein centre de Addis-Abeba. Il se demanda si Dick était au courant de sa mésaventure.

*
* *

Le sol boueux était atrocement glissant, et, à chaque pas, Malko devait bander tous ses muscles pour ne pas retomber en arrière. En plus, il n'avait pour se guider que le bruit fait par Sarah. Ils avaient quitté la grotte un quart d'heure plus tôt, traversé la rivière presque à sec et grimpaient le long de la colline recouverte de bidonville, se faufilant entre les masures. Peu à peu, le silence avait fait place à la rumeur de la circulation. Sarah avait troqué son Kalachnikow pour un automatique polonais passé dans sa ceinture.

Brusquement, ils émergèrent dans un terrain vague entouré d'une clôture de tôle ondulée.

Sarah demeura aux aguets quelques secondes, puis traversa en courant jusqu'à une petite porte de bois où elle frappa plusieurs fois. Le battant s'entrouvrit presque aussitôt sur un visage de femme très marqué. Des traits négroïdes, un énorme chignon et de grands anneaux aux oreilles. Les deux femmes s'étreignirent en chuchotant. Puis, ils se retrouvèrent tous les trois dans une pièce minuscule où régnait une forte odeur d'encens. Malko remarqua que celle qui les avait accueillis avait des bagues à tous les doigts. Et que ses jambes étaient squelettiques.

— Vous êtes arrivé, annonça Sarah. Vous n'êtes pas loin de la Piazza. Ici, personne ne vous remarquera. Demain, venez chez Elsi, à la même heure, me dire ce qui se passe. Ne prenez pas de taxi, marchez. Bonne chance.

Elle lui tendit la main. Elle lui arrivait tout juste à la poitrine... Mais ses doigts lilliputiens avaient une force étonnante. Elsi écarta un rideau, découvrant une pièce qui donnait directement sur la rue. Une artère en pente, étroite. Avec un sourire, elle lui fit signe de sortir. Un néon vert brillait au-dessus de la porte. C'était une prostituée. La rue en était pleine. Devant presque chaque porte brûlait une cassolette d'encens, pour protéger des mauvais esprits. Quelques hommes déambulaient, examinant les filles par les portes ouvertes. Malko nota mentalement un point de repère, une masure démolie mitoyenne, et se mit en marche vers le haut de la rue. C'était plein de vieilles maisons avec des galeries de bois croulantes, de petits *bounabetts*, minuscules bistrots où officiaient quelques semi-putes. Le coin le plus animé d'Addis, qui comptait pourtant dix mille cafés...

Arrivé à la Piazza, en contrebas de l'énorme building de la Municipalité, il s'orienta, redescendant sur la droite. Il était neuf heures du soir. Déjà, la circulation se raréfiait. Dick Bruce habitait de l'autre côté de l'avenue King-George, à près de trois kilomètres. Il accéléra le pas.

L'Américain avait dit vrai : son estomac ne le brûlait presque plus. Heureusement, dans la pénombre, personne ne le remarquait. Pour se donner du courage, il se mit à penser à un bain chaud et à une chemise propre. L'air était froid, vif et rare. Il dut ralentir pour ne pas s'essouffler trop vite.

*
* *

— Malko!

La chaleur de la voix de Wallela lui fit du bien. Il n'en pouvait plus et mourait de faim, de surcroît. Il aurait pleuré de joie en voyant la Land-Rover de l'Américain garée sous un bananier. C'est Wallela qui était venu ouvrir la grille. Elle portait le tailleur de toile qui n'arrivait pas à dissimuler ses formes généreuses.

— Dick est là? demanda-t-il.

— Oui, oui, il va être rassuré. Il était inquiet, il ne sait pas ce qui s'est passé.

— Je vais le lui apprendre, dit sombrement Malko.

Brusquement, Wallela se serra contre lui et l'embrassa.

— J'ai eu peur pour vous hier soir, dit-elle. Elmaz peut être très dangereuse. Elle a tellement souffert que, par moments, elle devient folle. Elle voulait vraiment vous tuer, vous torturer. Maintenant, je crois qu'elle le regrette.

— Depuis, il y a pire, soupira Malko. Elle va avoir une mauvaise surprise.

*
* *

Dick Bruce écoutait Malko avec sa calme expression habituelle, comme s'ils venaient de se quitter cinq minutes plus tôt. Il jouait avec une petite boîte en argent. Wallela s'était débarrassée de sa veste de tailleur, ce qui la rendait impossible à regarder. A rendre un pope aveugle fou d'amour. Sans cesse, elle croisait et décroisait les jambes en fumant et en buvant du *guder* à 14°.

La villa était très simplement meublée. Les icônes et les parchemins étaient entassés dans tous les coins.

— Que pensez-vous? demanda Malko à l'Américain, lorsqu'il eut terminé son récit.

Dick caressa sa barbe un long moment avant de répondre de sa voix douce :

— Ce n'est pas Elmaz. Elle hait trop le Derg. Il reste Teferi. Il en est capable.

— Mais pourquoi?

— Acheter les faveurs du Derg, qu'on lui laisse la paix pour ses trafics. Les militaires donneraient tout le poivre d'Ethiopie pour la tête de Sarah Massawa.

— Et si c'est Teferi? demanda Malko.

Le visage de Dick Bruce semblait toujours aussi doux lorsqu'il répondit de sa voix posée et presque imperceptible :

— Nous sommes dans une opération trop importante pour nous permettre de prendre des risques.

Pourtant, Malko sentit émaner du barbu quelque chose qui lui glaça l'épine dorsale.

CHAPITRE VII

La brutalité de l'Ethiopie donnait le vertige à Malko. Depuis son arrivée, c'était un festival d'horreurs où la mitrailleuse lourde jouait le rôle principal. Les Ethiopiens réglaient leurs problèmes avec une cruauté décontractée. Il observa Dick Bruce. En dépit du regard doux, de la voix contrôlée et de la barbe soyeuse, il émanait de lui quelque chose de dangereux.

L'Américain frotta ses mains l'une contre l'autre.

— Les gens de l'EPRP ont confiance en moi, dit-il. Je fois justifier cette confiance. Si Teferi a trahi, il faut faire quelque chose, sinon, ils vont penser que nous les trahissons aussi...

— Mais où avez-vous connu Sarah? interrogea Malko.

Dick sourit.

— Oh, il y a quelque temps, en Erythrée. La *Company* m'avait détaché à Asmara.

— Asmara, cela doit compter aussi dans vos calculs, maintenant, remarqua Malko.

Asmara, c'était depuis des années la plus puissante base américaine d'écoute et de télécommunication d'Afrique. Il y avait eu jusqu'à trois mille cinq cents « géomètres », tous membres de la C.I.A. des diverses agences de renseignements américaines.

Dick fit la moue.

— Oh, Asmara, ce n'est plus aussi important qu'avant. Il ne reste qu'une quarantaine de techniciens. On fermera à la fin de l'année. Nous aurons un satellite en service à ce moment pour les télécommunications... Quant aux écoutes des pays arabes, la nouvelle base de Diego Garcia, dans l'océan Indien, est parfaite. Et au moins, là-bas, il n'y a personne. Non, ce n'est pas pour cela que nous voulons que le Derg saute, croyez-moi.

Il regarda sa montre.

— Je crois qu'il faudrait aller chez Elmaz. Il est dix heures.

— Mais ce n'est pas dangereux? objecta Malko. Si Teferi...

Dick secoua la tête.

— Elmaz est la dernière personne que Teferi dénoncera.

Ils s'entassèrent tous les trois à l'avant de la vieille Land-Rover qui sentait le yoghourt rance. Malko retrouva avec plaisir la cuisse tiède et charnue de Wallela. Sans elle, il aurait été transformé en moulin à poivre...

Les dogues jaillirent de l'obscurité dès que le *zalagna* eut ouvert la grille. Quand la Land-Rover atteignit le terre-plein, Elmaz attendait sur le perron. Bottée, avec son pantalon de drap moulant, un gros chandail et une longue écharpe blanche. Visiblement surprise, elle tendit la main à Malko avec un sourire contraint et un peu guindé. Dès qu'ils furent dans la villa, elle interrogea Dick Bruce d'une voix inquiète :

— Que se passe-t-il? J'ai entendu tirer du côté du *Mercato* ce soir.

— Je vais vous raconter, dit Dick.

Ils s'installèrent dans le petit salon aux coussins.

Il faisait froid. Elmaz apporta une bouteille de martini bianco. Ils burent en silence. C'était lugubre.

Puis Dick Bruce commença son récit de son étrange voix monocorde et presque inaudible, jouant avec son verre vide, parlant sans regarder Elmaz et presque sans bouger les lèvres. Malko observa la jeune femme. Elle avait encore la bouche serrée, mais le regard posé sur lui était amolli. Machinalement, elle buvait son martini bianco. De nouveau, ses yeux flamboyèrent. Dick parlait de Teferi.

— S'il a trahi, il faut le tuer! s'exclama-t-elle en anglais. Tout de suite!

— Vous le connaissez, dit Malko. Qu'en pensez-vous?

— Teferi est un homme intéressé, avoua Elmaz. Il gagne beaucoup d'argent sur l'or. Il se plaint toujours des militaires.

— Où habite-t-il?

— Dans sa boutique.

Il y eut un long silence. Avec un geste d'automate, Elmaz vida ce qui restait du martini bianco et se leva, les yeux comme des blocs de glace, ramassa un *chamaa* de grosse laine blanche et s'en drapa.

— Allons-y, dit-elle. Nous avons tout juste le temps.

Malko trouvait cela d'une imprudence folle. Mais il n'était pas question de retenir la jeune femme.

***

Le *Mercato* était un univers mort. Quelques rares silhouettes se hâtaient dans l'ombre. Malko était aux aguets. Dans ce désert, ils étaient repérables comme une mouche dans un verre de lait. Avant d'arriver chez Teferi, ils passèrent devant le néon rouge d'un *bounabett* où s'entassaient une vingtaine d'hommes et de putes. Seul îlot de vie dans l'immense *Mercato*.

La boutique du marchand de poivre était sombre, elle aussi cadenassée.

— Il faut faire le tour par la cour, dit Dick.

Il n'y avait pas plus de lumière de ce côté-là. Dick Bruce frappa deux coups secs. Sans résultat. Il fallut tambouriner près de cinq minutes pour qu'une voix ensommeillée et inquiète se manifeste de l'autre côté du panneau.

Silencieusement, Elmaz écarta Dick Bruce et dit quelque chose d'une voix sèche. Silence. Bruit de verrou.

Le battant s'entrouvrit sur les yeux globuleux de Sayoun Teferi. Ses traits se figèrent en voyant les deux silhouettes derrière Elmaz. Mais c'était trop tard, la jeune femme avait écarté violemment le battant.

Lorsque Malko sortit de l'ombre, les yeux déjà saillants du marchand semblèrent prêts à jaillir de leurs orbites. Les coins de sa bouche s'abaissèrent, son teint parut encore plus jaune. Malko observait sa décomposition. Certain maintenant de sa culpabilité. Mais il en voulait la preuve.

Elmaz avait repoussé le marchand dans la pièce qui lui servait de chambre. On voyait encore un lit défait. Teferi essaya de se recomposer un visage, bredouilla des protestations molles, esquissa un sourire bien abject. Mais son regard dérapait sans arrêt vers Malko. Celui-ci dit à Dick Bruce :

— Demandez-lui s'il connaît un mendiant un peu fou qui vous suit en faisant le salut militaire, vêtu d'une vieille capote kaki, le crâne rasé plein de pelade...

L'Américain traduisit avec des mots précis, lentement. Sayoun Teferi écoutait avec une attention exagérée, la tête un peu penchée de côté. Il s'extirpa un sourire pas ragoûtant et répondit d'une phrase assez longue.

— Il dit qu'il aperçoit quelquefois l'homme dont vous parlez, traduisit Dick. C'est un simple d'esprit. Il ne peut faire de mal à personne...

— Demandez-lui comment il se fait que ce simple d'esprit avait ma Seiko au poignet. Celle qui m'a été volée ici hier.

Teferi essayait de comprendre ce que disait Malko. Son visage crispé d'attention. A la question de Dick, il répondit d'une voix geignarde. Avant que l'Américain ait eu le temps de traduire, Elmaz se rua vers lui, brandissant la cravache. Personne ne put l'arrêter. Le bruit du cuir faisant éclater la peau claqua comme un coup de feu.

Sayoun Teferi recula, se défendant maladroitement devant la tornade. Bien campée sur ses bottes fauves, Elmaz lui cinglait le visage à coups redoublés. Elle s'arrêta brusquement, se tournant d'un bloc vers les deux hommes. Sa poitrine se soulevait spasmodiquement, sa bouche tremblait, ses yeux brillaient d'un éclat presque insoutenable.

— Il ment! dit-elle.

— Laissez-le s'expliquer, plaida Dick Bruce.

Matée, Elmaz se calma. Du même ton calme, l'Américain continua l'interrogatoire, traduisant au fur et à mesure les jérémiades du marchand de poivre.

— Il dit que c'est le gosse qui a pris la montre. Qu'il ne sait pas ce qu'il en a fait.

— Où est ce gosse?

Dick traduisit la question de Malko. A l'expression de Teferi, Malko sut qu'il avait touché juste. Le marchand semblait atteint de jaunisse galopante... Il bredouilla qu'on pouvait le voir le lendemain, qu'il ne savait pas où il couchait. Dick Bruce fronça les sourcils. Sans mot dire, il sortit de la pièce. Malko lui emboîta le pas, laissant Teferi sous la garde d'Elmaz. L'Américain, suivi de Malko, traversa la cour, jusqu'à un petit hangar. Il tâtonna, ouvrit la porte, trouva un bouton électrique. La lumière crue d'une grosse ampoule éclaira des empilements de sacs de poivre. Près de la porte, sur des sacs vides, un enfant dormait, roulé en boule. La lumière le réveilla en sursaut. C'était le gosse qui avait enfourné le poivre dans les narines de Malko. En reconnaissant ce dernier, il se tassa sur lui-même avec une expression terrifiée, un bras sur la tête, comme pour se protéger. Dick Bruce s'adressa à lui, de son éternelle voix douce.

Il s'approcha et posa une main sur sa tête rasée et se mit en devoir de lui expliquer que Malko n'était pas venu se venger ni lui couper la tête... Puis, au ton interrogateur de sa voix, Malko comprit qu'il lui posait une question. Dick traduisit :

— Je lui ai demandé ce qu'il avait fait de la montre, que vous veniez la chercher.

Le gosse répondit d'une voix à la fois larmoyante et indignée. Dick Bruce réitéra sa question et le gosse répéta la même chose, se dandinant d'un pied sur l'autre.

— Il dit que Teferi lui a repris la montre, et qu'il ne peut donc pas vous la rendre.

Il y eut un silence pesant. L'Américain tapota la tête du gosse, fouilla dans sa poche, lui donna un billet de cinq dollars.

— Viens, dit-il. Et n'aie pas peur.

Ils traversèrent la cour en silence, entrèrent dans la pièce où se trouvaient Elmaz et le marchand. En voyant l'enfant, Teferi parut frappé d'apoplexie. Pendant une seconde, il resta la bouche ouverte, puis il se mit brusquement à l'agonir d'injures. Le gosse, qui n'avait pas encore dit un mot, se mit à pleurer.

Dick Bruce interpella le marchand sans hausser le ton. Mais sa voix n'était plus aussi douce.

— Pourquoi le traites-tu de menteur? Il n'a encore rien dit.

Elmaz avait compris. Le sang s'était retiré de son visage... Elle ne leva pas sa cravache, ne bougea pas, mais son immobilité était beaucoup plus menaçante. Sayoun Teferi tomba tout à coup à genoux, des larmes coulant sur son visage balafré par la cravache.

*
* *

Il fallait l'oreille fine de Dick Bruce pour trier les mots utiles qui s'échappaient de la bouche molle de Teferi au milieu d'un flot de protestations abjectes et de jérémiades. Elmaz dévisageait le marchand de poivre comme on regarde un reptile... Elle avait retrouvé tout son calme. Seule la pâleur de son teint laissait deviner son émotion. D'une voix calme, elle posa une question en amarik. Sayoun Teferi bredouilla une réponse embrouillée.

— Il dit que les militaires l'ont menacé de le fusiller s'il ne collaborait pas, traduisit Dick Bruce.

Dans un coin, le gosse, effaré, assistait à l'effondrement de son patron.

— Il y a longtemps qu'il trahit? demanda Elmaz d'une voix altérée.

Dick Bruce répondit, sans perdre son calme :

— Depuis l'histoire de la hausse illicite. Cela doit faire quatre mois. Il a accepté de dénoncer les militants de l'EPRP qui se cachaient dans le *Mercato*. Chaque fois qu'il le pourrait. Le Derg l'avait enfermé dans la prison qui se trouve derrière l'O.U.A.

Il se tourna vers Teferi et lui posa la question dans sa langue presque sur un ton mondain. L'autre inclina la tête sans répondre. Les lèvres d'Elmaz n'étaient plus qu'un trait.

— Il leur a dit pour l'or? interrogea-t-elle.

L'Américain traduisit, suavement. Teferi sembla se défaire encore un peu plus, s'embarqua dans des explications volubiles et embrouillées, s'arrêta pour renifler et tamponner ses balafres.

— Il jure qu'il n'a jamais parlé de l'or ni de la C.I.A. Qu'il ne voulait pas de mal à notre ami, mais qu'il pensait que les militaires lui seraient très reconnaissants, s'il les aidait à arrêter Sarah Massawa.

Il restait une heure avant le couvre-feu. Malko échangea un regard avec Dick Bruce. Que faire du traître? Les exécutions brutales lui avaient toujours répugné. Des gens comme lui, il y en avait toujours eu et il y en aurait toujours... Cela repoussait comme la mousse sous les arbres.

— Partons, dit-il. Sinon nous ne pourrons pas rentrer à temps.

— Attendez, dit Elmaz. Qu'a-t-il fait de l'or qu'il m'a acheté?

Elle répéta la question en amarik. Aussitôt, le marchand de poivre se mit à parler avec volubilité. Les mains tremblantes, il s'avança jusqu'à un mur où se trouvait encastré un antique coffre-fort. Malko crut qu'il n'arriverait pas à l'ouvrir tant ses mains tremblaient sur les molettes. Il leur tournait le dos dans une position vaguement ridicule, le derrière en l'air, comme un musulman en train de faire sa prière.

Il se redressa, tenant dans la main droite un sac de toile qui devait peser une quinzaine de kilos à voir la tension des tendons de son poignet.

Il fit un pas en avant et vint poser le sac aux pieds d'Elmaz, puis recula, vérifiant d'un coup d'œil sournois si son offrande était appréciée à sa juste valeur... Le gosse ouvrait des yeux comme un hibou. Lui qui gagnait dix dollars par mois...[1].

[1] Vingt-cinq francs.

Elmaz sembla ne pas voir l'or. Ses yeux étaient fixés sur la bouche molle du marchand de poivre. Puis, très lentement, comme si une idée se faisait jour dans son cerveau, un pâle sourire détendit ses traits. D'une voix égale, elle s'adressa à Teferi. Celui-ci sembla surpris, protesta d'une voix pressée, aiguë, incrédule. Alors, Elmaz s'emporta, d'un ton cinglant, frappant sa botte d'un coup de cravache.

La mâchoire de Sayoun Teferi sembla se décrocher. Il bredouilla encore plus. Lorsque Dick Bruce se tourna vers Malko pour traduire, il sembla à ce dernier qu'une lueur amusée flottait dans les yeux de l'Américain.

— Elle veut qu'il avale tout l'or qu'il y a dans ce sac, dit-il d'un ton cyniquement amusé. Cela va lui rester sur l'estomac...

CHAPITRE VIII

L'horreur mit plusieurs secondes à transformer les traits de Sayoun Teferi. La bouche ouverte, il fixait Elmaz avec une expression à la fois ahurie et terrifiée. Il esquissa une grimace qui aurait pu passer pour un sourire en d'autres circonstances et recula, comme si le sac de poudre d'or avait été un dangereux reptile. Elmaz se tourna vers Dick Bruce :

— Mettez cette larve dans un sac.

Le visage impénétrable, Dick Bruce ramassa un sac vide et s'avança vers le marchand de poivre. Comme s'il s'agissait d'une formalité sans importance, il en roula les bords, fit avancer Teferi et, une fois qu'il eut les pieds dedans, il pesa sur ses épaules pour qu'il s'accroupisse. Ensuite, il n'y avait plus qu'à remonter le sac, emprisonnant le corps et les quatre membres jusqu'au cou. Teferi ne s'était même pas défendu, se contentant de gémir, de se débattre vaguement. Ne croyant pas encore à la menace d'Elmaz. Malko non plus n'y croyait pas.

Soudain, Elmaz se retourna vers le gosse. A peine eut-elle fini de parler qu'il se précipita vers un bout de corde qui traînait, en fit un nœud coulant et le passa autour du cou de son patron, serrant la toile du sac.

Seule la tête aux yeux globuleux émergeait. Malko

se dit que cela devenait sérieux. L'enfant ne se serait pas risqué à ce jeu sans être sûr que son patron ne pourrait se venger... Teferi poussa un gémissement plus fort. Elmaz venait de dénicher dans le bric-à-brac une sorte de grande cuillère servant à mesurer le poivre. Elle s'accroupit et ouvrit le sac de poudre d'or.

Elle plongea la cuillère dans le sac et la ressortit, chargée d'une petite pyramide de poudre dorée. Elle jeta un ordre au gosse, qui se précipita. Avec ses petites mains, il pinça le nez du marchand de poivre. Jusqu'à ce que ce dernier suffoque, les yeux hors de la tête. Le bras d'Elmaz se détendit comme un serpent, enfournant la poudre d'or dans la bouche ouverte. Ce fut rapide comme un tour de prestidigitation. La cuillère était vide, et déjà Elmaz la replongeait dans le sac.

Sayoun Teferi fut pris d'une effroyable quinte de toux qui secoua tout le sac. Ses yeux semblaient prêts à jaillir de leurs orbites, il étouffait. Lorsqu'il ouvrit la bouche pour aspirer un peu d'air, Elmaz, d'un geste habile, y jeta au moins cent grammes de poudre d'or. Le marchand eut un nouveau et effroyable hoquet, la bave coulait sur son menton, une bave dorée d'escargot de luxe. Il sortit une langue épaisse et dorée elle aussi. Si la scène n'avait pas été horrible, elle eût été comique... Le malheureux, de la poudre d'or dans le diaphragme, suffoquait pour de bon. Désespérément, il essayait de sortir ses bras du sac, sans y parvenir.

— Attention, vous allez le tuer! protesta Malko.

Il s'avança pour empêcher Elmaz de continuer. La main de Dick Bruce le retint doucement mais fermement.

— Laissez, dit-il à voix basse. Elle ne comprendrait pas. De toute façon, il ne peut pas vivre.

La main qui le retenait ne le lâcha pas. Peu à peu, Dick Bruce révélait sa vraie nature. Un agent froid, réglé comme un ordinateur. Programmé sur l'or. Malko essaya de dominer son dégoût.

Elmaz attendit que la toux se calme. Teferi ouvrit la bouche pour une supplication et, aussitôt, impitoyablement, elle se remplit d'or... Dans une glace suspendue au mur, Malko vit l'expression cruelle et décidée d'Elmaz. Avec quelque chose de trouble, aussi. Tout le pourtour des lèvres épaisses de Sayoun Teferi était barbouillé d'or et de salive. Elmaz attendait, la cuillère à la main, comme un scorpion prêt à piquer. Le gosse n'avait même plus à intervenir.

Une nouvelle fois, l'or disparut dans la bouche, recouvrant les dents et les gencives d'une fine pellicule.

Au gonflement des veines du cou, aux yeux qui devenaient vitreux, Malko se rendit compte que le gros homme était en train d'étouffer. Inlassablement la cuillère allait du sac à la bouche molle et distendue, dans un silence qui n'était rompu que par les borborygmes de plus en plus faibles et les secousses ultimes et désespérées du marchand. La main droite de Dick Bruce était toujours crispée sur le bras de Malko. Elmaz n'était plus qu'une mécanique démoniaque administrant la mort par petites doses, le visage hiératique comme une prêtresse d'une religion impie et féroce.

Maintenant, l'or s'étalait sur le menton, le cou, le sac même, dont la grosse toile absorbait les paillettes.

Sayoun Teferi fut pris soudain d'un hoquet terrible suivi d'une quinte de toux qui envoya un nuage de paillettes d'or dans toute la pièce. La bouche grande ouverte, il cherchait désespérément un peu d'air, tandis que les minuscules particules métalliques s'introduisaient dans les alvéoles de ses poumons. Elmaz en profita encore une fois. Mais ce fut la dernière. Teferi ne recracha même pas l'or... Le sac sembla prêt à se déchirer lorsqu'il fit un effort gigantesque pour se libérer. Puis, sa mâchoire s'affaissa d'un coup, et ses yeux se voilèrent.

Le silence retomba brutalement dans la pièce. Pesant, insupportable. Elmaz se releva lentement, époussetant les paillettes accrochées au drap de son pantalon.

— Il y a très longtemps, dit-elle, on punissait ainsi, dans les mines du roi Salomon, les esclaves qui avaient volé de l'or.

— Il faut partir, dit Bruce de sa voix douce. Il est onze heures et demie.

Elmaz tourna les talons et sortit de la pièce, abandonnant le sac d'or dans lequel il restait encore une petite fortune. Malko sortit le dernier, après un dernier regard pour le supplicié. Le gosse essayait de se faire oublier dans un coin. Dehors, il faisait froid et les étoiles brillaient. Comme toujours des chiens aboyaient un peu partout, rendant l'atmosphère encore plus sinistre. Ils marchèrent en silence le long des ruelles du *Mercato* désert.

— C'est trop dangereux d'aller chez Elmaz, annonça Dick Bruce. Chez moi aussi. Mais j'ai la clef de l'appartement d'un de mes amis. Dans un des bungalows de l'hôtel *Ghion*. C'est protégé par l'immunité diplomatique. Je vais vous y déposer.

Personne ne protesta. Elmaz semblait prostrée, comme si ce qu'elle venait de faire avait vidé toute son énergie. Vingt minutes plus tard, la Land-Rover stoppait dans le jardin du *Ghion*, devant un petit bungalow. A l'entrée, trois gardes de *kebele* [1], en kaki avec des brassards rouges, n'avaient prêté aucune

[1] Quartier.

attention à eux. Une superbe plaque de cuivre annonçait sur la porte : THIS PLACE IS PROTECTED BY DIPLOMATIC IMMUNITY.

Ils y pénétrèrent tous les quatre. Il y avait un grand studio donnant sur un jardin, et une chambre.

Elmaz se laissa tomber sur le divan. Wallela dénicha une bouteille dans le bar et servit tout le monde. Malko vida son verre et fut pris aussitôt d'une quinte de toux. C'était de l'alcool pratiquement pur.

— C'est de la *katikala,* expliqua Dick Bruce. Avec ça, en trois verres, on roule sous la table.

Elmaz avait vidé le sien d'un coup, comme du lait. Malko remarqua qu'elle serrait ses mains l'une contre l'autre pour les empêcher de trembler... Sur un signe de tête, Wallela lui reversa la même quantité de poison local; Dick avait vidé la moitié du sien et semblait en pleine méditation. Malko se rapprocha de lui.

— Nous sommes dans la merde, dit-il...

L'Américain opina de la tête. Fataliste.

— Jusqu'au cou. Mais on ne pouvait pas l'empêcher. Vous ne connaissez pas ces filles.

— Les militaires vont débarquer demain matin chez Elmaz.

Dick Bruce caressa sa barbe soyeuse :

— Pas évident. Ils se foutent de Teferi. Ils peuvent avoir envie d'emmerder Elmaz, mais il y a l'or. Ils veulent cet or. Ils en ont besoin, eux aussi, pour acheter des armes comptant à des pays neutres.

— Sarah aussi en a besoin, remarqua Malko. Et, en plus, nous l'avons envoyée au massacre.

Il pensait avec tendresse à la minuscule Erythréenne avec son Kalachnikov plus grand qu'elle. Dick, dit d'une voix lasse :

— Je sais. C'est pour cela que je ne suis pas intervenu tout à l'heure.

Elmaz semblait endormie, mais elle avait les yeux ouverts. Wallela avait mis un disque de musique éthiopienne qui couvrait le bruit de leur conversation. Malko se sentait amer et impuissant. Il était dans l'impasse.

— Sayoun Teferi ne savait rien? demanda-t-il.

— Non, fit Dick. Sinon, il y a longtemps qu'ils l'auraient volé. Je connaissais le négus. Il était atrocement méfiant. Vous pouvez être sûr qu'il a pris toutes les précautions pour sa tirelire. D'ailleurs cela fait deux ans que cela dure. Bon, maintenant, je vais aller me coucher. J'ai juste le temps. Il n'y a plus rien à faire ce soir. Quand devez-vous revoir Sarah?

— Demain.

L'Américain sourit. Froidement.

— J'espère qu'il y aura un demain.

Il appela Wallela en amarik. La jeune femme lui répondit sans bouger. Il haussa les épaules.

— Elle veut rester. A demain. Ne bougez pas tant que je ne serai pas venu. Si on sonne, ne répondez pas. Ne vous servez pas du téléphone.

Encourageant... On entendit le bruit de la Land-Rover décroître. Malko regarda les deux filles qui parlaient à voix basse, semblant se disputer. Elmaz continuait à boire, comme mécaniquement. Wallela se leva et vint prendre Malko par la main.

— Venez, nous allons nous coucher, elle veut rester seule.

Malko la suivit. La chambre était inattendue avec un immense lit à baldaquin et un plafond peint en bleu ciel avec des étoiles dorées! Wallela ferma la porte et commença à se déshabiller, se reflétant dans une immense glace marron qui recouvrait tout un panneau du mur.

La combinaison blanche tomba à terre avec un

petit bruit soyeux. Wallela se retourna entièrement nue, à l'exception de ses escarpins italiens. Ses seins superbes tombaient un peu, ce qui leur donnait encore plus de charme. Le buisson noir de son ventre montait très haut, dominant des cuisses charnues et longues.

Comme s'ils avaient fait l'amour toute leur vie, Wallela s'allongea sur le lit, un pied à terre, observant Malko qui achevait de se déshabiller. Elle s'étira avec une grimace sensuelle et allongea la jambe jusqu'à ce que son orteil frôle le ventre nu de Malko. Sans le regarder, elle demanda d'une voix douce :

— Vous savez ce dont j'ai envie?

Il s'en doutait. Glissant lentement sur elle, il la pénétra immédiatement, d'un long mouvement qui les emboîta l'un dans l'autre. Wallela faisait l'amour sans passion, mais avec sensualité. Elle eut très vite un orgasme, laissant Malko un peu sur sa faim. Après la soirée qu'il venait de passer, il avait besoin de se laver le cerveau. Doucement, il glissa à côté de Wallela, commença à la caresser. Lorsqu'il sentit qu'elle recommençait à avoir envie de lui, il fit doucement pression sur ses hanches pour qu'elle se retourne.

Elle résista.

Pensant qu'elle voulait jouer, il la retourna de force, le nez dans la fourrure. Mais au moment où il allait la pénétrer, elle se déroba brusquement et il l'entendit qui murmurait en italien :

— *Peccato, peccato!* [1]

C'était tellement inattendu qu'il manqua éclater de rire. Sans plus insister, il la laissa revenir se blottir contre lui.

— Il ne faut pas me demander des choses comme

[1] Péché, péché.

cela, murmura-t-elle. C'est très mal. La religion l'interdit.

— Mais je ne voulais pas...

— Oh, non, bien sûr, dit-elle d'un ton horrifié, mais on doit faire l'amour en se regardant, pas comme des bêtes.

Malko eut envie de lui dire que, de temps en temps, c'était pourtant bien agréable, mais il y a des préjugés contre lesquels il est bien difficile de lutter... Voyant l'état dans lequel il se trouvait, Wallela l'attira sur elle. Cela, ce n'était pas *peccato*...

Ils restèrent sur le lit, dans la lueur dansante des chandeliers, imbriqués l'un dans l'autre... Soudain, Malko qui somnolait, se réveilla d'un coup. Une main venait de se glisser doucement entre leurs deux corps, à la hauteur de son ventre. Il lui fallut une seconde pour vérifier que les deux bras de Wallela étaient noués autour de lui... Elle ne dormait pas car il la sentit creuser le ventre pour faciliter l'avance de la main étrangère. Malko distingua une silhouette assise sur le lit à côté d'eux.

Elmaz avait encore ses bottes fauves et son pantalon de drap, mais rien au-dessus de la ceinture. A part ses longs cheveux noirs.

Malko demeura strictement immobile, se demandant ce qui allait se passer... La main continua à ramper sur son ventre, effleura son sexe. Cette situation insolite déclencha une réaction immédiate qui ne put échapper à la main. Le sang tapait dans ses tempes. Mais la main continua, ignorant délibérément sa virilité, et s'enfonça doucement plus bas.

Malgré son altruisme, Malko fut déçu. Vexé presque. Wallela commençait à réagir, ondulant imperceptiblement sous lui. Ses yeux s'étaient habitués à la pénombre. Elmaz s'était allongée, pressant son flanc contre eux. Il posa sa main au creux de son dos, glissant jusqu'à ses reins cambrés. Mais elle eut un frémissement, un raidissement, et Malko stoppa sa caresse. Il se demandait ce que voulait Elmaz. Pas un mot n'avait été prononcé. Maintenant, la main glissée entre eux s'activait avec une extrême douceur et la régularité d'un métronome. Malko, poliment, commença à glisser sur le côté pour laisser la place à l'intruse... Mais aussitôt, l'autre main de Elmaz se glissa à son tour entre leurs deux corps et saisit son sexe à pleine main. C'était tellement inattendu qu'il faillit exploser immédiatement.

Il dut penser au cadavre à la bouche pleine d'or pour ne pas s'oublier sur-le-champ. C'était la première fois qu'il faisait l'amour de cette façon. Ce n'était ni vulgaire ni graveleux. Une sorte de rite. Maintenant, Wallela haletait sous lui, il sentait son ventre se creuser de plus en plus vite, à l'approche du plaisir. L'autre main serrait son sexe à le faire éclater. La tête de Elmaz se cogna contre les leurs, il sentit l'haleine de l'alcool, une langue douce et brûlante, mais ce n'était pas sa bouche qu'elle cherchait. Elle s'enfouit dans celle de Wallela, avec un gémissement presque désespéré. Une plainte.

Pour une seconde seulement. Car Wallela jouissait. D'un élan de tout son bassin. Il se passa alors quelque chose d'extraordinaire. La main qui tenait son sexe, le força vers le bas, vers celui de Wallela qui l'engouffra partiellement, tandis qu'Elmaz en tenait encore la base.

C'était trop pour Malko, il se déversa immédiatement en elle. Aussitôt, comme si elle était de trop, Elmaz s'écarta d'eux, se releva et partit dans l'autre pièce.

— Il ne faut pas lui en vouloir, dit Wallela. Comme je vous l'avais dit, elle a été excisée. Alors il y a certains plaisirs qu'elle prend à travers moi. Tout se passe dans sa tête.

Ils restèrent allongés, l'un à côté de l'autre, et s'endormirent comme ils étaient.

*
* *

Elmaz avait relevé ses cheveux en chignon et semblait prête à sortir. Elle était venue réveiller Malko.

— Ecoutez-moi, dit la jeune femme.

Malko obéit, intrigué. Que lui voulait-elle? Elle ne devait pas avoir beaucoup dormi, car ses traits étaient creusés et ses yeux soulignés de cernes bistres.

— Je vous en prie, dit-il encore mal réveillé.

— J'ai pris une décision importante, annonça Elmaz.

— Laquelle? demanda Malko dont le cœur s'était mis à battre furieusement.

— Je vais vous aider à entrer en possession de cet or, annonça-t-elle.

C'était presque trop beau pour être vrai.

— Pourquoi? demanda-t-il.

Elle passa la langue sur ses lèvres.

— A cause de Teferi. Maintenant, les militaires en savent trop. Je me tuerais si, à cause de moi, ils entraient en possession de cet or. Alors, il vaut mieux que vous l'ayez. Je suis sûre maintenant que vous n'êtes pas un aventurier, qu'il servira vraiment à acheter des armes. Si elles doivent tuer Mangestou, rien ne pourra me faire plus de plaisir...

Malko était complètement réveillé.

— Où est-il? demanda-t-il. Où est l'or?

CHAPITRE IX

— L'or? dit Elmaz. Je ne sais pas où il se trouve.

— Comment? fit Malko, subitement refroidi, mais vous venez de me dire que...

— Que je vous aiderai à l'avoir. C'est vrai. Mais, même si on me coupait en morceaux, je ne pourrais pas dire où il est. On me l'apporte ou je vais le chercher à intervalles réguliers. Chez quelqu'un qui habite Addis. Mais je sais qu'il n'est qu'un intermédiaire. C'est lui que je vais aller voir. Pour qu'il me mette en rapport avec le chaînon précédent.

— Qui est-ce?

— Un pasteur suédois. Jorgensen. Il s'occupe d'une station de radio de l'Eglise luthérienne. C'est un peu hors de la ville, après l'hôpital de la princesse Tsihal. De toute façon, je veux quitter Addis. J'ai peur. Je sais qu'il y a des filières pour s'enfuir par le désert sur Djibouti. J'essaierai d'emporter un peu d'or.

— Pourquoi ne l'avez-vous pas fait plus tôt?

Elle soupira.

— Oh, pour plusieurs raisons. Je vivais confortablement dans ma maison... et puis j'ai toujours eu peur d'aller vivre à l'étranger. Mais maintenant...

Elle jouait avec son écharpe blanche, des larmes

pleins les yeux. Mille questions brûlaient les lèvres de Malko.

— Mais comment se fait-il que *personne*, en deux ans, ne soit parvenu à cet or? demanda-t-il.

Elmaz sourit avec tristesse.

— Le négus était très prudent, très secret. De son vivant, il a éliminé tous ceux qui en savaient trop sur ce trésor. Seule, une poignée de fidèles était au courant. Beaucoup ont emporté leur secret dans la tombe, lorsque le Derg les a exécutés. Les autres forment une sorte de société secrète, dont les membres s'entraident jusqu'à la mort. Les plus faibles, comme moi, ceux qui pourraient parler sous la torture, on ne leur dit rien. Pour qu'ils ne puissent rien dire... Je connais un homme qui s'est suicidé en se cognant la tête par terre dans sa cellule du Vieux Guebbi, parce qu'il craignait de parler. Pourtant les militaires ne savaient même pas qu'il savait...

Ils restèrent silencieux quelques instants. Dans le living, Wallela avait mis de la musique. Un soleil radieux éclairait les bananiers et les roses du petit jardin.

— Je vais aller voir Jorgensen, dit Elmaz, je reviendrai ici ensuite, et je vous dirai comment nous faisons. Pendant ce temps, Wallela ira chercher des affaires chez moi. Où que j'aille, elle partira avec moi. A tout à l'heure.

Elle se leva, esquissa le geste de lui tendre la main, puis l'embrassa sur la joue à la commissure des lèvres. Wallela attendait. Elle s'était même maquillée. Malko regarda disparaître les deux femmes avec un serrement de cœur. Il n'avait pas tellement d'alliés dans cette ville hostile. La pensée de ce qu'il allait annoncer à Sarah Massawa le réchauffa. Mais il restait encore beaucoup d'ostacles avant l'or du négus. Il mit la chaîne de la porte et décida de prendre un bain. C'est à peu près tout ce qu'il pouvait faire d'utile.

*
* *

Les coups légers frappés à la porte-fenêtre firent sursauter Malko. Ce n'est qu'en reconnaissant Dick Bruce que les battements de son cœur se calmèrent. L'Américain se glissa à l'intérieur, impénétrable, comme toujours, mais Malko fut frappé par l'expression de ses yeux. Avant même qu'il ne parle, il sut.

— Ils ont arrêté Wallela, annonça l'Américain d'une voix égale. Ils l'ont amenée au garage de la police, mais elle va être transférée à la Quatrième Division. Pour interrogatoire. Vous ne pouvez pas rester ici.

Les questions se pressaient sous le crâne de Malko. Maintenant, c'était le désastre. Il s'en voulut de demander :

— Et Elmaz?

Dick secoua la tête.

— Je ne sais pas où elle est.

— Moi, je sais, dit Malko. Elle doit revenir ici.

Rapidement, il mit Dick Bruce au courant. L'Américain ne tenait pas en place. Il poussa Malko vers la porte-fenêtre.

— Venez, ma voiture est dans Ras Desta. On va essayer d'arriver à la station de radio.

— Mais si Elmaz revient entre-temps?

Dick secoua la tête.

— Tant pis. Nous ne pouvons pas prendre le risque de rester.

Malko fut obligé de suivre. La logique froide de l'Américain lui faisait horreur. Elmaz n'était plus un maillon indispensable. Donc, elle pouvait être sacrifiée...

Cela lui fit du bien de marcher, de voir des gens. Mais il se sentait plus en sécurité dans la vieille Land-Rover.

— Que s'est-il passé depuis hier soir? demanda-t-il. Comment êtes-vous au courant?

Dick Bruce fourragea dans sa barbe, nerveux.

— J'ai un copain au C.I.D. [1] qui n'aime pas beaucoup le Derg. C'est la police qui se charge des arrestations. Ensuite, ils remettent les gens à la Quatrième Division, au sergent Tacho. C'est l'or trouvé chez Teferi qui a tout déclenché. Ils veulent Elmaz et vous. Mais je ne suis pas à l'abri. Ils ont arrêté Wallela uniquement parce que c'est l'amie d'Elmaz.

Une langue froide caressait la colonne vertébrale de Malko. Ça y était. L'hallali pour de bon. Pour la première fois, Dick Bruce avait perdu son calme. Il conduisait nerveusement, jetant sans cesse des coups d'œil dans le rétroviseur. Depuis cinq minutes, ils roulaient dans les faubourgs est d'Addis. Finalement, Malko aperçut le pylône d'un émetteur radio au flanc d'une petite colline.

— Nous y sommes, annonça Dick Bruce.

Ils franchirent un poste de garde sans encombre, montèrent au milieu de parterres fleuris, cernant d'élégants petits cottages. Un écriteau de bois était enfoncé dans la pelouse du quatrième annonçant « D. Jorgensen ».

— Attendez-moi, conseilla Malko. Et on ne sait jamais...

Dick Bruce resta dans la voiture, le moteur en route. Malko sonna. Il y eut des pas lourds, et le battant s'ouvrit sur un homme corpulent d'une cin-

[1] *Criminel Investigation Department.*

quantaine d'années, les yeux dissimulés derrière des lunettes à monture d'or.

— Le pasteur Jorgensen?

— C'est moi? Que...

Malko avança résolument dans la petite entrée.

— Je suis un ami d'Elmaz, dit-il. Je sais qu'elle est venue vous voir. Est-elle encore là? La police la recherche...

— Mon Dieu!

Une lueur affolée brillait derrière les lunettes. Il scruta Malko.

— Quel est votre nom, monsieur?

— Prince Malko Linge.

Le pasteur Jorgensen hocha la tête.

— Bien. Elle m'a dit que vous viendriez peut-être. Elle a quitté Addis, ou du moins, elle a essayé. Vous devez la retrouver à Awasa, à l'hôtel *Bellevue*.

— A Awasa. Où est-ce?

Le pasteur s'approcha d'une carte épinglée au mur et désigna du doigt un point rouge au sud de Addis.

— Ici, à trois cents kilomètres d'Addis.

— Mais que fait-elle là-bas?

— Je ne sais pas, dit le pasteur.

Malko chercha son regard.

— Monsieur Jorgensen, dit-il, je sais que c'est vous qui donniez de l'or régulièrement à Elmaz ainsi qu'à Chewayé. Est-ce en liaison avec cet or qu'elle est partie là-bas?

Les paupières battirent derrière les verres. Le pasteur Jorgensen avait gardé le doigt sur Awasa. Il baissa lentement le bras, regarda Malko et dit dans un souffle :

— Oui. Mais il ne faut mentionner cela à personne. Ce sont des sauvages. Ils ont encore tué des dizaines de personnes au *Mercato* hier. On a découvert un charnier avec les corps de vingt-cinq étudiants sur la route de Debre-Zeit. Ils ont massacré des centaines de Danakil, le mois dernier. On pend tous les dimanches près du vieil aéroport. Ils se tuent entre eux. (Il tendit le doigt vers un téléphone abrité étrangement par une housse.) Vous voyez ce téléphone? On peut écouter ce qui se dit dans une pièce, même lorsqu'il est raccroché. C'est pour cela que j'ai mis ce cache. Et ceux qui écoutent, heureusement, ne parlent que l'amarik...

C'était la terreur à l'état pur. La peste qui contaminait tout le monde. Qui pesait surtout... Malko regarda le massif de fleurs, la silhouette rassurante du pasteur qui semblait s'être tassé sur lui-même. Il tendit la main à Jorgensen.

— Merci, dit-il.

Le pasteur l'accompagna aussitôt, avec une hâte suspecte, le poussant presque dehors.

— Que Dieu vous accompagne, dit-il.

La porte claqua derrière Malko. Un refuge de moins. Il espérait qu'Elmaz était passée à travers les mailles du filet. Dick Bruce démarra alors qu'il avait encore un pied par terre. Malko lui raconta l'accueil du pasteur. L'Américain conduisait à toute vitesse.

— Il faut prévenir Sarah, dit Malko. J'ai rendez-vous dans une demi-heure.

Il était un peu plus de quatre heures et demie. Déjà, le soleil commençait à glisser derrière les montagnes.

— Très bien, approuva Dick, je vais vous déposer, près de la Piazza. Nous nous retrouverons à cinq heures et demie, à l'hôtel *Itege*, rue Omar-Khayyâm. Il y a une sortie par-derrière qui donne dans Mahatma-Gandhi, en contrebas, au fond du jardin. J'ai une chose urgente à faire. Regardez.

Son doigt pointait vers la jauge d'essence. A zéro.

— L'essence est rationnée à Addis, expliqua-t-il. Il faut que je m'en procure assez pour aller à Awasa. Cela va me prendre une heure.

— Comment allons-nous sortir de la ville? Les routes doivent être surveillées...

— Avec la Land, on peut passer par des petits chemins. Ils n'ont de barrages que sur les grandes routes.

Cinq minutes plus tard, Dick Bruce arrêtait la Land-Rover au coin de l'avenue Haïlé-Sélassié. Malko sauta à terre. Dick Bruce redémarra aussitôt.

Malko se mêla à la foule. Surtout des femmes qui léchaient les vitrines de bijoutiers regorgeant de croix byzantines. La nuit commença à tomber.

Utilisant des petites rues, il contourna la Piazza. Les néons rouges et verts des *bounabetts* étaient déjà allumés. Les filles allumaient leurs cassolettes d'encens. Il descendit l'étroite rue Omar-Khayyâm. Deux cents mètres plus loin, il arrivait devant la porte d'Elsi et eut un choc au cœur. Le néon était éteint et la porte fermée.

***

Malko eut l'impression que sa bouche se remplissait de carton. Comme un automate, il continua à marcher jusqu'au bas de la rue, scrutant chaque néon. Mais aucun des visages qu'il apercevait ne ressemblait à celui d'Elsi. Il arriva au bout, fit demi-tour pour remonter la rue puis changea d'avis. Il fallait attendre. Elsi était peut-être en retard. Traversant, il entra dans le premier *bounabett* qui s'ouvrait à droite. Un petit établissement où trônait une caissière assez appétissante, et trois filles.

L'une d'elles vint prendre sa commande. Une *tala* [1]. Elle s'éloigna sans insister. Dans ces *bounabetts*, le

[1] Bière.

client avait le choix. Rester seul ou inviter une fille. Ou même la caissière à la fermeture. Les filles touchaient de minuscules salaires, ce qui en faisait un métier honorable. Un Ethiopien buvait tout seul dans un coin... Pas gai. Malko aurait bien pris un café, mais c'était à peu près la seule chose qu'on ne servait pas dans les maisons à café... ou seulement à de très bons clients, avec tout un rite, en le torréfiant sous leurs yeux... Il trempa ses lèvres dans l'infecte bière, de plus en plus préoccupé.

Il se dit soudain que la fille de la caisse le regardait d'un drôle d'air. Il paya et s'en alla. Le quartier devait être infesté d'indicateurs.

Le froid le fit frissonner. Une silhouette jaillit soudain de l'obscurité, courant après lui. Il allait l'éviter lorsqu'il vit et reconnut les grandes boucles d'oreilles et les jambes minces.

C'était l'amie de Sarah Massawa : Elsi.

Elle inclina la tête avec raideur et tendit la main à Malko, puis s'embarqua dans un discours dont il ne comprit pas un traître mot. Lorsqu'il dit « Sarah », elle mit aussitôt le doigt sur ses lèvres. C'était sans issue. Elle semblait terrifiée à l'évocation de la rebelle. Finalement, elle le prit par le bras et l'entraîna vers sa maison. Cela sentait l'encens froid. Une photo de ses parents trônait à côté du lit où elle « recevait »... Après l'avoir installé, elle redisparut. Malko commençait à être intrigué. Quelque chose avait dû se passer. Et l'heure tournait... Il lui restait dix minutes avant le rendez-vous avec Dick Bruce. S'il le ratait, il ignorait où retrouver l'Américain. De plus en plus anxieux, il attendit encore cinq minutes et sortit.

Au moins, aller prévenir Dick Bruce. La rue était tellement en pente qu'il arriva essoufflé à l'*Itege*. Pas de Land-Rover en vue.

Malko traversa la cour et pénétra dans l'établissement. Un hall vieillot, suivi par des salons, avec un grand escalier en acajou sur la droite, desservant une galerie au premier étage. Cela sentait l'Amérique des années 1890... Il alla au fond plus loin, découvrit des bungalows s'étageant dans un jardin en pente jusqu'à un mur. Malko entra dans le bar désert, s'y installa, commanda un café.

Il n'était pas assis depuis cinq minutes qu'il y eut un bruit de pas précipités dans le hall. Deux hommes surgirent à la porte du bar. Jeunes, plutôt mal habillés, les traits tendus. L'un d'eux fit un signe impératif à Malko, avant de disparaître.

Qui cela pouvait-il être? Le barman avait fait comme si c'étaient des fantômes. Il se leva, posa deux billets d'un dollar sur la table et passa dans le hall. Les deux inconnus étaient là, surveillant la porte d'entrée. Quand ils virent Malko, ils lui adressèrent de nouveau de grands signes, comme pour lui dire de se hâter.

L'inconnu qui se trouvait déjà engagé dans la porte tournante fit un bond en arrière.

L'autre s'accroupit sur place, plongea la main sous sa veste et la retira avec un énorme pistolet automatique. Il tendit le bras en direction de la porte. Les détonations firent trembler les vitres du hall. L'une d'elles vola en éclats dans un fracas de tonnerre. L'homme engagé dans la porte tournante battit précipitamment en retraite. Aidé de son compagnon, il prit les deux battants en bois de la porte et les rabattit, condamnant l'entrée!

Au même moment, le « pom-pom-pom » d'une 12,7 éclata à l'extérieur. Des vitres commencèrent à tomber dans tous les coins. Parmi les employés de l'hôtel, c'était le sauve-qui-peut.

Qu'était devenu Dick Bruce? Malko ne songeait

plus qu'à la façon de se tirer de ce guêpier. Abrité derrière un des piliers du hall, il vit les lourds volets de bois se mettre à trembler sous les impacts de la mitrailleuse lourde. Ils n'allaient pas résister longtemps. Les deux inconnus tiraient comme des fous sur des adversaires qui devaient se trouver dans la cour. L'un d'eux se retourna et courut vers Malko, hurlant pour couvrir le fracas des détonations :

— *Me Sarah,* dit-il, *you come.*

La mitrailleuse tirait sans arrêt. Le partisan de Sarah Massawa délaissa Malko quelques secondes pour tirer un chargeur en direction d'une silhouette qui s'était profilée derrière une fenêtre. Malko commençait à se demander comment tout cela allait finir... mais il ne se le demanda pas longtemps.

Une explosion formidable secoua soudain l'immeuble, la porte tournante se volatilisa dans un nuage de verre brisé, de morceaux de bois et de chair humaine, au milieu d'un éclair rouge. Malko fut protégé du souffle par son pilier mais, lorsqu'il risqua un œil, il y avait une Land-Rover en train de monter les marches du perron, le long canon de sa mitrailleuse lourde crachant de courtes flammes jaunes... Ses roues écrasèrent le peu de ce qui restait du rebelle déchiqueté par la roquette.

Le vieux tapis du hall commença à voler en morceaux. Le compagnon de Malko jaillit de derrière un fauteuil sous les balles de 12,7, le bras tendu, et se transforma en pantin secoué de secousses électriques. Malko réussit à se glisser le long du mur filant vers le jardin. La Land-Rover s'arrêta brusquement, coincée entre les piliers trop rapprochés. Abrité dans un angle mort, les narines attaquées par l'âcre odeur de la cordite, Malko surveillait le servant de la mitrailleuse. Lorsqu'il le vit s'activer à changer sa boîte-chargeur, il plongea vers l'escalier du jardin.

Courant en zig-zag, le long des bungalows, il parvint à un mur assez bas, donnant sur la rue en contrebas. Là-bas, la 12,7 s'était remise à tirer... Il se demandait sur quoi, il n'y avait plus que des cadavres dans l'hôtel. Les tueurs du Derg n'y allaient pas de main morte : attaquer un hôtel en pleine ville au bazooka et à la mitrailleuse lourde...

Il parvint au faîte du mur au moment où des vociférations jaillissaient de la terrasse de l'hôtel. Il aperçut des silhouettes kaki et se laissa tomber de l'autre côté du mur. Il se reçut à quatre pattes, aperçut des gens qui couraient, des voitures arrêtées, et eut l'impression de recevoir un bulldozer sur la tête. Trois ou quatre hommes venaient de se ruer sur lui, le clouant au sol, le bourrant de coups de pied et de poing.

Un œil fermé du fait de ce traitement, Malko fut relevé. Il aperçut alors les Land-Rover qui barraient la rue des deux côtés et la foule derrière. On l'avait attendu. Et bien. Il se maudit d'avoir fui mais, en restant dans l'hôtel, il serait probablement tombé sous les balles de 12,7...

Il lui restait la solution désespérée de jouer le client idiot surpris dans une bagarre qui ne le concernait pas. Cela allait être dur. On l'entraîna vers une Mercedes blanche stationnée au milieu de la rue. Avec une brutalité qui faillit lui arracher le poignet, un des soldats lui emprisonna le poignet droit dans une menotte et accrocha l'autre à la poignée de la portière avant gauche de la Mercedes.

Un homme était assis au volant, avec un blouson de cuir. Il repoussa brutalement la portière, faisant trébucher Malko, et sortit. Il avait un visage plat barré d'une moustache, les cheveux très noirs, en bataille, une expression rusée et brutale. Il cria quelque chose, et Malko vit qu'il lui manquait une dent devant.

Il se tourna alors vers lui, grimaça un sourire méchant et lui envoya un violent coup de poing dans le ventre.

CHAPITRE X

Malko se plia en deux, la bouche ouverte, un brusque goût de bile dans la bouche. L'homme au blouson de cuir le redressa, l'appuyant à la portière, se dandinant d'une jambe sur l'autre comme un boxeur prêt à frapper. Il pointa un index spatulé sur Malko et l'enfonça dans son estomac.

— You C.I.A.!

Il éclata de rire, la tête rejetée en arrière et se laissa tomber au volant de la Mercedes. Derrière les barrages, il n'y avait plus de foule.

Le moteur de la Mercedes rugit. Avec horreur, Malko vit le conducteur passer la première vitesse. L'Ethiopien lui adressa un sourire venimeux au moment où il lâchait l'embrayage. La voiture fit un bond en avant, Malko se mit à courir automatiquement, retenu par le poignet droit, essayant d'éviter d'être déséquilibré pour ne pas passer sous les roues de la Mercedes.

Les passants défilaient autour de lui comme des ombres. Devant la Mercedes, il y avait une Land-Rover pleine de soldats. Malko courait. La rue semblait interminable, ses pieds tapaient de plus en plus fort sur l'asphalte, son souffle devenait plus court. Les muscles de son bras commençaient à le faire souffrir d'une façon intolérable. Il ne pensait plus à rien qu'à courir, à ne pas tomber. La Mercedes accéléra encore, et il dut forcer, la bouche ouverte, les yeux brouillés par la douleur, les oreilles bourdonnantes.

Il rata un pas, trébucha, éprouva pendant une fraction de seconde une angoisse insupportable qui lui gela l'estomac, envoya une gerbe de picotements dans ses mains, parvint à se rattraper de justesse, à recommencer à courir, la gorge en feu, comme un automate, sachant qu'il ne pourrait pas tenir longtemps à ce rythme... Ils arrivaient au bout de la rue Mahatma-Gandhi. La Mercedes amorça le virage, envoyant Malko promener comme un skieur nautique accroché à un canot automobile. Il se dit que cette fois ses jambes n'allaient pas tenir, que son poignet entamé par les menottes allait s'arracher de son bras.

La Mercedes pila. Entraîné par son élan, Malko continua à courir avec l'impression que son bras s'étirait de dix centimètres et revint s'écraser contre l'aile avant de la voiture arrêtée.

Au moment de perdre connaissance, il entendit le rire dément de l'homme au blouson de cuir. Une femme qui traversait se hâta de s'éloigner en détournant la tête.

Malko se redressa avec peine, tout son corps douloureux, des pointes de feu dans la poitrine. Il se dit qu'il n'était qu'en sursis. Toute sa volonté était tendue vers un seul but : survivre, tenir.

Son rire calmé, le conducteur de la Mercedes repartit, tournant dans la rue qui rejoignait l'avenue Winston-Churchill. Malko se remit à courir, essayant d'économiser ses forces.

*
* *

Le choc du rail de métal arracha le talon de la chaussure droite de Malko. Celui-ci s'en aperçut à l'ébranlement douloureux de sa colonne vertébrale. L'incident se serait produit cent mètres plus haut, il se serait probablement laissé tomber, las de lutter, à bout de résistance, mais il avait devant lui l'entrée de la Quatrième Division où la Land-Rover de tête s'était déjà engouffrée. Plus que quelques mètres à tenir.

Il continua à taper des pieds en cadence, regardant droit devant lui, essayant d'ignorer la masse de la Mercedes à sa droite, de ne pas penser à tous ses muscles, qui semblaient chacun une bête vivante, tapie à l'intérieur de son corps en train de le dévorer et de le pincer sournoisement. La haine le soutenait, la haine de l'homme au visage plat confortablement installé à son volant, sans plus d'âme qu'un morceau de tôle. Il avait mis la radio et tapotait la portière au rythme de la musique tandis que Malko courait.

Celui-ci se demandait encore comment il avait pu gravir son chemin de croix. Ils avaient enfilé l'immense avenue Winston-Churchill presque jusqu'à la gare, plus de deux kilomètres. A chaque feu rouge le convoi s'arrêtait. Pas pour le laisser se reposer, mais pour permettre aux mendiants de venir manifester à leur façon leur soutien au Derg. Malko avait failli vomir sous le crachat d'un lépreux ravi de l'aubaine. Les autres automobilistes s'écartaient prudemment du convoi. Les passants étaient trop loin pour qu'il puisse juger de leurs réactions.

Au bout de la Winston-Churchill, ils avaient tourné à gauche dans Ras Mekonnen, longeant le Nouveau Guebbi, fermé depuis la mort du négus. Il n'y avait presque pas de circulation, et le convoi avait accéléré. Malko ignorait encore comment il avait pu tenir. Ensuite, cela avait été l'avenue menant à Debre-Zeit. Il avait alors été certain qu'ils se rendaient à la Quatrième Division.

La Mercedes ralentit pour pénétrer dans la caserne. Il serra les dents. Maintenant, c'était une question de mètres... La cour était encombrée de véhicules militaires. Le convoi stoppa le long d'un grand bâtiment. Epuisé, Malko s'effondra contre l'aile de la Mercedes blanche. Pensant ne jamais reprendre son souffle. La bouche ouverte, les yeux fermés, il se concentrait sur sa respiration. Il sentit qu'on le détachait de la Mercedes, qu'on le tirait sans ménagement.

On l'entraîna vers un petit cabanon en bois au fond de la cour. Chaque pas était une torture. Une forte ampoule nue l'éblouit, les deux soldats le poussèrent brutalement dans un coin où il s'effondra et le laissèrent là. D'ailleurs, rien n'aurait pu l'empêcher de s'asseoir.

Il ne voulait pas penser à la suite. A la mort probable, au supplice certain. Seulement reprendre des forces.

***

Dick Bruce entra dans la cafétéria du *Hilton*, dissimulant son énervement. Il prenait un risque énorme en venant là, mais n'avait pas le choix. Ses tractations pour obtenir de l'essence avaient duré plus longtemps que prévu et il était six heures lorsqu'il était arrivé devant ce qui restait de l'hôtel *Itege*... La seule qui puisse lui dire ce qui s'était passé était Elsi, le contact avec l'EPRP. Or, Elsi travaillait comme serveuse tous les jours à partir de six heures. En le voyant, elle s'avança vers lui, impassible, avec son éternel chignon et ses immenses boucles d'oreilles. La cafétéria était pratiquement vide.

— Une table, sir?

Elle mena l'Américain dans un box du fond, lui

tendit le menu et commença à parler presque sans bouger les lèvres.

— Ils sont venus à l'*Itege*, ils ont suivi nos hommes qui venaient chercher votre ami. Ils l'ont emmené à la Quatrième Division. Il paraît qu'il est encore vivant.

— Vous me donnerez des œufs brouillés, annonça Dick Bruce à haute voix.

Il demeura la barbe entre les mains, essayant d'évaluer le désastre. Cherchant ce qu'il pouvait faire pour sauver Malko. Personne n'était jamais sorti vivant des griffes du sergent Tacho.

Quand Elsi rapporta ses *scrambled eggs*, Dick Bruce la retint du regard.

— Dites à Sarah qu'il est le seul maintenant à savoir comment retrouver l'or. Il faut qu'elle tente quelque chose...

Elsi passait machinalement un torchon sur la table.

— Mais il est à la « Quatrième Division », répéta-t-elle. C'est impossible.

— Dites-lui. Sinon, le sergent Tacho risque de le faire parler. Il faut agir vite. Vous savez comment Tacho travaille.

La serveuse inclina la tête sans répondre et s'éloigna. Dick Bruce s'attaqua à ses œufs sans appétit. Seule, Sarah Massawa pouvait quelque chose pour Malko. De toute façon, il fallait soit le sauver, soit le liquider.

Pour qu'il ne puisse pas parler sous la torture. La vie d'un agent de la C.I.A. était infiniment moins importante que le renversement du Derg. C'était le Zéro et l'Infini.

*
* *

Le sergent Tacho se versa un verre de *tej* qu'il avala d'un coup, puis se leva et vint se planter en face de Malko. Un tic lui secouait régulièrement les épaules, comme s'il cherchait à se débarrasser d'un poids invisible. Ses yeux noirs avaient une expression cruelle et rusée. Il claqua des doigts, et l'interprète officiel s'empressa d'avancer. C'était un homme élancé au front fuyant et aux traits mous. Son regard ne s'était pas encore posé sur Malko. Il croisait et décroisait ses doigts, mal à l'aise. Il écouta les ordres du sergent attentivement et se tourna vers Malko.

— Le sergent vous avertit qu'il faut parler. Sinon, vous serez exécuté tout de suite.

— Je ne comprends rien à ce qui m'arrive, répliqua Malko. Je suis étranger, j'ai été arrêté et maltraité sans raison. Je veux que l'on prévienne mon consulat.

L'interprète bredouilla une réponse considérablement abrégée, les yeux baissés. Un éclair passa dans les yeux du sergent Tacho. D'un bond, il se rua sur Malko et lui envoya un coup de poing en plein visage, ratant la bouche, mais frappant la mâchoire. Malko tomba sur le côté, les mains liées derrière le dos, les chevilles entravées. Lorsqu'il se releva, Tacho cracha quelques mots. Frottant l'une contre l'autre ses mains moites, l'interprète annonça :

— Le sergent dit que, si vous mentez, il va vous tuer. Que vous êtes un agent de la C.I.A., qu'il vous suit depuis votre entrée en Ethiopie, que vous avez été sans arrêt en contact avec des traîtres de l'EPRP, que vous essayez de favoriser leurs manœuvres diaboliques. Il veut savoir pourquoi vous êtes en Ethiopie...

— Je suis venu acheter des vieilles Bibles et des icônes, dit Malko, d'une voix ferme.

L'interprète traduisit, visiblement terrifié. Mais cette fois, Tacho ne réagit pas. Il commença une série de questions traduites aussitôt.

— Que faisiez-vous avec la princesse Elmaz?

— C'est une jolie femme. Je l'ai connue par une amie.

— Une amie qui s'appelle Wallela, traduisit l'interprète. Le sergent sait tout cela. Il a arrêté cette prostituée.

— Que faites-vous pour la C.I.A. en Ethiopie?

— Je ne travaille pas pour la C.I.A., répéta Malko.

Le sergent Tacho se rua aussitôt sur Malko. Le premier coup dans le foie le plia en deux. Les autres achevèrent de l'étourdir. Un éblouissement, et il tomba de nouveau à terre.

— Avouez! hurlait la voix, avouez!

Malko reprit conscience lentement, le cerveau martelé par la voix de l'interprète. Le sergent Tacho l'observait, les mains sur les hanches, son visage plat convulsé de rage.

— Qu'est-ce que vous voulez que j'avoue? demanda Malko.

— Le sergent dit que vous êtes un espion américain et qu'il fusille les espions qui refusent de collaborer.

— Qu'est-ce qu'il entend par collaborer?

— Que vous disiez où se cache la dangereuse terroriste Sarah Massawa.

— Je n'en ai pas la moindre idée, répondit Malko, avec sincérité. Je ne savais pas qu'il s'agissait d'une terroriste. J'avais rendez-vous pour acheter des icônes quand...

C'était gros, mais il ne pouvait avoir d'autre système de défense.

De nouveau, les choses se gâtèrent. Tacho bondit sur lui et le prit au collet, en proférant des injures que l'interprète s'abstint de traduire. Son poignet droit était à vif sur tout le pourtour des menottes et l'élançait terriblement. Le sergent Tacho se calma d'un coup, jeta une question.

— Dites où se trouve l'or? traduisit l'interprète.

Malko arriva à prendre l'air étonné.

— Quel or?

La gifle partit à toute volée, et il ne put l'éviter. Ivre de rage et étourdi par le choc, il se redressa pour voir le sergent Tacho sortir un sachet en plastique de sa poche. Il vint le lui mettre sous le nez. C'était de la poudre d'or.

Malko parvint à demeurer impassible, et à secouer la tête comme s'il ne comprenait pas. Arrachant son pistolet de sa ceinture, le sergent Tacho l'arma d'un geste brusque et posa brutalement le bout du canon sur son front. Le froid du métal calma les battements du cœur de Malko. C'était du bluff. A moins d'être fou à lier, la dernière chose que ferait Tacho, c'était de le tuer. Il pouvait se conduire en héros sans trop de risques. Au bout de quelques secondes, Tacho éloigna le pistolet. Mais au moment où il s'y attendait le moins, il pressa sur la détente, le canon frôlant son oreille.

Malko fit un bond en arrière, assourdi par la détonation, et la balle alla s'enfoncer dans un mur.

Brandissant toujours son pistolet, le sergent Tacho essaya de lui faire comprendre que la prochaine fois serait la bonne.

Comme Malko continuait à ne pas réagir, il entraîna d'un geste bref l'interprète, et sortit. Un soldat le remplaça aussitôt et s'assit sur un tabouret, sa carabine américaine entre les genoux. Totalement indifférent.

Malko s'assit dans un coin, essayant de récupérer et de réfléchir. Dans un Etat comme l'Ethiopie, les protestations diplomatiques n'avaient qu'un poids limité. Il se demanda avec angoisse à quoi ressemblerait le prochain round.

*
* *

La porte se rouvrit à la volée, et le soldat sauta sur ses pieds. Le visage terrifié de Wallela emplit le champ de vision de Malko.

Le sergent Tacho la bâillonnait avec sa main, lui écrasant les seins de l'autre. La peur modelait les traits de la jeune femme en un masque irréel d'horreur; ses yeux avaient l'expression fixe des bêtes traquées. Elle n'avait sur elle qu'une sorte de chemise de nuit s'arrêtant à mi-jambes, largement décolletée sur sa fabuleuse poitrine. Ses poignets étaient entravés par des menottes reliées par un bâton empêchant ses mains de se réunir.

Le sergent Tacho la poussa sous l'ampoule puissante qui pendait au bout d'un fil et vint se planter devant elle en lui posant une question. Malko n'entendit pas la réponse. Mais cela ne dut pas plaire à son tortionnaire. De la main gauche, il souleva la chemise de nuit jusqu'à la taille. De la droite il prit la peau du ventre de Wallela au-dessous du nombril et commença à la pincer entre ses doigts en tournant! La jeune femme poussa un cri aigu, essaya de se dégager, supplia, des larmes plein les yeux et ne lui échappa qu'en s'effondrant en arrière.

Dès que Malko avait fait mine de protéger Wallela, le soldat l'avait brutalement repoussé d'un coup de crosse.

En se relevant, Wallela croisa le regard de Malko. Rapidement, elle dit en anglais :

— Ils ne savent rien. Ne parlez pas.

Le sergent Tacho poussa un véritable rugissement et se rua sur Wallela. L'agrippant par sa chemise, il lui envoya un violent coup de genou dans le ventre. La jeune femme se plia en deux avec un cri rauque. Tacho la redressa d'un coup de poing qui lui fendit la lèvre.

Le bruit des coups sur la peau nue était insupportable. Même le soldat qui maintenait Malko en paraissait gêné.

Très vite, Wallela cessa de crier et glissa le long du mur, évanouie. A toute volée, Tacho lui envoya encore un coup de pied dans les reins. Puis il revint vers Malko et le saisit à la gorge. Ecarlate, trempé de sueur, les yeux injectés de sang.

Il se retourna vers l'interprète qui s'était de nouveau glissé dans la cabane et lui jeta un véritable aboiement.

— Le sergent veut savoir ce que cette terroriste vous a dit?

Tacho le fixait d'un air menaçant.

— Elle ne savait pas que le sergent ne comprenait pas l'anglais, affirma Malko. Elle m'a dit qu'elle n'avait rien à se reprocher.

Traduction. Glapissement furieux.

— Le sergent dit que vous mentez. Il veut la vérité.

Wallela avait repris connaissance et gémissait doucement, les deux mains crispées sur son ventre.

— C'est la vérité, répéta Malko, l'estomac serré d'angoisse.

Cette fois, le sergent Tacho n'explosa pas. Posément, il ôta son blouson de cuir et le jeta sur le bureau : la tension avait brusquement monté. Il s'approcha de Wallela, la saisit par les cheveux, comme pour la soulever. Mais il lui cogna la tête contre le mur avec une violence inouïe.

Sous le choc, la jeune femme reperdit connaissance. Déjà Tacho lui redressait la tête et lui écrasait le visage contre le ciment.

Malko bondit en avant, échappant au soldat. Mais ses chevilles entravées l'empêchèrent de parcourir plus de quelques centimètres. D'un coup de crosse entre les omoplates, le soldat le coucha sur le sol, souffle coupé et, pour plus de sûreté, il lui écrasa sa nuque de son brodequin.

Le sergent Tacho cogna la tête de Wallela par terre pour la troisième fois.

Cela fit un bruit mou qui déclencha une nausée chez Malko. On n'entendait plus que la respiration haletante du tortionnaire et les coups, entrecoupés des gémissements de plus en plus faibles de Wallela.

— Arrêtez! cria Malko en anglais.

Sans même se retourner, Tacho laissa tomber une phrase traduite aussitôt.

— Dites la vérité. Que vous a-t-elle dit?

Le sergent cogna encore la tête inerte deux ou trois fois, puis se redressa avec une grimace de douleur. De nouveau, Wallela était évanouie. Tacho se pencha derrière le bureau et en sortit un bâton noueux, long de cinquante centimètres environ.

Il s'approcha de Wallela et l'abattit de toutes ses forces sur la tête de la jeune femme. Sous le choc, le cuir chevelu éclata, le sang jaillit. Elle poussa un cri atroce, essayant de se protéger de ses mains menottées.

Cela n'arrêta pas Tacho, au contraire. Il se mit à frapper avec une sauvagerie incroyable, cherchant les endroits fragiles ou vitaux, les dents serrées. D'un coup de pied, il retourna sa victime, et lui écrasa les seins à toute volée. Wallela, inerte, ne réagit même pas. Malko se dit qu'elle était déjà morte... L'horreur lui bloquait le gosier. Le son mat et monotone des coups ressemblait à une litanie infernale. Il s'empêchait de penser. Il savait que chaque coup n'était pas mortel en soi, mais qu'inéluctablement leur accumulation allait tuer Wallela. Elle ne réagissait plus, le visage boursouflé, méconnaissable.

Les yeux baissés, l'interprète essayait de ne pas regarder. Soudain, le sergent Tacho assena un dernier coup avec un « han! » de bûcheron sur le ventre offert. En sueur, il jeta son bâton et alla s'effondrer, derrière le bureau.

Une odeur nauséabonde se répandit tout à coup dans la pièce. Cela sentait les excréments et l'urine. D'un air dégoûté, le sergent interpella le soldat qui maintenait toujours Malko au sol. Celui-ci ôta son pied, ouvrit la porte et traîna Wallela dehors par la barre de ses menottes. Elle laissa derrière elle une traînée verdâtre. Malko comprit aussitôt. Ses sphincters s'étaient relâchés, elle était morte sous les coups...

Le sergent Tacho alluma une cigarette, fixant Malko d'un air méchant. Celui-ci savait que le tortionnaire irait jusqu'au bout, que son calvaire ne faisait que commencer.

Wallela était morte pour lui faire peur. Tacho savait qu'elle n'avait rien à lui apprendre.

Le sergent prit une bouteille de bière noire, la but au goulot et la jeta par terre. Puis il se leva et sortit en claquant la porte. L'odeur était insupportable. Le silence retomba pesant, horrifié. On entendit dehors un camion qui manœuvrait.

La porte se rouvrit sur le tortionnaire. Aussitôt, le soldat défit les liens qui attachaient les chevilles de Malko.

Personne ne semblait s'étonner de sa présence. Les exécutions et les tortures étaient courantes à la Quatrième Division. Il arrivait même que le général Mangestou revienne spécialement en avion de la province pour y assister.

Aussitôt, le sergent Tacho le prit par le col de sa veste et le poussa à coups de pied à travers la cour. Au passage, il héla un soldat qui se reposait au volant de sa Land-Rover.

Ils s'arrêtèrent à côté du poste de garde, à la porte de la caserne. Les voitures défilaient au passage à niveau de la route de Nazareth. La voie de chemin de fer longeait la caserne en surélévation, perpendiculairement à la route. Entre le mur d'enceinte et les rails, il y avait un chemin assez large pour faire passer un véhicule. Souvent, les soldats de la Quatrième Division y exécutaient les gens contre le talus, pour impressionner la population.

Le sol était recouvert d'herbe et de pierraille, selon les endroits. Malko sentit son estomac se serrer.

C'était la minute de vérité.

Sa cigarette aux lèvres, le soldat se mit en devoir d'attacher une corde à l'arrière de la Land-Rover puis remonta au volant. Trois ou quatre autres étaient sortis et observaient la scène. Amusés. Le sergent Tacho donna un coup du plat de la main sur le capot, comme on flatte un cheval et cria quelque chose au conducteur.

Celui-ci passa la première, embraya et appuya à fond sur l'accélérateur.

*
* *

Malko avait bandé tous ses muscles, essayant de ne pas penser à la brûlure de ses poignets. La corde n'était pas très longue, deux mètres.

La secousse du départ envoya un flot d'adrénaline dans ses artères. Il avait beau s'y attendre, ce fut atroce. Le sol était beaucoup plus inégal qu'à la caserne, et il trébucha presque tout de suite, réussit à se relever grâce à un effort qui lui arracha un cri que personne n'entendit.

Il ne voyait plus le ciel, ni le talus ni le mur, il était seul avec sa douleur. Tap-Tap-Tap, les pieds frappaient le sol de plus en plus vite. Le chauffeur passa en seconde, la Land-Rover accéléra encore. Malko se mit à crier sans discontinuer, tiré en avant, courbé en deux comme un vieillard. Sa chaussure droite sans talon heurta une pierre, il bascula sur le côté, se rattrapa par miracle.

Il avait l'impression de peser une tonne. Chaque pas ébranlait son cerveau. Il se rendit soudain compte qu'inconsciemment il souhaitait tomber, ne plus lutter, se reposer, se laisser traîner. Comme le nageur qui, épuisé, se laisse couler.

Il réussit à lutter encore contre cette faiblesse pendant quelques mètres. Tout à coup, son pied frappa le vide. Le ciel devint mauve sombre, puis noir, il se sentit tomber au ralenti, heurta le sol du côté gauche, rebondit, tiré par la corde, retomba de tout son long, les bras en extention au-dessus de sa tête, comme posé sur une râpe à fromage géante. Ses omoplates et ses reins supportaient tout le poids de son corps.

Par moments, un choc plus violent le réveillait, lui arrachait un cri, une bouffée de gaz d'échappement le faisait suffoquer, une pierre le frappait. Sans qu'il sache comment, son corps pivota, il se retrouva face contre le sol et perdit connaissance.

*
* *

Le chauffeur sentit à la résistance de la voiture que le prisonnier était tombé, mais le sergent Tacho avait donné l'ordre de ne pas ralentir. Il écrasa encore l'accélérateur pour maintenir sa vitesse.

L'entrée de la caserne avait disparu derrière la courbe, il se dit qu'il fallait faire demi-tour, un peu plus loin, le chemin de ronde se terminait en impasse. Il ralentit, et stoppa.

Au même moment, il aperçut une Land-Rover en

train d'escalader le talus du chemin de fer, de l'autre côté de la voie.

Elle atteignit les rails, les franchit et commença à redescendre le talus du côté où se trouvait la sienne. Il se dit que c'était un véhicule prenant un raccourci pour rentrer à la caserne. L'autre Land-Rover retomba sur le chemin où il se trouvait, se dirigeant vers lui. Il y avait plusieurs soldats dont un à la mitrailleuse, comme d'habitude.

Le véhicule arriva à sa hauteur. A cause des lunettes et des foulards, il ne pouvait pas reconnaître ses occupants.

Soudain, au lieu de continuer, la seconde Land-Rover pila net. Le chauffeur qui tirait Malko n'eut pas le temps d'avoir peur. Le canon de la mitrailleuse lourde avait pivoté, se braquant sur lui, à moins d'un mètre. Il vit le trou noir, les cartouches brillantes dans leur boîte... et le monde se termina dans un geyser rouge comme les balles déchiquetaient sa poitrine, faisant éclater le cœur, déchirant l'aorte. Il mourut instantanément, sans comprendre.

Trois des occupants de la Land-Rover avaient déjà sauté à terre. Sous les lunettes et le foulard, on ne pouvait pas reconnaître les traits fins de Sarah Massawa. Seule, sa taille exiguë la trahissait. La jeune terroriste courut jusqu'à l'arrière de l'autre Land-Rover et se pencha sur le corps inerte de Malko. D'un coup de couteau, elle trancha la corde le liant à la Land-Rover et retourna son corps inerte. Son visage était méconnaissable, plein de terre et de sang. Déjà deux des hommes le portaient dans leur Land-Rover. L'un s'arrêta, jeta une grenade dégoupillée sous les jambes du chauffeur mort avant de remonter dans son propre véhicule. Déjà, la Land-Rover escaladait le talus, dans un grand éclaboussement de pierres. La seule façon de fuir était de regagner la route de Nazareth. En passant devant la caserne de la Quatrième Division.

La Land cahota sur les rails, redescendit le talus de l'autre côté. Réveillé, Malko hurla de douleur. A toute vitesse, le véhicule se mit à suivre les rails, Sarah Massawa ôta son foulard et vérifia le levier d'armement de son Kalachnikow.

***

Le sergent Tacho sursauta en entendant les détonations. On tirait beaucoup à Addis. Une rafale accidentelle pouvait partir. Malgré tout, il se mit à guetter la courbe d'où aurait dû surgir la Land-Rover.

En trente secondes, son intuition balaya la raison. Il rentra en courant dans la caserne.

Hurlant des ordres qui couvrirent le brouhaha. Par chance, trois Land-Rover s'apprêtaient à partir en patrouille. Aux cris du sergent Tacho, les soldats se ruèrent dans leurs véhicules. Les servants commencèrent à engager fiévreusement leurs bandes dans les mitrailleuses, en démarrant. A ce moment, une explosion secoua la caserne.

Tacho monta en voltige dans le véhicule de tête et poussa d'un coup d'épaule le servant de la mitrailleuse, prenant sa place. Le petit convoi fonça le long de la voie ferrée. Cent mètres plus loin, le véhicule de tête pila devant la Land-Rover entourée d'une flamme rouge et d'un nuage de fumée noire. Debout dans sa Land-Rover, Tacho aperçut le véhicule qui filait de l'autre côté de la voie. Il comprit instantanément et hurla :

— Poursuivez-les!

A cause de la hauteur du ballast, il était impossible de tirer sur la Land-Rover des fuyards.

Le temps pour les trois Land-Rover de franchir

la voie ferrée, celle qu'ils poursuivaient se trouvait déjà au passage à niveau de la route de Nazareth.

Le sergent Tacho eut beau gesticuler, rien n'y fit.

Lorsqu'il parvint au passage à niveau, la Land-Rover des fugitifs était déjà engagée dans le carrefour suivant, en face de l'agence d'Air France, au coin de Ras Mekonnen et de Ras Desta. Pire : des tracts s'échappaient de la voiture. Les terroristes faisaient leur propagande... Pourtant, dans son malheur, le sergent Tacho trouva une consolation : les terroristes remontaient vers le centre de la ville où la circulation était beaucoup plus dense. Il avait de bonnes chances de les rattraper.

— Mets la sirène, hurla-t-il au conducteur, et allume les phares.

Lui se cala bien au milieu de la Land-Rover, les deux mains crispées sur la poignée de la mitrailleuse. Sachant qu'il ne pourrait pas s'en servir comme il le voudrait : il lui fallait reprendre vivant le fugitif.

***

Gebachew Dilla réglait la circulation depuis le début de l'après-midi au carrefour Ras Mekonnen-Ras Desta et avait hâte de voir son tour se terminer. A cause de l'avenue de Nazareth, c'était un des carrefours les plus encombrés d'Addis. Il passait son temps à le dégager à grands coups de sifflets, la casquette en arrière du crâne. Comme beaucoup de policiers, il refusait de changer sa casquette « ancien régime » contre le calot préconisé par le Derg.

La série de détonations le fit sursauter. Une énorme file de voitures était arrêtée dans Ras Desta et certains commençaient à klaxonner, malgré le calme éthiopien.

Gebachew Dilla tourna la tête vers le passage à niveau, essayant de voir ce qui se passait. En vain. Il allait arrêter la circulation sur Ras Mekonnen et sa prolongation, la route de Nazareth, lorsqu'une forte explosion venant de la Quatrième Division le fit sursauter... Cela arrivait quelquefois à Addis, et on ne savait pas toujours ce que c'était. Mais, là, c'était très près.

Il hésitait encore avec son sifflet lorsqu'une Land-Rover jaillit de la voie ferrée, venant vers lui! D'abord, il crut que c'était un des véhicules du Derg, mais lorsqu'elle arriva à sa hauteur, il aperçut un visage féminin, des hommes en civil et vit voler des tracts!

Des militants de l'EPRP!

C'étaient les premiers qu'il voyait. La Land-Rover traversa le carrefour en trombe, et fila dans Ras Mekonnen. Elle avait à peine disparu que trois autres apparurent au passage à niveau. Aussitôt, le véhicule de tête commença à faire marcher sa sirène.

Cette fois, c'était bien le Derg.

Gebachew Dilla n'hésita qu'une fraction de seconde. Tranquillement, comme s'il n'entendait pas la sirène, il pivota, donna un grand coup de sifflet, lâchant la meute de voitures qui attendaient dans le carrefour... Lorsque la première des Land-Rover arriva derrière lui, sirène hurlante, le flot coulait sans interruption... Le sergent Tacho sauta à terre, écumant de rage et tenta d'arrêter les voitures. Avec un zèle tardif, le policier vint lui prêter main-forte. Mais personne n'écoutait son sifflet. Les véhicules traversaient le carrefour comme un troupeau de bisons en furie.

— Arrêtez-les! cria le sergent Tacho.

Gebachew Dilla se précipita au milieu du carrefour, sifflant à se faire péter les poumons. Cela n'avait plus d'importance : les terroristes étaient loin.

CHAPITRE XI

— Malko, *wake up, wake up, please* [1]!

La voix en anglais parvenait à Malko, très lointaine mais rassurante. Il entrouvrit les yeux, ne vit d'abord rien. Il sentait seulement la douleur de son dos, tous ses muscles semblaient déchirés. Pendant une fraction de seconde, il se demanda s'il n'était pas aveugle, puis réalisa qu'il faisait nuit. Un point lumineux se promena à côté de lui; une lampe. Il aperçut des silhouettes floues, des arbres, il était étendu sur le sol, la tête soulevée par un vêtement roulé en boule.

Le visage anxieux de Sarah Massawa se pencha sur lui.

— Ne bougez pas.

Il en aurait été bien incapable. Peu à peu, la mémoire lui revenait. La Land-Rover, la corde, sa chute. Ensuite, il se souvenait vaguement d'avoir été trimbalé, d'avoir eu mal. Comme s'il se réveillait après une anesthésie. Comment se trouvait-il là? Quand il avait perdu connaissance, il était aux mains de Tacho.

— Où sommes-nous? demanda-t-il. Que s'est-il passé?

— Dans le parc de l'ambassade de France, dit

[1] Malko, Malko, réveillez-vous, réveillez-vous.

l'Erythréenne. Nous sommes entrés en passant par-dessus le mur. Je connais les *zabagnas* qui gardent l'entrée. Ils ne nous dénonceront pas. Et personne ne nous trouvera dans les cinquante hectares.

Malko se souvint qu'au début de son séjour il avait été étonné par la taille des ambassades des grands pays, toutes installées à la périphérie, construites au milieu de parcs immenses donnés au siècle dernier par l'empereur Ménélik. Il ignorait que cela lui sauverait la vie... Il avait l'impression d'être paralysé, tant il souffrait. Son visage le brûlait horriblement. Ses deux poignets avaient été sommairement bandés. Les menottes avaient disparu. Sa mâchoire, enflée et douloureuse, l'empêchait de parler normalement.

— Donnez-moi une glace, demanda-t-il.

Il craignait d'être défiguré. Sarah tira d'une poche de son blouson une petite glace de poche et la lui tendit.

Malko s'examina. Il avait des écorchures partout, plusieurs hématomes là où on l'avait frappé et il pouvait à peine ouvrir la bouche, tant sa mâchoire était enflée. Mais il avait encore figure humaine.

— J'ai envoyé quelqu'un au *Mercato* chercher un onguent pour vos blessures, dit Sarah. Après, cela ira mieux.

— Comment m'avez-vous retrouvé? demanda-t-il d'une voix faible.

Il claquait des dents. Ses vêtements étaient en lambeaux, et on l'avait recouvert d'un épais *chamaa* de grosse laine qui ne suffisait pas à le réchauffer. L'endroit où il se trouvait ressemblait au fond d'une forêt. Plusieurs hommes étaient étendus dans un rayon de vingt mètres avec leurs armes. Aucun bâtiment en vue. Sarah alluma une cigarette.

— C'est Dick qui vous a sauvé, dit-elle. Il m'a

dit que vous saviez où se trouvait l'or. Sans cela, jamais je n'aurais pu risquer la vie de mes hommes. Nous avions une chance sur cent de nous en sortir. Il fallait traverser toute la ville pour arriver jusqu'ici. Nous avons attaqué la Land-Rover au bord de la rivière Kechene. Deux de mes hommes ont été tués. C'était difficile, parce que nous ne voulions pas la détruire...

Elle hocha la tête.

— Enfin, maintenant, il faut rester ici le temps que les choses se calment. Nous sommes protégés par l'immunité diplomatique...

— L'or, dit Malko lentement, je ne sais pas encore où il est. Mais je crois que nous allons le trouver.

Il lui expliqua le rendez-vous d'Awasa. Les yeux de Sarah brillaient. Elle lui serra le bras si fort qu'elle le fit crier.

— Nous irons, fit-elle. Dès que nous pourrons.

— Où est Dick?

Sarah secoua la tête.

— Je ne sais pas. Il doit nous rejoindre. Vous apporter des vêtements. Il se cache lui aussi. Le sergent Tacho va tout faire pour vous retrouver...

Il y eut des bruits de pas sous les arbres. Sarah sauta sur son Kalachnikow, puis le reposa aussitôt.

— C'est pour vous, dit-elle. Le médicament.

Un jeune homme barbu sortit des arbres et lui tendit un paquet qu'elle défit. Une sorte de pâte brunâtre dans un plastique. Malko huma l'odeur nauséabonde et piquante. Sarah, accroupie à côté de lui, lui adressa un sourire.

— Il faut vous en mettre sur tout le corps. Dans deux heures, vous n'aurez plus mal. Ce sont des plantes gallas. Nous nous en servons pour les blessures parce que nous n'avons pas beaucoup de médicaments...

— Mais je ne peux pas me frotter, objecta Malko.

— Cela ne fait rien. Laissez-vous faire.

Joignant le geste à la parole, Sarah Massawa commença à défaire ce qui subsistait de sa chemise. Ses mains minuscules s'activèrent, jusqu'à ce qu'il n'ait plus rien sur lui. En dépit de la pénombre, il pouvait voir les hématomes qui parsemaient son corps. L'Erythréenne ne semblait pas gênée par sa nudité. Il éternua et se mit à trembler. Le froid et la réaction nerveuse. Sarah prit une boule de pâte dans sa main droite et la plaqua contre le torse de Malko. Il poussa aussitôt un hurlement, et elle ôta vivement la main.

— Je vous ai fait mal?

Le souffle coupé par la douleur, Malko hocha la tête. Il devait avoir une côte fêlée. Très doucement, Sarah commença à étaler la pâte brunâtre, l'effleurant à peine. Il serrait les dents pour ne pas crier tant son corps était douloureux. En un quart d'heure, il était brun des pieds à la tête. Sarah l'aida à se retourner sur le ventre. Nouveau supplice. Lorsqu'elle toucha son dos, il jura comme un charretier. Ses muscles semblaient en bouillie. Elle lui parla doucement, tout le temps qu'elle l'enduisait. Il avait honte de sa faiblesse. L'Erythréenne devait être fatiguée elle aussi. C'était autant de pris sur son sommeil. Les autres rebelles s'étaient assoupis autour d'eux. La nuit était très claire, et il distinguait nettement la silhouette de Sarah.

Elle le remit sur le dos et commença à faire pénétrer le produit. Peu à peu, Malko sentit ses muscles se décontracter, la douleur s'effacer. Mais son répit fut de courte durée. Centimètre carré par centimètre carré, il crut que son corps s'enflammait!

C'était intolérable. Sarah continuait à frotter, avec moins de ménagement, le remettant sur le ventre, inlassable, pinçant, massant, comme une masseuse professionnelle. Malko avait l'impression d'être une volaille en train de tourner sur une broche.

— Arrêtez! supplia-t-il, je ne peux plus, je brûle.

Sarah éclata d'un rire joyeux. La première fois depuis qu'il la connaissait.

— Ça marche! jubila-t-elle. Mais il ne faut pas que vous attrapiez froid.

Elle saisit une gourde et le força à boire. Du feu liquide. Le fameux katikala. Cette fois, l'incendie était partout. Sarah Massawa contempla son œuvre avec satisfaction. Malko n'avait aucune idée de l'heure. Tout s'était passé trop vite.

— Maintenant, il faut dormir, annonça-t-elle. Je vais me mettre à côté de vous. Je vous ai donné ma couverture...

Malko avait si chaud qu'il aurait pu gambader tout nu dans le parc diplomatique. Mais il sourit affirmativement. Sarah, sans se déshabiller, s'allongea à côté de lui, le Kalachnikow à côté d'elle.

— J'ai froid, dit-elle.

Elle se serra brusquement contre lui. A la douceur de sa poitrine, il sentit qu'elle ne portait pas de soutien-gorge. Mais il n'y avait rien de sexuel dans son attitude, simplement un besoin animal de chaleur.

*
* *

L'aboiement éclata tout près, réveillant Malko. Il se dressa, grogna de douleur, aperçut la silhouette d'un animal qui s'enfuyait et reprit sa position. Sarah ne s'était pas réveillée. Un peu gêné, Malko s'aperçut que l'embrocation lui avait procuré une érection violente. Il était sur le dos, mais ses muscles lui faisaient si mal qu'il fallait absolument qu'il bouge. A cause de sa côte, il était obligé de se tourner du côté droit. Vers Sarah. Il le fit tout doucement.

La jeune femme soupira dans son sommeil, dérangée; son bras passé autour de Malko glissa, et sa main se referma autour de son sexe.

Il resta immobile, la respiration bloquée. Horriblement gêné. Mais les doigts qui le tenaient ne bougeaient pas, le serrant fermement, comme la poignée d'une arme. Au rythme régulier de sa respiration, il réalisa que Sarah dormait. Pourtant, cette main immobile nouée autour de lui était une sensation si insolite qu'il eut un mal fou à ne pas exploser immédiatement. Il bougea légèrement, mais la main accompagna son mouvement. Il demeura dans la même position un temps assez long; troublé; regardant les étoiles, pensant au fouillis de violence dans lequel il se trouvait plongé, à la douleur de ses muscles qui s'estompait, à l'horreur de la veille.

Sarah bougea. Sans le lâcher, elle redressa la tête, s'ébroua, réalisa la situation et le lâcha aussitôt.

Elle se laissa aller en arrière avec un léger rire. Sans la moindre gêne, elle remarqua :

— Il y avait longtemps que je n'avais pas tenu le sexe d'un homme dans ma main. Pardonnez-moi. Nous n'avons pas beaucoup le temps de penser à ces choses-là.

Le ciel commençait à rosir du côté du mur. Deux guerilleros accroupis au pied d'un arbre étaient en train de manger. Sarah se leva, s'étira, tirant sur son pull, le collant à ses seins imposants. Malko éprouva une brusque flambée de désir. En dépit de ses cent cinquante centimètres, elle était très appétissante. Il sentait encore la chaleur de ses doigts sur lui.

— Il faut vous lever, dit-elle, faire des mouvements. Sinon, vous allez être ankylosé.

Il obéit, drapé dans le *chamaa*. Il avait envie de hurler chaque fois qu'il bougeait un muscle, mais il parvint à faire quelques pas en grimaçant de douleur.

— Ce soir, je vous remettrai de la crème, annonça Sarah.

Il y eut un bruit dans la futaie. Sarah Massawa se retourna d'un bloc. Deux hommes approchaient.

— C'est Dick! s'écria Malko.

L'Américain s'approcha, escorté du guerillero posté près du mur. En apparence toujours aussi calme. Il serra longuement la main de Malko, les yeux embués d'émotion.

— Vous n'êtes pas passé loin, dit-il gravement. Tenez, voilà de quoi vous habiller.

Il lui tendit un gros paquet.

— Et vous? demanda Malko.

Dick Bruce fit la moue.

— Oh, moi, j'ai beaucoup d'amis. Mais les nouvelles ne sont pas bonnes!

Malko sentit son cœur lui remonter dans la gorge.

— Elmaz?

— Non, fit Dick. De ce côté-là, pas de problème, mais j'ai su que le Derg va instaurer à Addis un couvre-feu de trois jours à partir de ce soir six heures.

— De trois jours, s'étonna Malko, mais pourquoi?

— Pour vous retrouver, fit Dick Bruce de sa voix calme. Ils vont fouiller les maisons des étrangers et les ambassades. Ils vont venir ici.

*
* *

Malko mit plusieurs secondes à digérer l'information. Brusquement, sa couverture au milieu des bois lui paraissait un havre de sécurité merveilleux.

— Où allons-nous aller? demanda-t-il, la gorge serrée.

L'Américain hocha la tête.

— Il faut quitter Addis, mais ce ne sera pas facile. Rejoindre Elmaz. De toute façon, elle nous attend à Awasa.

— Les routes doivent être surveillées. Je peux tout juste marcher.

— Je sais, reconnut Dick Bruce. J'ai un plan. Nous partirons séparément. Moi, de mon côté. Quelqu'un a déjà emmené ma Land-Rover sur la route de Nazareth. Je la rejoindrai à pied. Je devrais passer. Quant à vous, j'ai trouvé quelqu'un qui va tenter de vous faire franchir les barrages. Mais, bien sûr, ce n'est pas garanti à cent pour cent.

C'était délicatement dit.

Sarah s'avança et demanda :

— Je veux aller avec lui. Il ne peut pas rester tout seul. De toute façon, celui qui doit organiser le transport des armes se trouve près d'Awasa.

— Mais il n'était pas question de vous laisser, affirma Dick Bruce. Après tout, c'est pour vous que nous travaillons; j'espère seulement que nous passerons. Au moins l'un d'entre nous...

— Quelle est votre idée? interrogea Malko.

— Un ami, dit brièvement Dick. Ambassadeur. Il a une voiture CD. Normalement, ils n'ont pas le droit de fouiller les coffres. Vous serez dans le sien.

Malko ne fit pas de commentaires. Ils allaient être pieds et poings liés. La présence de Sarah Massawa était quand même un réconfort. c'était une vraie mascotte, avec les épreuves dont elle s'était sortie...

— Qui est cet ami? demanda Malko.

— Moncogo, annonça l'Américain sans sourire.

— Moncogo! sursauta Malko, mais il doit me détester, après le coup que nous lui avons fait. Et puis...

Dick Bruce le coupa, presque sèchement.

— Moncogo est un type très bien, affirma-t-il. Ce n'est pas sa faute si son patron est raide dingue et s'est couronné empereur. Au contraire, ça nous sert. Moncogo voulait lui faire un cadeau et n'avait pas beaucoup de moyens. Je lui offre la Bible que j'ai récupérée s'il vous passe. Avec ça, il a des chances de devenir ministre des Affaires étrangères de son pays...

— Vous croyez que c'est une motivation suffisante? demanda Malko.

Dick Bruce passa les doigts dans sa barbe.

— Il n'y a pas que cela. Moncogo sait que les militaires ont assassiné Wallela. Il l'aimait beaucoup. Il est ravi de jouer un tour au Derg. Parce qu'il ne porte pas les Amharas dans son cœur. Ils sont racistes. Moncogo est très, très noir. Il a du mal à trouver du personnel, ses bonnes le traitent comme un chien, il subit toutes sortes de petites avanies.

— Mais que se passera-t-il s'il ne réussit pas? objecta Malko. Diplomate ou pas...

— Moncogo a toutes les chances de vous faire passer, affirma Dick Bruce. Il a une petite amie à Debre-Zeit qu'il va voir régulièrement. Les soldats connaissent sa voiture. Il est ambassadeur et a un poste à l'O.U.A. Or, les Ethiopiens ont une frousse bleue que l'O.U.A. quitte Addis. Cela tuerait le régime. Alors, il ne prend pas trop de risques. Sauf s'il tombe sur un mauvais con. Evidemment, ce n'est pas à exclure...

Un ange passa, peint en noir. Des excités, il y en avait partout.

Sarah Massawa avait écouté en silence. Tranquillement, elle ramassa son Kalachnikow et demanda :

— Quand partons-nous?

— Dans une demi-heure, annonça Dick. Moncogo vient nous chercher à l'intérieur du parc, sur le parking de l'attaché culturel. A cette heure-ci, il n'y a personne. Il faut vous habiller.

Malko prit le paquet et le défit. Il y avait une saharienne, un pantalon de toile, une chemise et des chaussures de brousse à haute tige. Plus du linge de corps. Il enfila le tout, tant bien que mal. Seuls ses poignets bandés étaient toujours extrêmement douloureux. C'était encore une chance que Dick et lui aient la même taille. Sarah tenait une conférence avec ses hommes, accroupie près d'un arbre. Dick tournait autour d'eux nerveusement. Dès que Malko fut prêt, ayant presque retrouvé figure humaine, sauf la barbe qui lui mangeait le visage, il l'entraîna par le bras.

— Venez, il ne faut pas arriver en retard.

— C'est dommage de laisser cette ordure de Tacho derrière nous, dit Malko.

Dick Bruce eut un sourire triste et froid.

— Chaque chose en son temps. Pour l'instant, nous sommes le gibier. Si nous mettons la main sur cet or, je crois que le Derg se chargera du sergent Tacho. Ils n'aiment pas les échecs.

Il semblait que rien ne puisse troubler son calme. Même pas l'évocation du supplice de Wallela. Malko se demanda s'il éprouvait parfois des sentiments humains. Dick Bruce le soutint pour traverser le parc de l'ambassade. Ils contournèrent la demeure de l'ambassadeur, Sarah et ses hommes sur leurs talons, descendant vers le bas de l'immense parc. Malko se dégoûtait. La poussière, la sueur, la saleté et l'embrocation formaient une croûte épaisse et odorante sur son corps. Il aurait donné une aile de son château pour une baignoire avec de l'eau bien chaude.

Mais c'était un rêve parfaitement irréalisable. Un objet insolite apparut soudain à travers les arbres. Une énorme Mercedes vert pomme, toute seule sur un parking en ciment jouxtant plusieurs bungalows.

— Il est là, fit Dick avec soulagement.

Il s'avança le premier. En le voyant, le sosie d'Ami Dada sortit de sa voiture. Arborant une cravate framboise écrasée et un costume bois-de-rose en parfaite harmonie avec ses chaussures vernies rouges. Dick Bruce et lui eurent une courte conversation, puis l'Américain se tourna et fit signe à Malko de venir. Ce dernier sortit du bois, marchant à petits pas comme un vieillard, aidé de Sarah Massawa traînant son Kalachnikow dans l'autre main.

L'ambassadeur noir secoua la tête en voyant Malko. Il lui tendit la main avec une moue apitoyée.

— Ils vous ont bien abîmé, ces sauvages-là, hein, ce sont des brutes! Bon, on y va.

Il fit le tour de la voiture et ouvrit le coffre. Il avait enlevé la roue de secours, ce qui laissait une place suffisante. Malko enjamba le premier le rebord du coffre, et, aidé de Dick et de Sarah, s'installa en chien de fusil, le visage tourné vers l'arrière, le dos à la paroi avant du coffre, les pieds calés sur le cric. Sarah le rejoignit dans la même position, mais devant lui. Ils étaient encastrés l'un dans l'autre comme des petites cuillères. Moncogo eut un gros rire sain :

— Soyez sages là-dedans, hein, il ne faut pas faire de secousses.

C'est ce qu'on appelle de l'humour noir. Malko sentait contre son ventre les petites fesses rondes de Sarah, mais n'avait vraiment aucune pensée érotique. Juste survivre et se laver.

Dick posa avec précaution le Kalachnikow devant l'Erythréenne.

— A tout à l'heure, dit-il, tout se passera bien.

C'était un vœu pieux, pas une évidence.

Le coffre se rabattit avec un claquement qui parut sinistre à Malko. Cela sentait le caoutchouc neuf et l'huile. La Mercedes démarra en douceur et, très vite, se mit à cahoter sur un chemin défoncé. A chaque secousse, il était projeté contre Sarah. Il finit par passer une main autour de sa taille pour la maintenir contre lui.

C'était à peu près le seul mouvement qu'il pouvait faire. Le voyage n'allait pas être confortable. Mais cela valait mieux qu'un cercueil... Dick Bruce avait expliqué à Malko qu'ils devaient se retrouver à une centaine de kilomètres d'Addis, dans une zone non patrouillée par l'armée. D'ici là, ils étaient entièrement entre les mains de Son Excellence l'ambassadeur Moncogo. Très vite, la Mercedes prit de la vitesse, mais ils étaient toujours dans Addis car elle s'arrêtait fréquemment. Les démarrages et les coups de frein étaient pénibles pour les muscles endoloris de Malko. A un moment, sa main glissa et rencontra la poitrine de Sarah. L'Erythréenne ne sembla pas le remarquer. Il s'assoupit, ivre de fatigue.

*
* *

La jeune femme était allongée sur le côté, au bord d'un canapé de velours bleu, tournant le dos à Malko. Des escarpins noirs à très hauts talons, avec une bride autour de la cheville, chaussaient ses pieds, ses jambes fuselées étaient gainées de bas noirs à couture très fins. Ceux-ci montaient haut sur les cuisses pleines, tirés par les minces serpents noirs des jarretelles. Au-dessus, c'était la peau nue. Une croupe somptueuse qui émergeait d'un calice de faille noire.

Malko tendit le bras pour forcer l'inconnue à se retourner. Mais des coups violents furent frappés à la porte. En une fraction de seconde, l'apparition voluptueuse s'évanouit. Il ne resta que le noir. Une voix que Malko connaissait émit en chuchotant :

— Attention, ne dites rien!

Pendant quelques secondes, Malko lutta pour faire revenir la femme en noir, puis il dut replonger dans la réalité. Il faisait chaud, l'obscurité était totale dans le coffre. Son cœur battait la chamade. A l'extérieur, il entendait des voix éthiopiennes. Il colla sa bouche à l'oreille de Sarah :

— Où sommes-nous?

— A la sortie d'Addis. Restez silencieux.

De nouveau, des coups furent frappés sur le coffre, le brouhaha de voix se rapprocha. Malko sentit que Sarah se contorsionnait pour attraper son Kalachnikow. Il souffla de nouveau.

— Que se passe-t-il?

— Ils veulent ouvrir le coffre, annonça l'Erythréenne d'une voix altérée.

CHAPITRE XII

Le soldat regardait gravement à l'envers le passeport diplomatique, hésitant sur la conduite à tenir. L'ordre était de fouiller toutes les voitures. Il avait une notion extrêmement vague de ce que pouvait être l'immunité diplomatique, n'étant arrivé de son village de l'Ogaden que trois semaines plus tôt. Le seul être dont les décisions comptaient pour lui était son caporal. Mais ce dernier était occupé à la fouille d'un camion... Tandis qu'il hésitait, le diplomate noir au volant lui lança d'un ton engageant :

— *Ethiopia Tikden* [1]!

Le soldat sourit mollement, puis secoua la tête.

— Vous ouvrez le coffre, dit-il fermement.

Ivre de rage, Son Excellence Moncogo allongea le bras et rafla le passeport que tenait encore le soldat. Celui-ci, surpris, n'eut pas le temps de réagir. Déjà, le diplomate bondissait hors de la Mercedes, brandissant son passeport diplomatique et hurlant d'une voix de bronze.

— Tu n'es qu'un ver de terre! Comment oses-tu parler de cette façon au représentant de l'empereur? Laisse-moi partir!

Satisfait, il se remit au volant et passa la première.

[1] « En avant l'Ethiopie! » — cri de ralliement du Derg.

Mais le soldat éthiopien se planta devant le capot, la carabine américaine à l'horizontale, bien décidé à tirer. Moncogo le sentit. Il n'était pas fou. Coupant le contact, il ressortit de la voiture et cria :

— Qu'on appelle un officier!

Il n'y avait pas d'officier en vue. En revanche, un second soldat était en train de forcer le coffre avec sa baïonnette.

Moncogo ne fit qu'un bond à l'arrière. D'une seule main, il envoya le soldat valdinguer dans le fossé, s'assit sur le coffre et rugit :

— Misérable envahisseur, cette voiture fait partie intégrante du territoire inaliénable de notre empire!

Les deux soldats revinrent sur lui, l'œil mauvais. Mais Moncogo était impressionnant. Les Noirs respectent la force physique; de ce côté, le diplomate n'était pas trop mal pourvu. Il n'y avait qu'une balle pour l'arrêter et, ça, c'était une autre histoire. D'un autre côté, on ne pouvait pas rester ainsi indéfiniment. Tout à coup, attiré par le bruit, le caporal qui avait fini de fouiller le car, arriva en courant.

Moncogo lui tendit son passeport diplomatique d'un geste digne.

— Autorité responsable, dit-il de sa belle voix de bronze, faites appliquer la loi. Je suis diplomate. Nul n'a le droit de me fouiller ou d'inspecter ma voiture. Ordre de votre gouvernement! Et dépêchez-vous parce que je suis pressé.

Le caporal regarda rapidement le passeport. Déchiré. Lui savait qu'ils devaient respecter les diplomates, mais les ordres de la Quatrième Division étaient de fouiller *toutes* les voitures.

— Je suis désolé, Excellence, dit-il, mais vous devez montrer votre coffre. Nous recherchons des dangereux terroristes.

— Jamais! fit Moncogo. Je me plaindrai à votre gouvernement... Mais je n'ai pas le temps.

— Allez, ouvrez, ordonna le caporal.

Moncogo se décida d'un coup.

— Très bien, dit-il, je vais ouvrir mon coffre.

Soulagé, le caporal lui sourit. Le diplomate continua d'une voix de stentor :

— Mais avant, je veux que vous me fassiez un papier pour mon empereur disant que vous avez violé mon territoire national!

Là-dessus, il se croisa les bras et se rassit sur le coffre. Laissant le caporal méditer. Connaissant l'armée éthiopienne, il y avait une chance sur mille pour qu'il sache écrire et, de toute façon, même un ministre n'aurait pas signé un tel papier. Moncogo avait complètement oublié le contenu de son coffre. Pris au jeu, il défendait ses prérogatives.

— Je ne peux faire ça, dit d'un ton mal assuré le caporal. Il faut ouvrir votre coffre!

Moncogo, maintenant, bouillait sincèrement de rage. Il sauta à terre.

— Très bien, rugit-il. C'est la guerre!

Il se dirigea vers la portière ouverte. Comme un soldat tentait de s'interposer, la voix de bronze le cloua sur place.

— Arrière, ver de terre, mon empereur, te réduira en poussière.

Médusé par ces fortes paroles, le soldat recula. Moncogo en profita pour se réinstaller au volant. Passant la tête par la glace ouverte, il jeta au caporal :

— Je continue mon chemin. Jamais je n'accepterai d'être dépouillé honteusement des privilèges de mon rang. Tirez, soldats, si vous l'osez! Je serai le premier martyr de l'empire. Cela déclenchera un holocauste qui ensanglantera l'Afrique!

Il passa la première et démarra si vite que le soldat chargé de l'empêcher de passer dut faire un bond de côté pour ne pas être écrasé!

Le caporal mit en joue la Mercedes avec sa carabine américaine. Hésitant. Il ignorait le sens de « holocauste », et cela l'inquiétait un peu... Il se dit que cela devait être un mauvais sort et abaissa son arme. De toute façon, même en Ethiopie, c'était ennuyeux de tirer sur un diplomate. Dégoûté, il s'avança vers un bus surchargé qui arrivait d'Addis, l'œil noir.

— Que tous les passagers descendent et ouvrent leurs valises, annonça-t-il d'un ton sans réplique.

Force resterait à la loi. La Mercedes vert pomme n'était plus qu'un petit point sur la route de Debre-Zeit.

*
* *

La serrure claqua, le panneau du coffre bascula, découvrant un ciel d'un bleu éblouissant. Malko cligna des yeux, ébloui, ankylosé, distinguant à peine la silhouette massive du diplomate. Cela faisait deux heures qu'ils roulaient à toute vitesse. Péniblement, il se hissa hors du coffre et retint un cri de surprise.

La Mercedes était arrêtée dans un cadre féerique, au milieu d'une étendue plate et boueuse, lisse comme la main. Un véritable paysage surréaliste. Derrière, très loin, on apercevait les arbres rabougris de la savane. Mais devant les yeux de Malko, c'était un éblouissement. Des milliers d'oiseaux de toutes les couleurs se posaient et s'envolaient sans cesse, au bord d'un grand lac aux eaux d'un bleu profond. Des pélicans, des marabouts géants, au vol lourd et maladroit, des grues et surtout des flamants roses qui se déplaçaient en nuages pourpres.

Le silence était absolu, à part les cris des oiseaux. Il n'y avait aucune route en vue. Les roues de la Mercedes avaient tracé des ornières dans la boue des glacis entourant le lac. A son tour, Sarah sauta hors du coffre. A peine moins fripée que Malko.

— Où sommes-nous? demanda celui-ci.

— C'est le lac Abiata, dit Moncogo. A deux cents kilomètres d'Addis. Dick a dit de le retrouver ici.

C'était rare de trouver un endroit aussi féérique, pas encore pollué par le tourisme de masse. Malko contempla les oiseaux. Il en oubliait ses douleurs. C'était beau à hurler, Moncogo sortit un énorme cigare de son costume bois-de-rose, l'alluma et dit d'un ton satisfait :

— Vous avez entendu ce que ces singes voulaient faire? Ils ne respectent rien. Mais ils n'ont pas osé braver la colère de mon empereur!

— Vous avez été formidable, dit Malko. Sans vous, nous étions morts.

Sarah renchérit. Le diplomate consulta son énorme montre en or. La taille d'une petite grenade.

— Il n'est pas encore là. Il faut qu'il se dépêche, parce que ma petite va être furieuse.

Malko regardait la surface lisse du lac avec une furieuse envie de se laver. Il fit quelques pas en direction de l'eau, mais très vite ses pieds s'enfoncèrent jusqu'aux chevilles dans la boue noirâtre. Il battit en retraite, encore un peu plus sale. Le soleil chauffait beaucoup plus qu'à Addis. Soudain, il éprouva un brusque vertige et dut s'appuyer à la Mercedes pour ne pas tomber. Tous ses muscles recommençaient à lui faire mal, et il éprouvait des élancements violents dans la tête.

— Vous êtes tout blanc, dit Sarah.

Il n'eut que le temps de se laisser tomber sur les

sièges arrière et de fermer les yeux. Sarah vint près de lui.

— A Awasa, je vous masserai encore, dit-elle, mais il faudra plusieurs jours pour que vous soyez guéri.

Malko n'eut pas le courage de répondre. Il revoyait les traits figés par la mort de Wallela, la bouche entrouverte sans un cri, les yeux soudain sans expression.

Moncogo s'ébroua, de plus en plus nerveux.

— Nous allons retourner sur le bord de la route, annonça-t-il. Cela gagnera du temps. Il faut que je reparte à Debre-Zeit...

Il fit demi-tour, roulant pendant un kilomètre sur le glacis boueux avant de retrouver une piste qui serpentait le long d'une petite rivière encaissée. C'était toujours aussi désert. Ce n'est que plusieurs kilomètres plus loin, en approchant de la route d'Awasa qu'ils revirent des zébus, un des innombrables troupeaux qui parsemaient la savane. Moncogo arrêta la Mercedes au pied d'un panneau publicitaire planté au bord de la route, à l'intersection de la piste. Le goudron filait tout droit à perte de vue, dans les deux sens, traversant une clairière clairsemée. Un camion passa sur la route, montant vers Addis, Malko somnolait. Sarah nettoyait machinalement son Kalachnikow, et Moncogo s'usait les yeux à surveiller la route.

*
* *

— Le voilà!

Malko se retourna si brusquement qu'il grogna de douleur. La vieille Land-Rover de Dick Bruce s'approchait. Elle quitta la route et vint s'arrêter près de la Mercedes. Un énorme poids disparut de la poitrine de Malko. Cela faisait deux heures qu'ils attendaient, et il était de plus en plus inquiet sur le sort de l'Américain.

Celui-ci sauta à terre et vint vers eux, toujours aussi flegmatique. Il serra longuement la main du diplomate, écouta le récit de Malko et dit en souriant :

— J'ai choisi notre ami Moncogo parce que c'est un acteur extraordinaire...

Le Noir se rengorgea, ravi, pour, si l'on peut dire, se rembrunir aussitôt.

— Il faut que je m'en aille, dit-il.

Il ne pensait plus qu'à une chose. Dick Bruce plongea dans la Land-Rover et en ressortit un paquet enveloppé de toile grise ainsi qu'un petit pot. Il donna deux objets au Noir, en lui expliquant quelque chose en amarik. Le diplomate défit la toile grise et feuilleta rapidement la Bible enluminée avec des yeux brillants.

— Merci, dit-il, merci beaucoup, l'empereur va être très content.

Il serra vigoureusement la main de Malko. Celle de Sarah disparaissait dans la sienne jusqu'au coude.

— A bientôt, à Addis, dit-il.

Il remonta dans la Mercedes, rayonnant, et démarra. Bientôt, ce ne fut plus qu'un petit point vers sur la route.

— Que lui avez-vous donné avec la Bible? demanda Malko.

Dick Bruce sourit dans sa barbe :

— De l'*alablabit*, purée d'ortie préparée spécialement. C'est un aphrodisiaque... Il est toujours inquiet de ce côté, Moncogo.

— Tout s'est bien passé pour vous?

— Pas trop mal, fit l'Américain. Mais j'ai été obligé de marcher. Ça m'a retardé. En voiture. Je ne veux pas arriver trop tard à Awasa.

Après le coffre de la Mercedes la banquette dure

de la Land-Rover paraissait fabuleuse. Le paysage était incroyablement monotone, avec une légère courbe tous les trente kilomètres. Pratiquement pas de véhicules, mais ils croisaient ou doublaient sans cesse des troupeaux faméliques de vaches ou de zébus, gardés par des bergers en haillons. C'était une des trop rares routes faites par les Italiens, pendant l'occupation de l'Ethiopie. Ils n'étaient pas restés assez longtemps. Peu à peu, descendant vers le sud, la savane s'épaississait. Ils traversèrent plusieurs villages encombrés de carrioles à chevaux.

A demi endormi, Malko aperçut un cavalier galopant sur le bas-côté, lance au poing. Un Galla. La voix de Dick le tira de sa torpeur.

— Nous arrivons.

Il se redressa. Ils avaient quitté la route asphaltée et roulaient sur une piste de latérite le long d'un grand lac aux rives marécageuses. Dans le lointain, on apercevait des montagnes. Dick Bruce obliqua sur la droite et franchit un portail de bois où on lisait en lettres à demi effacées : *Bellevue Hôtel*. Il stoppa en face d'une case ronde en chaume au toit pointu. Un panneau cloué annonçait : RECEPTION.

— Attendez-moi, dit l'Américain.

Il disparut dans la case. Malko descendit pour désankyloser ses jambes. Etrange hôtel. Un mélange de cases pointues et de bungalows décrépis semés dans un parc de grands arbres. Le lac baignait tout le bord du parc.

— Ce sont des *toucouls*, dit Sarah Massawa. Nous sommes en pays sidalo, ici.

— Mais ce n'est pas dangereux de venir dans cet hôtel, objecta Malko, alors que nous sommes recherchés?

— Oh ici, nous sommes loin d'Addis. Le téléphone ne marche pas, il n'y a qu'une seule radio, et c'est le gouverneur qui l'a. Il dispose de très peu de soldats et a assez à faire avec le Front de Libération du sidalo et les *kiftas*, les bandits de grands chemins. Non, ici, nous sommes tranquilles. Mais... (elle hésita)... je ne comprends pas pourquoi nous sommes venus ici pour l'or. Il n'y a rien que des villages sidalo.

— Je n'en sais pas plus que vous, avoua Malko. J'espère qu'Elmaz est là. Qu'elle nous expliquera...

Dick Bruce ressortit de la case et vint vers eux. Une lueur joyeuse brillait dans ses yeux noirs.

— Elle est là, annonça-t-il. Dans le *toucoul* 32. (Il tendit une clef à Malko.) Vous avez le 36. Il est grand, Sarah peut aller avec vous. Moi, j'ai un bungalow.

Il reprit le volant et ils s'engagèrent dans un sentier reliant les différentes constructions. Malko ne tenait plus en place à l'idée de revoir Elmaz. Dick stoppa à côté d'un superbe baobab abritant un *toucoul*.

— C'est là, annonça-t-il.

Malko tendit sa clef à Sarah.

— Je vous rejoins.

*
* *

— Oh! Vous êtes là!

Elmaz se leva d'un bond du lit de camp et courut se jeter dans les bras de Malko. Il étreignit son corps mince et musclé à le broyer, puis s'écarta un peu. Elmaz avait séparé ses longs cheveux par une raie au milieu, et ils cascadaient jusqu'aux reins. Elle portait toujours ses bottes fauves et son pantalon de drap beige. Ses yeux marron avaient une expression grave qui vira à l'angoisse.

— Mon Dieu, que vous est-il arrivé? demanda-t-elle. On vous a battu, vous...

— J'ai été arrêté, dit Malko. Sans Sarah Massawa, je ne serais pas ici.

Il s'assit sur le lit de camp et commença son récit. Elmaz écoutait, en se mordant les lèvres. Quand Malko lui apprit le sort de Wallela, elle se mit à pleurer silencieusement, les mains croisées, secouant la tête comme si elle n'y croyait pas.

— C'est horrible, murmura-t-elle, je n'aurais jamais dû la laisser retourner en ville.

— Ce n'est pas votre faute, dit Malko. Il ne faut plus y penser.

Ils restèrent silencieux. L'intérieur du *toucoul* était plutôt sommaire. Des lits de camp, des nattes par terre, des clous en guise de portemanteaux. Des cloisons intérieures le divisaient en plusieurs parties. Elmaz passa ses doigts avec légèreté sur son visage tuméfié et sale.

— Il faut vous soigner, dit-elle.

— Oui, promit Malko. Mais, dites-moi, vous, maintenant, que se passe-t-il?

Les yeux marron prirent une expression effrayée.

— Rien, avoua la jeune femme. J'attends.

— Comment, rien!

Malko en aurait pleuré de déception. Tout ça pour venir au *Bellevue Hôtel*, à Awasa.

— Non, ce n'est pas ce que vous croyez, se dépêcha de dire Elmaz. Quand je suis partie d'Addis, le pasteur Jorgensen m'a dit qu'il allait prévenir celui qui contrôlait l'or et qu'il me contacterait ici, au *Bellevue Hôtel*. Mais il ne m'a pas dit quand. Je ne sais rien d'autre.

— Pourquoi ne vous l'a-t-il pas dit?

— Je crois qu'il avait peur que je me fasse prendre en essayant de quitter la ville.

— Bien, soupira Malko. Il n'y a plus qu'à attendre. Je vais prendre une douche et me reposer un peu.

Ensuite, je vous présenterai à Sarah. Et nous n'aurons plus qu'à prier tous ensemble.

Malgré tout, il était un peu amer. L'or du négus commençait à relever du mirage.

*
* *

Malko bâilla. Il avait dormi une partie de la journée, avait enfin pu se laver et se raser à la douche parcimonieuse de son *toucoul,* mais il était encore moulu et faible.

La nuit était tombée, et ils tuaient le temps en attendant le dîner. Sarah et Elmaz avaient enfin fait connaissance. Résignés, ils attendaient tous que le mystérieux détenteur de l'or veuille bien se manifester.

S'il existait. Mais, après les jours précédents, le calme du *Bellevue* était une bénédiction. Même si le confort laissait nettement à désirer. Les *toucouls* étaient le rendez-vous de tous les insectes de la création.

Le bar, tapissé de bambous coupés en deux dans le sens de la longueur, ne semblait guère mieux. Sur chacune des tables basses, grossièrement taillées dans des troncs d'arbres, il y avait une lampe à huile entourée d'un nuage de moustiques. Au bar trônait une Noire qui ne devait pas avoir plus de seize ans, dotée d'une croupe si cambrée qu'on aurait pu y poser une assiette. Malko écrasa un énorme cafard qui montait à l'assaut de son pantalon et demanda à Elmaz :

— Qui est cette reine de Saba?

Elmaz balaya d'un regard méprisant les seins en obus qui jaillissaient du bar. Pour elle, Amhara, une Galla, c'était à peine plus qu'un animal.

— Oh, une petite paysanne. Elle vit avec un

vieux bonhomme qui habite un *toucoul* au bord du lac, un peu plus loin. Un Blanc, une épave. Elle doit l'entretenir, parce qu'il ne travaille pas.

— Qu'est-ce qu'il fait là? s'étonna Malko. Et pourquoi une fille aussi jeune et appétissante vit-elle avec un vieillard?

— C'est sa femme, précisa Elmaz. Elle l'a épousé il y a trois ans. Il travaillait pour le négus. Un homme à tout faire. L'empereur aimait s'entourer de personnages bizarres. Celui-ci, c'est le fils d'un de ses cuisiniers. Eperdu de poésie. Cela fascinait le négus à qui il récitait des poèmes. Mais il avait pris sa retraite depuis longtemps lorsque le négus a été renversé. Il s'est installé à Awasa et a vécu comme les Sidalos. Un drôle de personnage. Il dit toujours qu'il va repartir dans son pays, mais ce n'est pas vrai. Il n'a pas de quoi se payer un billet d'avion.

— Mais cette superbe fille? dit Malko pensivement.

— Oh, il s'en sert surtout comme couverture chauffante, à son âge. Les nuits sont fraîches à Awasa.

Malko écrasa un second cafard encore plus gros que le premier. Il avait hâte de terminer sa mission. Pour quitter ce pays étrange et retrouver la neige du château de Liezen ainsi que la pulpeuse Alexandra. Pour s'amuser, elle lui avait offert un dîner de départ déguisée en cocotte 1900, avec unc guêpière et ce qui allait avec. Mais elle se refusait toujours à l'épouser tant qu'il n'abandonnerait pas la C.I.A. et sa vie d'aventures.

Elle voulait bien être veuve, mais pas une jeune veuve.

Le rideau du bas s'écarta soudain sur un toupet de cheveux blancs. Dessous, il y avait un visage ridé avec un gros nez grumeleux, un torse grêle se terminant par un « œuf colonial » contenu avec peine dans un pantalon sans forme. Le typique *tropical tramp*[1].

— Tiens, dit Elmaz à voix basse, voilà Hans, le mari de la petite.

Malko n'en croyait pas ses yeux. Hans faisait bien soixante-dix ans!

Celui-ci trottina à travers le bar, échangea quelques mots avec son épouse et tomba en arrêt devant la table de Malko. Fixant un paquet de Winston.

— Pardon, vous n'auriez pas une cigarette? demanda-t-il d'un air gourmand. Depuis une semaine, Addis-Abeba ne nous en envoie plus. Même le gouverneur en manque.

Malko lui tendit le paquet à peine entamé.

— Prenez-en, j'en ai d'autres.

Le vieux se confondit en remerciements et s'éclipsa, emportant le paquet. Ils gagnèrent la salle à manger où ils dînèrent rapidement. A part le poisson, il n'y avait rien de mangeable. Malko ne comprenait pas qu'on ne l'ait pas déjà contacté. Ils regagnèrent leurs bungalows respectifs dans le noir. Des insectes bourdonnaient dans tous les coins. Elmaz serra la main de Malko presque cérémonieusement. Elle avait repris son expression hautaine. Il était trop fatigué pour lui expliquer que sa cohabitation avec Sarah Massawa n'était qu'amicale. Une ampoule jaunâtre éclairait leur *toucoul* d'une lumière parcimonieuse. Il n'osa pas penser aux milliers d'insectes avides, tapis partout. A peine déshabillée, Sarah surgit près de lui avec son onguent.

— Il faut que je vous soigne!

Il se laissa faire, aux trois quarts endormi, se sentit de nouveau en feu, bredouilla un remerciement et sombra dans le sommeil.

[1] Clochard tropical.

*
* *

L'ambiance était tendue dans le *toucoul*. Assis sur un lit, la tête baissée, jouant avec un roseau, Dick Bruce ne disait rien, mais participait à la tension générale. Malko venait d'exploser. Après trois jours d'inaction totale, ses forces étaient revenues, il marchait normalement et ne se ressentait presque plus de sa torture. Mais ces vacances forcées le minaient.

— Elmaz, dit-il, il faut faire quelque chose. Nous ne pouvons pas rester ici indéfiniment à aller du *toucoul* au restaurant et du restaurant au bar. C'est à devenir fou...

— Mes hommes m'attendent à Addis, renchérit Sarah Massawa. Je ne peux pas les laisser trop longtemps sans nouvelles.

Elmaz alluma nerveusement sa cinquième cigarette. Les cheveux tirés la vieillissaient. Malko vit le désarroi de ses yeux marron.

— Je ne peux rien vous dire, avoua-t-elle. Nous sommes dans un pays difficile. Il faudrait retourner à Addis voir le pasteur Jorgensen.

Le silence retomba. Il n'y avait pas de solution. Trois jours à se poser des questions, à guetter le moindre signe inhabituel, à contempler les eaux calmes du lac, c'était dur... Sans compter que le sergent Tacho pouvait finir par retrouver leur trace.

— Bon, dit Malko, attendons jusqu'à ce soir. Si rien ne s'est produit, il faudra prendre une décision.

Enervé, il sortit du *toucoul* pour prendre un peu l'air, suivant le sentier qui menait au lac. Arrivé au bord, il tomba sur une scène impayable qui lui fit provisoirement oublier ses soucis.

Le vieux Hans était assis, nu comme un ver, dans

l'eau, près de l'appontement, la tête abritée par un grand chapeau de paille, les poils blancs de la poitrine se distinguant à peine sur la peau blafarde. Des boutons noirâtres parsemaient son visage. Sa jeune épouse, drapée dans un boubou, le shampooingnait et le lavait. Le vieux adressa un signe joyeux à Malko.

— Vous devriez en faire autant!

Le boubou mouillé détourait des courbes qu'on ne trouvait pas dans les manuels pratiques de géométrie. Du marbre noir. La fille avait un visage placide et heureux. Ses seins pointaient sous l'étoffe mouillée avec une involontaire provocation.

Malko sourit machinalement, distrait. Quelque chose l'avait frappé dans les yeux bleus délavés du vieux factotum. Une petite lueur malicieuse, rusée, lucide, qui n'aurait pas dû se trouver là. Pas chez cette victime supposée de la vie, ce *tropical tramp* incapable de payer son billet de retour en Europe... Brutalement, il eut l'impression que Hans Meyer se moquait de lui.

La vérité se fit jour dans son esprit, aveuglante. Comment ne l'avait-il pas vu avant? C'était Hans Meyer, le contact! Il avait travaillé avec le négus, c'était un étranger comme Jorgensen. Bien sûr, il y avait aussi beaucoup de choses contre, mais il était sûr de son intuition. La voix moqueuse le relançait :

— Alors, vous venez! Walli va vous frotter le dos.

Trente secondes plus tard, Malko était dans l'eau jusqu'aux genoux, à côté du vieux. Les yeux écarquillés de surprise, la jeune Noire en avait arrêté son shampooing.

— Bravo, exulta Hans, cela va être le meilleur bain de votre vie.

Malko se laissa savonner par la docile Walli. Le

vieux n'arrêtait pas de parler. Des Noirs... du lac... des *kiftas*... de la vie chère — saoulant Malko. Mais il y avait toujours la petite lueur dans les yeux bleus. Elmaz et Dick Bruce surgirent au détour du sentier et s'arrêtèrent, interdits. Malko vit la bouche d'Elmaz se serrer. Elle fit brusquement demi-tour, entraînant l'Américain. Hans était en train de s'ébrouer et de se sécher. Il remit une vieille chemise sans couleur, un pantalon informe, des chaussettes trouées, des brodequins éculés. Malko se rhabillait mécaniquement.

Ce n'était quand même pas ce clochard qui détenait la clef d'un fabuleux trésor! Il était furieux contre lui-même de s'être laissé emporter par son imagination. Et, de toute façon, s'il avait raison, comment faire avouer Hans?

La jeune Noire s'éloignait avec son savon, son boubou trempé moulant son incroyable chute de reins. Malko fixa Hans Meyer.

— Monsieur Meyer, dit-il, savez-vous pourquoi je me trouve à Awasa?

Le vieux bonhomme le regarda gaiement :

— Vacances? Vous êtes avec une jeune femme ravissante. Les Ethiopiennes le sont souvent, et...

— Je ne suis pas en vacances, coupa Malko d'une voix calme. J'attends un contact avec quelqu'un. Une personne que je ne connais pas.

Il ne cessait pas de fixer son vis-à-vis. Ce dernier ne put dissimuler un changement infime d'expression. Mais c'est d'une voix parfaitement naturelle et enjouée qu'il demanda :

— Un contact! Pourquoi faire? Vous voulez acheter une jeune Sidalo!

— Non, dit Malko, je veux trouver la personne qui sait où se trouve l'or du négus. Et je pense qu'il s'agit de vous!

Un pélican s'envola derrière eux dans un grand bruissement. Hans Meyer regarda tout autour de lui, se gratta le nez, posa ses yeux bleus sur Malko, et dit tranquillement :

— Vous avez raison.

CHAPITRE XIII

Malko eut presque envie de le faire répéter. Le sang tapait dans ses tempes comme s'il avait eu la fièvre. Il ne croyait pas à sa propre chance, ne voyait plus le lac, les arbres. Simplement les deux yeux bleus délavés qui le fixaient avec une expression nouvelle. Puis, la curiosité remit en marche son cerveau.

— Mais pourquoi n'avoir rien dit? demanda-t-il. Qu'attendiez-vous? Que se serait-il passé si je ne vous avais pas abordé?

Hans Meyer eut un rire aigrelet.

— Rien, peut-être. Bien sûr que je savais qui vous étiez. Mon ami Jorgensen m'a envoyé un messager. Mais j'hésitais. Je suis investi d'une lourde responsabilité. Très lourde. Je n'ai pas le droit de me tromper. Alors, je m'étais donné du temps pour vous étudier. Et puis, j'attendais un signe. Quelque chose qui me dise que je pouvais vous transmettre mon fardeau. (Il soupira.) Au fond, vous arrivez peut-être simplement au bon moment. Je suis vieux et fatigué. Il fallait de toute façon que je trouve quelqu'un pour me remplacer. J'ai proposé à Jorgensen, mais il a eu peur.

— Comment êtes-vous...

Hans Meyer abrégea la question de Malko. Il le

prit par le bras et l'entraîna sur le sentier longeant le lac. A part eux, il n'y avait que des oiseaux.

— Le négus m'honorait de son amitié depuis longtemps, expliqua-t-il. Je l'avais suivi en exil en Angleterre, et nous sommes revenus ensemble. A Addis-Abeba... C'était extraordinaire... (Il se rapprocha de Malko.) Monsieur, lorsque nous allions dans les provinces, les paysans se prosternaient déjà en voyant la voiture. Quelquefois, il n'y avait que moi dedans... Hi-hi-hi...

Il avait un rire d'enfant. Malko l'écoutait, stupéfait. Que venait faire ce personnage lunaire dans cette histoire sanglante?

— Que faisiez-vous à la cour?

L'autre se rengorgea comiquement :

— J'étais le poète de Sa Majesté Impériale et je m'occupais des lions... J'ai toujours aimé les lions, ce sont des animaux intelligents et doux, contrairement à ce qu'on croit. On m'avait surnommé le *Bitwodded*, le bien-aimé, tant Sa Majesté Impériale m'honorait de son amitié.

Malko écoutait patiemment. Ce n'était pas le moment de « bloquer » son interlocuteur. Celui-ci changea brusquement de sujet.

— Je n'ai pas cessé de vous observer depuis votre arrivée, dit-il. Les gens se découvrent quand ils ne se croient pas observés. Je crois que vous êtes un honnête homme. C'est important. Je suis le gardien de cet or, je n'ai de comptes à rendre qu'à Dieu, puisque mon maître est mort... Il ne faut pas que je me trompe. Il y a tant de gens qui feraient n'importe quoi pour de l'or...

— Je ne crois pas, dit Malko avec sincérité.

Hans Meyer hocha la tête avec une gravité presque comique.

— Je ne crois pas non plus. Vous avez de la race.

J'espère que ceux pour qui vous travaillez sont de la même trempe... Il ne faut pas que cet or serve à des buts impurs...

Malko pensa à la minuscule Sarah Massawa et à son courage.

— Je crois qu'ils en feront bon usage.

Le vieux se rapprocha de lui et lui souffla tristement.

— J'en ai déjà donné. A des gens qui émigraient. Ils m'ont dit qu'ils allaient se battre pour remettre la famille royale sur le trône. Ils n'ont rien fait, ils ont perdu cet or dans les casinos.

Malko écoutait, fasciné. Qui aurait pu penser que ce vieil original, vivant chichement, serait le gardien de ce fabuleux trésor? Sans le témoignage d'Elmaz et de Chewayé, il aurait pu le prendre pour un mythomane. Ils étaient arrivés devant le *toucoul* du vieillard. Celui-ci s'arrêta et enfonça son index gauche dans son nez avec un plaisir sans pareil. Au même moment, la Noire qui avait changé de boubou sortit du *toucoul* et le héla en *sidalo*. Aussitôt, Hans Meyer se tourna vers Malko.

— Ah, il faut que je vous laisse. Walli m'a préparé une purge, il faut que je la prenne tout de suite. Je suis un peu constipé. Après, je dois me reposer, nous nous reverrons demain matin.

Il partit en marchant en canard et se retourna avec un large sourire.

— Dormez bien!

Stupéfait, ivre de frustration et de joie, Malko le regarda disparaître dans le *toucoul,* se demandant s'il n'avait pas rêvé.

***

— C'est dingue, soupira Dick Bruce, complètement dingue.

— Tout à fait mon avis, dit Malko.

— Et si c'était seulement un vieux fou? suggéra Elmaz.

Sarah ne disait rien, passant machinalement un chiffon huilé sur la culasse de son inséparable Kalachnikow. Ils se trouvaient tous les quatre dans le *toucoul* de Malko. La suggestion d'Elmaz le taraudait comme une douleur lancinante. Mais il n'y avait aucun moyen de savoir la vérité avant que Hans Meyer se décide à les conduire à l'or. Si c'était lui le dépositaire.

— Je ne vois pas où peut être cet or, s'inquiéta Dick Bruce. Nous sommes dans une région d'élevage, il n'y a que des paysans. Si vraiment il y en a plusieurs tonnes, cela tient quand même de la place.

— Et comment se fait-il qu'il vive comme cela? renchérit Elmaz, il n'a même pas de vêtements convenables. Il pêche lui-même les poissons dans le lac. C'est invraisemblable. Vous avez vu cette Sidalo — Walli —, elle n'a pas un seul bijou. Juste son *tchélé*[1].

Il y eut un silence pesant. Malko regrettait presque d'avoir parlé de sa conversation, tant qu'il ne savait rien de plus. Il ne voulait pas aller déranger le vieux avant le lendemain. Inutile de le brusquer. Si c'était lui, cela risquait de le faire changer d'avis, et si ce n'était qu'un mythomane sautant sur l'occasion de se rendre important, cela ne changerait rien... Soudain, la voix de Sarah Massawa s'éleva derrière lui.

— Moi, je crois qu'il a dit la vérité, dit-elle. C'est seulement un vieil homme plein de sagesse qui n'a pas eu la tête tournée par les honneurs. Il vous a dit qu'il était poète. C'est bien la conduite d'un poète. Je crois que demain nous saurons où est cet or.

[1] Amulette porte-bonheur.

— Moi, je ne crois pas, fit sèchement Elmaz. Je vais me coucher.

Elle se leva, imitée par Dick Bruce, et ils sortirent du *toucoul*.

— Pourquoi avez-vous dit cela? demanda Malko à Sarah dès qu'ils furent seuls.

L'Erythréenne posa son Kalachnikow dans un coin et lui fit face. Ses yeux brillaient d'une joie sincère.

— Parce que je le sens et je le sais. J'ai fait un rêve, la nuit dernière. Nous trouvions l'or. Je crois beaucoup aux rêves.

— Eh bien, croyons aux rêves, soupira Malko.

Il voulut se lever du lit et s'immobilisa avec un cri de douleur. C'était comme si on lui avait enfoncé un clou dans le rein gauche. Il retomba, avec une grimace.

— Je crois que j'ai encore un nerf coincé, fit-il.

Sarah était déjà près de lui.

— Je vais vous soigner, promit-elle. Déshabillez-vous.

Il souffrait tellement qu'il eut du mal à ôter ses chaussures de brousse. Impossible de se plier. Sarah, les manches retroussées, attendait, avec son terrible onguent. Dès qu'il fut allongé sur le ventre, elle commença à lui masser les reins. Peu à peu, la chaleur pénétrait, d'abord inconfortable, puis délicieuse. Ses petites mains semblaient être partout à la fois. Les yeux fermés, Malko se laissait faire.

— Retournez-vous, ordonna Sarah.

Il obéit. Très vite, il éprouva une sensation nouvelle. Le massage de Sarah avait changé, devenant nettement plus local. Mais tout aussi efficace. Les mains couraient sur lui, légères comme des insectes, puis la caresse se précisa, devint beaucoup plus lente. Il ouvrit les yeux. Sarah Massawa était agenouillée à côté de lui sur le lit étroit. Elle s'était débarrassée de son blue-jean et avait ouvert son chemisier. Ses seins lourds se balançaient doucement au rythme de son massage. La bouche entrouverte, ses yeux saillants pleins d'une expression ravie, elle fixait le ventre de Malko, regardant la peau monter et descendre.

Son regard se posa sur lui, et elle dit d'une voix grave :

— Il y a près de six mois que je n'ai pas fait l'amour. Ce soir, j'ai l'esprit libre. Je veux ça dans mon ventre.

Elle le caressa encore quelques minutes, en silence, puis glissa sur lui, l'enfourcha et se laissa retomber. A cause de sa petite taille, elle ne pouvait atteindre sa bouche. Il avait l'impression de faire l'amour avec une enfant précoce, si ouverte qu'elle n'eut aucun mal à s'empaler. Ses petites mains crispées sur les hanches de Malko, elle commença un lent mouvement de va-et-vient.

— Tiens-moi, murmura-t-elle.

Il lui prit les seins à pleines mains. En dépit de leur poids, ils étaient assez fermes. Sarah avait un grain de peau très doux, un beige clair qui se mariait avec sa tignasse noire.

Elle se souleva tout à coup, s'appuya sur les mains de chaque côté de lui, et sur les genoux, se coucha sur lui, pratiquement sans le toucher. Seules les pointes de ses seins lui agaçaient le torse, et son sexe aspirait le sien. C'était une sensation délicieuse et agaçante comme un fruit vert. Décidément, Sarah n'avait pas consacré tout son temps à la formation militaire. Elle faisait l'amour sans gêne, avec naturel et sensualité. Elle glissa encore plus bas, s'arrachant de Malko. Il n'eut pas le temps de protester. Deux masses tièdes et douces l'avaient emprisonné.

Accroupie entre ses jambes, l'air espiègle, Sarah se servait de ses seins fantastiques comme d'un double coussin de chair, se relevant et s'abaissant avec lenteur.

Malko sentit qu'il ne tiendrait pas longtemps. Comme si elle l'avait deviné elle le serra brusquement, et continua tandis que sa semence jaillissait. Lorsqu'il eut fini d'exploser, elle dit d'une voix amusée :

— A un moment, je me suis fait maigrir. Je trouvais que mes seins étaient trop gros. Depuis, ils sont mous, il faut bien que cela serve à quelque chose.

Malko se sentait un peu honteux de cette éjaculation précoce. Mais très vite il comprit que Sarah n'avait pas l'intention de s'en tenir là. Elle aplatit quelques moustiques audacieux, vérifia que la porte du *toucoul* était bien fermée, et recommença à le caresser très doucement, presque machinalement, allongée près de lui.

Jusqu'à ce qu'elle parvienne à un résultat très appréciable. Elle s'arrêta alors. Quand sa main le quitta, Malko ouvrit les yeux.

Sarah, à genoux, le visage enfoui dans la couverture, attendait qu'il la prenne. Elle avait coincé son Kalachnikow à la tête du lit et s'arc-boutait dessus des deux mains.

Il s'agenouilla derrière elle et la pénétra d'un seul coup de reins. Elle poussa un gémissement, ses mains se crispèrent sur son arme pour prendre un bon point d'appui, et elle se jeta à sa rencontre. Ils firent l'amour en silence, longtemps, troublé seulement par les grincements du lit de camp, jusqu'à ce que Sarah s'effondre, en avant, le front sur la culasse du Kalachnikow. Tout son petit corps tremblait, une fine sueur était apparue sur la peau satinée de son dos. Comme Malko faisait mine de se retirer, elle souffla :

— Attends.

Sa main gauche farfouilla sous le lit, ramena une petite boîte en argent de la taille d'une pièce de cinq francs. Elle la poussa vers Malko, l'ouvrant d'un coup d'ongle. Il aperçut une crème incolore. C'était ce qu'on appelle de la préméditation.

Elle reprit sa position première, accrochée au Kalachnikow comme à une bouée de sauvetage. Lorsque Malko commença à la prendre comme elle le désirait, elle se plia encore afin qu'il puisse mieux la pénétrer.

Son halètement se transforma peu à peu en gémissement haché, rythmé, qui se termina en une sorte de soupir rauque. Puis, la tête dans les mains, elle resta prosternée, comme devant un dieu invisible, ses petits doigts encore crispés sur l'acier du fusil d'assaut.

*
* *

Les coups frappés à la porte du *toucoul* réveillèrent Malko en sursaut. Sarah Massawa, nue, endormie sur le lit jumeau, se leva à son tour et attrapa le Kalachnikow. Sans ouvrir, il alla jusqu'à la porte :

— Qu'est-ce que c'est?

Une voix de femme répondit une phrase dans une langue incompréhensible. Mais Sarah avait prêté l'oreille. Elle sauta à bas de son lit.

— C'est Walli, la femme de Hans Meyer, dit-elle.

Malko passa un pantalon, et ouvrit immédiatement. La jeune Noire entra aussitôt, le noyant sous un flot de paroles. Sarah sursauta et plongea vers ses vêtements.

— Mon Dieu, dit-elle, son mari a pris un *kosso* trop fort, et il est très malade. Elle a peur qu'il ne meure!

Il ne manquait plus que cela. Ils emboîtèrent le pas à la fille et traversèrent la pelouse jusqu'au *toucoul* du vieux. Une lampe éclairait faiblement l'intérieur. Malko faillit reculer devant l'odeur. Hans Meyer était allongé sur une sorte de grabat, une cuvette pleine d'excréments à côté de lui. Il était tellement pâle et émacié que Malko crut d'abord, à cause des yeux fermés, qu'il était mort. Il s'approcha et chercha son pouls. Il était imperceptible. Hans Meyer ne devait pas avoir plus de 3 ou 4 de tension. Il eut une contraction, ouvrit les yeux et vit Malko.

— Je me vide, murmura-t-il. Cette idiote m'a donné un *kosso* trop fort. Je vais crever.

Il était en train de mourir par déshydratation. Surtout sur un homme de son âge, le processus pouvait être très rapide, quelques heures.

— Je vais chercher un médecin, proposa Malko.

Il essayait de garder son sang-froid. Arriver jusque-là pour échouer si près du but! Mais Hans Meyer secoua lentement la tête :

— Ce n'est pas la peine. Je sens que je vais mourir. Je vais vous expliquer où se trouve cet or...

Il se tut, épuisé, et Malko crut qu'il ne pourrait pas continuer. Mais il rouvrit les yeux, murmurant :

— C'est à côté d'ici. Le négus avait un pavillon de chasse, pas loin de Awasa. Tout le monde le connaît. Maintenant le pavillon est transformé en auberge. Il y venait souvent en hélicoptère. J'ai dîné là avec le maréchal Tito...

— L'or se trouve là? demanda Malko, incrédule.

— Non. Attendez.

Il dut s'arrêter, les narines pincées. Walli le contemplait avec l'air atterré, passif et résigné qu'ont les Noirs devant les catastrophes naturelles. Sarah écoutait sans intervenir.

Hans Meyer grimaça :

— Je voudrais une cigarette. J'ai mal.

Malko lui alluma une cigarette qu'il mit entre ses lèvres desséchées.

Hans tira dessus une bouffée et fut pris d'une épouvantable quinte de toux. Malko crut qu'il allait étouffer, mais il réussit à arrêter sa toux. Il reprit aussitôt :

— Après le pavillon, il y a une colline. Vous suivez la piste pendant deux kilomètres environ, en pleine jungle. Au sommet de cette colline, il y a les débris d'une vieux fort construit par les Italiens pendant l'occupation. C'est là...

Il reprit son souffle.

— Il y a une faille, un trou dans la colline, entouré d'un muret en ruine. C'est un trou à *tchélés*. C'est là.

Malko écoutait maintenant avec scepticisme. Comment personne n'avait-il trouvé l'or? Hans Meyer sentit sa réserve car il ajouta :

— La colline est creuse, c'est une grotte préhistorique comme il y en a beaucoup dans la région. Les Sidalos n'y vont que pour se débarrasser de leur *tchélé*. C'est un endroit maudit pour eux... Ah, j'ai mal, j'ai mal.

Il se tordait, en proie à une effroyable colique, les deux mains crispées sur son ventre. Walli se précipita, lui essuya le visage. Lorsqu'elle se redressa, Hans Meyer semblait plus paisible. Pendant une seconde, Malko crut qu'il s'était endormi. Puis il vit l'immobilité des traits et comprit.

— Il est mort, dit-il.

Walli poussa un cri perçant et se mit à pleurer convulsivement. Malko et Sarah échangèrent un regard. Il n'y avait plus rien à faire. Après un dernier regard à Hans Meyer, ils sortirent du *toucoul*, poursuivis par les hurlements de Walli. Machinalement, Malko marcha jusqu'au lac. Là où il s'était baigné la veille avec Hans Meyer.

— Qu'est-ce qu'il a voulu dire? demanda-t-il à Sarah, avec son histoire de *tchélé*?

La jeune Erythréenne n'avait pas l'air surprise.

— C'est une coutume des Gallas, expliqua-t-elle. Toutes les femmes portent un collier amulette qui les protège des mauvais sorts et de la maladie, le *tchélé*. Mais quand ce collier devient maléfique après vous avoir sauvé d'un danger, il faut s'en débarrasser. La coutume est d'aller le jeter dans un trou profond, sans regarder par-dessus son épaule, sinon, on risque de mourir. Il a dit vrai. Si l'or se trouve dans ce trou, personne chez les Gallas n'ira le chercher. Ils sont encore très primitifs; vous savez. La première fois qu'on leur a donné des brouettes, ils les ont portées sur leur dos...

Evidemment, cela se tenait.

— Il faut vérifier, dit Malko, le plus vite possible. Allons réveiller Dick.

Il était près de cinq heures du matin. Le jour allait se lever. Ils frappèrent à la porte du *toucoul* de l'Américain. Ce dernier ouvrit quelques secondes plus tard, ensommeillé et inquiet.

— Nous savons où est l'or, annonça Malko.

Dick Bruce fut instantanément réveillé.

— Nom de Dieu! Entrez.

Malko lui raconta la mort de Hans Meyer, tandis qu'il s'habillait. Dick Bruce était de l'avis de Sarah.

— C'est très possible, confirma-t-il. Les Gallas sont superstitieux, et les Sidalos encore plus. Vous ne feriez pas descendre un Sidalo dans un trou à *tchélés* pour tout l'or du monde. Le négus le savait.

Malko était songeur. Incroyable de penser que le détenteur d'une aussi colossale richesse était mort dans la misère et la crasse, sans même un médecin.

La sculpturale Walli ignorait même qu'elle était une veuve en or massif. Un doute horrible effleura Malko. Et si tout cela n'était qu'une farce, un canular monté par le négus lui-même avec la complicité de son vieil ami?

Il allait très vite le savoir. Dick Bruce avait fini de s'habiller.

— Inutile de réveiller Elmaz, suggéra Malko. Si c'était une fausse joie...

Ils gagnèrent le parking et s'entassèrent tous les trois dans la Land-Rover. Le bruit du moteur parut assourdissant à Malko. Il n'aimait pas attirer ainsi l'attention. Très vite les phares éclairèrent la piste déserte. Dans moins d'une heure, ils allaient être fixés.

CHAPITRE XIV

Le capot de la Land-Rover pointait vers le ciel à un angle de 30°, les phares éclairaient une végétation touffue ponctuée d'arbres énormes. La piste étroite, non asphaltée, partait d'un village sidalo serpendant au flanc de la colline couverte de jungle.

La latérite rouge se courbait en une épingle à cheveux presque à 360°. Dick Bruce cala, dut passer le crabotage pour continuer à monter sur la gauche, ils distinguèrent dans la lueur vague de l'aube naissante un petit bâtiment édifié sur une plate-forme qui dominait le paysage.

— Voilà le pavillon de chasse du négus, annonça Dick, je connaissais son existence, mais je le croyais abandonné. Nous sommes sur la bonne voie.

Ils continuèrent à grimper. Pendant deux kilomètres. Cahotant dans des ornières profondes comme des fossés. Visiblement, personne n'avait emprunté cette piste depuis longtemps. La piste se termina brutalement, après un virage, sur un petit terre-plein. Ils devaient se trouver aux deux tiers de la colline. Ils descendirent de la Land-Rover, et Dick inspecta le cercle végétal autour d'eux avec sa torche électrique. Il finit par trouver quelque chose qui pouvait ressembler à un sentier et s'enfonçait vers le sommet.

— Ce doit être le sentier des *tchélés*, dit-il. Essayons.

Il prit un rouleau de corde à l'arrière de la Land-Rover et une machète. Sarah, son Kalachnikow à l'épaule, fermait la marche.

Très vite, ils furent avalés par la jungle, durent progresser courbés, se débattant avec les lianes, des piquants qui leur revenaient en plein visage, n'y voyant pas à trois mètres. On n'entendait que le bruit de la machette de Dick, tranchant les lianes trop gênantes.

Ils montèrent ainsi pendant dix interminables minutes. Malko sentit le sang taper à ses tempes, avait du mal à respirer. Ils étaient quand même à près de deux mille mètres. Soudain, Dick buta sur un mur bas. Il balaya le sentier avec la torche, faisant apparaître de vieilles pierres recouvertes par la végétation tropicale. Les vestiges du fort construit par les Italiens!

Le jour commençait à se lever, et on y voyait un peu mieux. Ce qui avait été le fort italien représentait un carré de cinquante mètres de côté environ, envahi par les lianes et la végétation. Ils se mirent tous les trois à chercher la fameuse faille annoncée par Hans Meyer. Inspectant tous les murs détruits. D'abord sans rien trouver. Peu à peu, leur excitation se transformait en déception. Soudain, Dick Bruce poussa une exclamation.

— C'est là, venez!

Sarah et Malko accoururent. L'Américain braqua le faisceau de la torche sur un muret recouvert de plantes. De l'autre côté, il y avait une formation rocheuse noirâtre, au ras du sol, avec une ouverture sombre. Malko prit la machette, franchit le muret et plongea la lame dans l'ouverture. Elle y disparut, ne rencontrant aucune résistance. Il se retourna, enroué d'émotion.

— Nous y sommes, Dick. Donnez-moi la lampe.

A plat ventre, il braqua le faisceau à l'intérieur. C'était une sorte de puits vertical, profond de quatre ou cinq mètres, qui s'élargissait tellement à sa base qu'il ne pouvait en distinguer complètement les parois. Malgré tout, il se sentait un peu désappointé. La lampe ne révélait rien.

— Il faut descendre, dit-il.

Dick Bruce était déjà en train de fixer la corde à une grosse racine enrobée dans le muret. Il en jeta l'autre extrémité dans le trou.

— Je vais vous éclairer.

Malko laissa glisser ses jambes les premières dans le trou, s'accrocha des deux mains à la corde et commença à descendre, un pied enroulé autour de la corde pour se freiner. Très vite il fut en sueur. Il n'avait plus tellement l'habitude de ce genre d'exercice. Quatre mètres plus bas, il sentit le sol ferme sous ses pieds. Il faisait beaucoup plus froid que dehors, des choses craquaient sous ses pieds.

— Envoyez la lampe, cria-t-il.

Il la prit au vol et, immédiatement la braqua sur le sol. Celui-ci était jonché de ce qu'il prit d'abord pour des serpents. En y regardant de plus près, il identifia des colliers. Les fameux *tchélés*. Il se redressa et balaya les parois. Rien, du roc noirâtre. Une grande cavité. Mais sur la droite, il y avait un renfoncement. Il s'y précipita... et stoppa juste à temps, au bord du vide. Un second puits beaucoup plus large et plus profond. Une dizaine de mètres. La lampe éclaira une niche creusée dans le roc, remplie par une échelle de spéléologue faite de deux filins d'acier et de barreaux métalliques, soigneusement enroulée.

Elle était fixée à une sorte de palan qui pivotait et permettait de l'éloigner de la paroi. Il se dressa sur la pointe des pieds, attrapa l'échelle et tira. Elle se déroula avec un grincement métallique, siffla dans le noir. Malko ne se tenait plus de joie. Cette échelle était le premier signe concret que Hans Meyer disait la vérité. Passant la lampe dans sa ceinture, il attrapa l'échelle solidement et se lança en avant.

Son pied trouva un barreau, étroit et glissant, et il mit le second sur le suivant. Il était suspendu dans le vide. Avec précaution, il commença à descendre.

Les filins formant l'échelle elle-même lui coupaient les mains. L'échelle, sous son poids, commença à tournoyer sur elle-même. Il fallait avoir les nerfs solides pour éviter le vertige. C'était d'autant plus angoissant que les parois s'élargissaient et que la lampe ne les atteignait plus.

Il continua sa descente, tournoyant sur lui-même. L'air était de plus en plus humide et froid.

Il lui fallut encore quarante-huit barreaux avant de sentir le sol sous ses pieds. Il lâcha les barreaux avec soulagement, les mains endolories. La lampe éclaira des parois abruptes et noires. Une gigantesque cloche. D'abord, il crut que le sol était nu. Puis, la lampe révéla un enchevêtrement blanchâtre. Malko s'approcha et demeura pétrifié d'horreur. C'étaient des squelettes humains, entassés les uns sur les autres comme dans un ossuaire! Il compta sept crânes et repensa soudain à ce que lui avait dit Elmaz. Le négus s'était débarrassé des ouvriers qui avaient construit son coffre-fort! Ils avaient dû être abattus sur place.

Mais où était l'or?

La lampe braquée sur le sol, il continua son exploration. Il buta vingt mètres plus loin dans un entassement de sacs en toile blanchâtre, fermés par des fils d'acier scellés dans la cire verte et jaune. Il braque la lampe sur les cachets, vit un sceau compliqué. Il essaya de soulever un sac. En dépit de sa taille modeste, il devait peser une vingtaine de kilos. Le faisceau balaya un empilement impressionnant. Il y en avait des centaines. L'or du Roi des Rois! Le magot qui avait échappé au Derg depuis deux ans.

C'était tellement fabuleux que son émotion tomba d'un coup. Comme un enfant après un jouet trop attendu. Tirant un sac à l'écart, il tenta de l'ouvrir. Mais la fermeture était impossible à ouvrir sans instrument et il aurait fallu un couteau pour éventrer la toile.

Mais il était certain qu'Hans Meyer leur avait dit la vérité. Il retrouva l'échelle et commença à se hisser. Au sixième barreau, il dut s'arrêter, ses muscles menaçaient de lâcher. Il attendit et repartit plus lentement, mécaniquement, de plus en plus gêné par la fatigue, s'arrachant d'un barreau sur l'autre. Tournoyant lentement sur lui-même.

Enfin il parvint au boyau, s'accrocha à la paroi et courut, cassé en deux, retrouver la corde.

— Malko!

La voix de Dick lui parvint du sol, au-dessus de lui. Malko leva la tête.

— Tout va bien, je remonte.

Il se lança sur la corde, mais sa précédente remontée l'avait épuisé. Accroché des pieds et des mains, il continua à s'élever, centimètre par centimètre, prêt à lâcher prise. Sarah et Dick l'encourageaient anxieusement. Il avait une furieuse envie de tout lâcher, de se laisser retomber en arrière. Dick finit par pouvoir lui tendre la main, Sarah aida, ils le hissèrent hors du trou. Il faisait jour.

— L'or est là, dit-il.

*
* *

Malko avait l'impression d'avoir grimpé l'Everest. De nouveau, tous ses muscles lui faisaient mal. La

Land-Rover freina en débouchant dans le village sidalo. Il y avait beaucoup d'animation. On les regarda sans trop de curiosité. Il y avait parfois des chasseurs ou des médecins. La Land-Rover n'éveillait pas l'attention.

Dick accéléra et hocha la tête :

— Le négus était vraiment une vieille ordure. Il a dû faire venir des gens du Nord pour transporter son or et les faire abattre ensuite.

— Qu'est-ce que cela fait, coupa Sarah puisque cet or va servir à faire la révolution.

Malko retrouva encore un peu d'énergie pour remarquer :

— Il y a encore quelques problèmes à résoudre. Le sortir de ce trou d'abord. Puis le transporter. Il faut un camion. Ensuite, il faudra l'échanger contre les armes. Ce n'est pas facile de se promener dans ce pays avec un camion d'or. Sauf si on a une armée. Nous ne sommes que quatre...

— Je m'occupe des armes et du contact, annonça Sarah. Ivanov, mon « contact », se trouve à Yrgalem, un peu plus loin dans le Sud. Il attend déjà depuis plusieurs jours. Je vais y aller en bus, c'est ce qu'il y a de plus simple. Mais j'ai peur de ne pouvoir effectuer l'aller et retour dans la journée. Il faudrait donc enlever l'or demain soir, et procéder à l'échange à l'aube de samedi.

La Land-Rover venait de déboucher au bord du lac d'Awasa. Le soleil se levait sur des milliers d'oiseaux encore endormis. Malko bâilla, courbatu :

— Où sont les armes? demanda-t-il.

Sarah sourit en se tournant vers lui.

— Pas loin. L'intermédiaire avec les Bulgares m'avait assuré qu'elles avaient franchi la frontière. Nous lui donnerons une partie de l'or et nous emporterons le reste.

— Et ces armes, où allez-vous les mettre?

— Il y a des abattoirs énormes, les plus grands d'Afrique, à une vingtaine de kilomètres d'ici, dit Sarah. Le directeur est un ami. Il m'a laissé déjà utiliser ses camions pour transporter des armes cachées dans la viande. Ils ne sont jamais contrôlés. Allez le prévenir. Il s'appelle Varma.

Ils avaient tout résolu « sur le papier » à la seconde où la Land-Rover franchit le porche du *Bellevue Hôtel*. Il n'y avait plus qu'à prévenir Elmaz.

*
* *

— Demain, tout sera terminé, conclut Malko. Pour vous et pour moi, il est trop dangereux de revenir à Addis. Puisque vous m'avez dit que vous saviez comment franchir la frontière vers Djibouti, je viendrai avec vous. Dick nous accompagnera s'il le peut, si Sarah n'a pas besoin de lui. Vous prendrez l'or dont vous avez besoin pour votre nouvelle vie.

Elmaz secoua ses longs cheveux, troublée.

— Mais, je ne sais pas si... Cet or.

— Il vous appartient autant qu'à Sarah. C'est grâce à vous que nous l'avons retrouvé. Il y en a assez pour tout le monde.

Il avait réveillé Elmaz, une demi-heure plus tôt, pour lui annoncer la bonne nouvelle. La jeune femme n'arrivait pas encore à y croire. Pas maquillée, ses longs cheveux lui retombant dans le visage, elle avait l'air d'une petite fille aux yeux émerveillés. Brusquement, son front s'assombrit :

— Et vous? demanda-t-elle. Vous ne prenez pas d'or?

Malko secoua la tête en souriant.

— Non.

— Pourquoi?

— Oh, ce serait difficile à expliquer, éluda Malko.

Disons que cela ne correspond pas à mon éthique. Je suis venu en Ethiopie retrouver cet or pour le compte de l'organisation qui m'emploie. Il doit servir au mouvement de Sarah à des fins politiques. Si je me mettais à prélever ma commission sur chaque mission, je ne serais plus ce que je suis.

Elmaz le regardait avec de grands yeux.

— Qu'êtes-vous donc?

— Un prince pauvre, avoua Malko en souriant. Qui a la bêtise de continuer à observer des règles qui n'ont plus toujours cours. Mais on ne se refait pas.

De nouveau, les yeux d'Elmaz brillaient d'émerveillement. Brusquement, elle se jeta contre Malko et l'étreignit. De tout son corps, à la fois comme une amante et comme une amie. Avec juste ce qui fallait de sensualité pour le troubler. Depuis l'expérience à trois d'Addis, il n'avait eu aucun contact physique avec la jeune princesse. Celle-ci se détacha de lui.

— Un jour, j'espère rencontrer un homme comme vous, dit-elle à voix basse.

— Mais non, dit Malko en souriant, je suis un diplodocus.

C'était de la fausse modestie. La Central Intelligence Agency le chargeait souvent de missions délicates parce qu'il était un diplodocus... Il y avait beaucoup d'histoires de fonds détournés à la C.I.A. Les tentations étaient trop grandes. Un agent disparaissait avec quelques centaines de milliers de dollars et se terrait au bout du monde. Comme la C.I.A. n'aimait pas tuer et tenait à la discrétion, il coulait généralement des jours paisibles...

Malko avait une éthique trop rigide pour ce genre d'écart. Il s'était toujours dit que le monde n'était pas assez grand pour se fuir soi-même.

— Bon, dit-il, habillez-vous, nous allons essayer

de nous procurer un camion. Rendez-vous au restaurant, dans un quart d'heure.

*
* *

Dick Bruce attendit que le bus ait démarré avec Sarah à son bord pour repartir.

— Elle sera à Yrgalem dans trois heures, calcula-t-il. Peut-être pourra-t-elle revenir ce soir.

Elmaz s'était coincée entre eux deux sur la banquette avant, ses longs cheveux noués en queue de cheval, le visage détendu. Ils allaient à la chasse au camion. Dix minutes plus tard, ils se retrouvèrent sur la piste de latérite longeant la vallée, au milieu des bergers nus et des champs de maïs. Après la tension d'Addis, ce calme bucolique était surprenant. C'était vraiment un autre monde.

— C'est à un kilomètre, annonça Dick Bruce. Après le village.

En arrivant au village, il dut freiner brusquement : la piste était barrée par un groupe de Noirs. En voyant la voiture, un homme en tenue bleue, armé d'une carabine américaine, s'avança, faisant signe d'arrêter. Dick stoppa et aussitôt, la Land-Rover fut entourée d'un groupe presque menaçant.

— Bon sang, qu'est-ce qui se passe? souffla Malko.

Dick Bruce, toujours calme, sauta à terre et engagea la palabre. Voyant qu'il parlait leur langue, les Noirs se calmèrent aussitôt. Mais il se passa près de dix minutes avant que l'Américain ne se remette au volant et que la foule ne s'entrouvre.

— Eh bien, il ne manquait plus que cela! soupira Dick. Ils bloquent la sortie des abattoirs à cause d'un incident entre le sous-directeur et un ouvrier noir. Le sous-directeur a enfermé l'ouvrier dans une des chambres froides et l'y a oublié! Le malheureux est mort, et les gens du village veulent le venger... Plus aucun véhicule ne peut sortir des abattoirs. Il faudra forcer le passage...

Ils arrivèrent sur un terre-plein entouré de plusieurs grands bâtiments et d'un pavillon. Plusieurs camions étaient garés devant. Des Volvo F 89 jaune vif, à dix roues, flambant neufs, massifs, hauts sur pattes. Superbes. Des bêtes de 350 chevaux, capables de prendre quinze tonnes. Un Blanc de haute taille, chauve et corpulent, sortit du pavillon, un fusil à la main. En voyant d'autres Blancs, il accourut vers la Land-Rover.

— Mr. Varma? demanda Malko.

— C'est moi.

— Nous venons de la part de Sarah.

— Sarah! Elle est là?

— Elle n'est pas loin, dit Malko. Et mes amis ont besoin d'un de vos camions.

Varma ne tiqua pas. Mis en confiance par la couleur de leur peau. Il commença à raconter ses malheurs. Le syndicaliste gelé, la grève, les Sidalos qui menaçaient de tirer sur tout ce qui sortait des abattoirs. Les boîtes de conserve s'accumulaient, et on n'en trouvait plus à Addis. Impossible de joindre la capitale, et le gouverneur de la province s'en lavait les mains.

— Nous allons faire d'une pierre deux coups, assura Dick. Si vous avez un camion chargé, je crois que je pourrai négocier le passage. Je parle à peu près le galla...

Le directeur des abattoirs tendit le bras vers un des Volvo au plateau chargé de caisses.

— Celui-là est prêt à partir. Il est vendu et payé d'avance, par un grossiste d'Addis.

Dick Bruce sourit :

— Je ne vous promets pas qu'il recevra tout...

— Je vous souhaite bonne chance, fit le directeur.

Vous direz à Sarah que je regrette de ne pas l'avoir vue. Nous étions ensemble à Asmara. C'est une fille formidable.

*
* *

— C'est maintenant que cela va être délicat, annonça Dick Bruce.

Devant eux, se dressait le barrage compact des villageois. Certains avaient des lances, quelques-uns des fusils, les trois miliciens en bleu des carabines américaines. Malko était dans la cabine du Volvo avec Dick, précédés d'Elmaz au volant de la Land-Rover. A l'arrière du Volvo, il y avait dix tonnes de conserves de bœuf.

Dick Bruce donna un grand coup de frein, et l'énorme camion stoppa dans un sifflement d'air comprimé. Aussitôt, l'Américain sauta à terre tandis qu'Elmaz se frayait un chemin dans la foule qui la laissa passer. Malko franchit la console centrale et se glissa derrière le volant presque horizontal.

— Si ça va mal, avertit Dick, vous démarrez et je sauterai en voltige.

Il s'élança vers les miliciens au visage renfrogné, Malko suivait la scène. L'Américain mit bien un quart d'heure à dégeler ses interlocuteurs. Enfin, Dick Bruce revint vers le Volvo. Souriant. Un groupe de Noirs était en train d'escalader les ridelles du camion.

— Ça va, annonça-t-il. Je leur ai dit que la direction de l'usine leur offrait la moitié du chargement en dédommagement. Ils le vendront aux autres villages. Nous gardons le reste. Cela nous aidera à passer les barrages...

— Superbe! exulta Malko.

Le camion avait des papiers en règle. Sarah Massawa aurait une bonne chance de se rapprocher d'Addis avec les armes, sans trop de risques. Tandis que les Noirs emportaient les caisses de conserve sur leurs épaules, Malko remarqua :

— Nous ne sommes que quatre, dont deux femmes. Nous n'aurons probablement pas le temps de sortir tout l'or.

— Je sais, fit Dick, mais il n'y a pas d'autre moyen. Sarah n'a pas de liaison avec ses hommes d'Addis. Et nous ne pouvons pas attendre, c'est trop risqué.

Le chef de village vint serrer cérémonieusement la main de Dick et de Malko. Nouvelle palabre de dix minutes. Enfin, ils purent démarrer.

— Où allons-nous mettre ce camion? demanda Malko. Au *Bellevue*, c'est un peu voyant.

Dick Bruce sourit, jamais à court.

— J'ai des amis ici, des vétérinaires. Je travaille un peu avec eux dans les icônes. Ils se baladent dans le bled. Ils ont un petit jardin dans leur bungalow au bord du lac. Ils le garderont jusqu'à demain.

*
* *

Un énorme type barbu caracolait sur un poney prêt à rendre l'âme sous son poids. En voyant le mufle jaune du Volvo pénétrer dans le petit jardin, il s'arrêta net. Le camion était deux fois plus haut que le bungalow.

Son visage changea d'expression en reconnaissant Dick. Il éclata de rire.

— Mais qu'est-ce que tu fais avec ce truc? Tu l'as volé ou quoi?

L'Américain fit les présentations. C'était un des vétérinaires.

— Non, expliqua-t-il, je rends service. Il faudrait que je laisse cet engin ici jusqu'à demain.

Il expliqua la grève des abattoirs, le transport des conserves jusqu'à Addis, l'impossibilité de garer le camion au *Bellevue*. Il avait peur qu'on lui vole son chargement...

— Pas de problème! affirma le vétérinaire bedonnant. Tu le laisses. Je sais trop d'où vient cette barbaque pour te la voler. Venez, je vais vous raccompagner au *Bellevue*, vous m'offrirez un pot là-bas. Je vais me frotter à la civilisation...

*
* *

Malko essayait de s'endormir depuis au moins trois heures, mais se tournait et se retournait dans le noir, n'arrivant pas à vider son cerveau. Repassant tous les éléments du plan.

Dick Bruce avait trouvé une échelle de corde, des lampes électriques et du matériel divers à Awasa. Tout était dans la Land-Rover. Sarah Massawa allait revenir le lendemain, avec le rendez-vous pour les armes. Le camion avait le plein d'essence. Hans Meyer gisait sur son lit de mort, dans une chemise et un costume que Malko avait fait acheter à Awasa. Le lendemain, ils commenceraient à sortir l'or, dès la nuit tombée et travailleraient jusqu'à l'aube, au besoin. Le reste dépendait de Sarah.

Les coups frappés à la porte du *toucoul* firent sursauter Malko.

Il se leva, ouvrit à la volée et instantanément comprit le pourquoi de l'angoisse diffuse qui l'avait tenu éveillé, un poids sur l'estomac, une gêne qu'il avait déjà éprouvée souvent au cours de diverses missions et qui se traduisait toujours par des catastrophes.

Dick Bruce se tenait dans l'embrasure, l'air grave.

— Habillez-vous, dit l'Américain. Il faut filer. Tacho a retrouvé notre trace.

CHAPITRE XV

— Tacho! Mais comment...

Malko regardait l'Américain avec incrédulité. A Awasa, il se sentait si loin du tourbillon d'horreurs d'Addis! Dick Bruce entra et referma la porte.

— Nous avons été dénoncés par Walli, la veuve de Hans. Elle a comme amant un des policiers de l'école de Police d'Awassa. Il a signalé notre présence à Addis. Le sergent Tacho est en route avec plusieurs de ses hommes. Il faut quitter le *Bellevue* dare-dare.

Malko achevait de s'habiller.

— Mais, bon sang, comment savez-vous tout ça? demanda-t-il, stupéfait.

Dick Bruce eut un sourire en coin.

— Parce que j'ai eu de mauvaises pensées... Je n'arrivais pas à dormir. J'ai été me balader près du lac et j'ai vu de la lumière dans son *toucoul*. Je me suis dit qu'une veuve, ça devait se consoler. Malheureusement, je n'étais pas le premier à y avoir pensé. Elle était en train de s'envoyer en l'air comme une folle avec son coquin. En voilà une, je peux vous dire, qui n'a pas le clitoris maussade... Comme je suis curieux, je suis resté dans le noir. Et ils se sont mis à parler. Cette ordure de Tacho doit être là à l'aube pour nous piéger.

— Vous croyez que vos amis vétérinaires vont nous héberger? demanda Malko.

Elmaz surgit de l'obscurité, habillée, les traits tirés, terrifiée.

— Nous y allons, annonça Dick. Mais je vais être obligé de leur dire la vérité.

Ils éteignirent et sortirent du *toucoul*. Il y avait toujours de la lumière dans celui de Walli. Ils parvinrent sans encombre au parking où un *zabagna* dormait à poings fermés, il se réveilla en sursaut quand la Land-Rover démarra, puis se rendormit. Pour plus de sûreté, Dick Bruce effectua un long détour, comme s'il partait vers le Sud. Malko regardait la piste rouge. De nouveau, ils étaient sur un volcan. Tacho allait mettre le pays sens dessus dessous pour les trouver... Se promener dans ces conditions avec un camion jaune plein d'or n'était pas exactement indiqué. Une pensée le glaça soudain.

— Sarah! dit-il. Il faut la prévenir, sinon elle va se jeter dans la gueule du loup.

— Je sais, reconnut Dick. Tacho va sûrement établir une souricière à l'hôtel. Même si nous sommes partis...

Malko ne l'écoutait plus, les yeux fixés sur la piste.

— Eh, dit-il, regardez!

Il y avait des lumières devant eux. Un barrage, comme souvent sur la route du Sud.

Dick Bruce jura entre ses dents.

— Bon sang! C'est peut-être pour nous. On ne peut pas prendre le risque.

Malko sentit Elmaz trembler contre lui.

— Accrochez-vous, murmura Dick.

Il ralentit, passa la seconde, puis mit pleins phares. Le faisceau éclaira trois ou quatre soldats, l'arme à la bretelle, et un autre, la carabine à la main. Celui-ci fit signe à la Land-Rover de stopper. Dick ralentit. Puis, arrivé à la hauteur du soldat, il écrasa l'accélérateur. La Land-Rover bondit en avant, il y eut des cris derrière eux et un coup de feu. Dick Bruce poussa un cri et fit un écart. Malko sursauta.

— Dick, vous êtes touché?

L'Américain, cramponné à son volant, grommela :

— Ouais, à la cuisse.

Il tourna dans la première piste à gauche, et ils roulèrent pendant un long moment sur des pistes étroites et accidentées. Elmaz allongea la main pour tâter la blessure de l'Américain et la retira avec un cri.

— Mon Dieu, vous saignez beaucoup! Laissez le volant.

— Ça va aller, fit Dick d'une voix faible. Vous ne trouverez jamais les pistes dans le noir.

Ils roulèrent en silence. Au moment où ils s'y attendaient le moins, la piste déboucha au bord du lac! Trente secondes plus tard, ils étaient dans le jardin des vétérinaires. Dick donna un coup de klaxon. Malko sauta à terre au moment où le bungalow s'allumait. Le gros barbu sortit en gilet de corps, ahuri, au moment où Malko extirpait Dick Bruce de la Land. Une large tache sombre s'agrandissait sur son pantalon. Le vétérinaire accourut, affolé.

— Vous avez été attaqués par des *kiftas*!

Dick grommela une réponse inintelligible. Les *kiftas* rançonnaient les voyageurs la nuit. Depuis le Derg, ils n'avaient jamais été aussi nombreux. Aidé de Malko, le vétérinaire traîna Dick Bruce à l'intérieur et l'étendit sur un lit de camp. Sa femme surgit, tout aussi affolée.

— Vite! va chercher des pansements! ordonna son mari.

Il déchira le pantalon de Dick, faisant apparaître la blessure. Un beau petit trou en séton qui saignait abondamment. Heureusement, la balle était ressortie sans rien casser et sans toucher l'artère fémorale.

En dix minutes, Dick fut pansé, piqué, nettoyé, il resta étendu sur le lit, très pâle, en slip. Le vétérinaire rangea sa trousse et dit avec une jovialité un peu forcée :

— Je t'ai donné un truc pour les chameaux. C'est tout ce que j'ai. Demain, il vaudra mieux faire un tour à l'hôpital.

Dick Bruce esquissa un sourire. Avec sa barbe très noire, il paraissait encore plus blanc.

— Jack, dit-il, ce ne sont pas des *kiftas* qui nous ont attaqués. On s'est fait tirer dessus par un barrage de soldats. Nous sommes recherchés par la police militaire du Derg.

Le vétérinaire pâlit. Personne n'osait plus rompre le silence.

Enfin le gros barbu passa sa langue sur ses lèvres sèches avant de dire avec un sourire contraint :

— Dick, tu es un copain, mais...

Malko intervint :

— Nous n'allons pas rester longtemps, dit-il. Quelques heures. Mais il faudrait que vous gardiez Dick. Jusqu'à demain. Moi, je partirai cette nuit avec cette jeune femme.

Le vétérinaire échangea un regard avec sa femme. Sa pomme d'Adam montait et descendait. Il avait perdu toute sa jovialité. Il s'arracha enfin un sourire contraint.

— Bon, d'accord, mais où allez-vous aller?

— C'est notre problème, fit Malko. Nous partirons vers cinq heures du matin.

— O.K., dit le vétérinaire. Bonne chance. Il faut nous comprendre. On ne veut pas d'histoires...

Dès qu'ils furent seuls, Malko dit :

— Je vais à Yrgalem essayer d'intercepter Sarah. Où vais-je la trouver?

Le calmant commençait à produire son effet, et Dick Bruce avait repris quelques couleurs.

— Il y a un café-hôtel sur la place principale, expliqua-t-il. Près d'une banque. Yrgalem est tout petit. Elle a dû coucher là, c'est le seul hôtel. Mais pour partir, il ne faut pas prendre la route principale. Il y a sûrement un barrage. Je vais vous expliquer comment emprunter la piste de la vallée qui vous fera rejoindre la route plus au sud, là où il n'y a plus de soldats. Donnez-moi un papier. Si vous vous perdez, Elmaz saura demander son chemin.

Malko alla chercher de quoi écrire. Il leur restait à peine quatre heures pour se reposer. Qu'allait-il retrouver à son retour? Heureusement, le bungalow était isolé, et personne, de nuit, n'avait vu arriver le camion jaune. Mais le sergent Tacho allait faire de son mieux pour les trouver... Le visage d'Elmaz semblait s'être rétréci. La peur et la fatigue. Dick dessinait avec application. Le silence était retombé dans le bungalow, mais le vétérinaire et sa femme ne devaient pas dormir.

*
* *

Malko avait l'impression d'avoir des milliers d'épingles enfoncées dans la colonne vertébrale. Il lui semblait être au volant depuis une journée alors qu'ils étaient partis deux heures plut tôt, mais la piste de la vallée était infernale et les ressorts de la vieille Land-Rover à bout de souffle. Le jour s'était levé et il ne voyait toujours que de la latérite, encore de la latérite.

— Nous avons dû nous perdre! soupira-t-il.

Elmaz avait des valises sous les yeux. Elle ne protesta pas, bien qu'elle ait servi de navigateur. Soudain, la piste se mit à monter. Malko aperçut un reflet noir dans le soleil levant et n'en crut pas ses yeux. La route de Moyalé! C'était si soudain qu'il n'en revenait pas. Les secousses et le bruit cessèrent d'un coup. C'était délicieux de rouler sur une vraie route. Ils étaient à trente kilomètres plus au sud.

Une brume de chaleur s'élevait de la route, courant au milieu de la jungle des hauts plateaux. Le Sud était bordé d'une crête de montagnes bleues. Malko s'essuya le front. La poussière pénétrait par les glaces ouvertes. Mais, fermées, c'était suffocant. Maintenant qu'il était loin de Awassa, il reprenait confiance. Il y avait très peu de circulation : des bus surchargés et quelques camions. Elmaz somnolait, calée contre la portière. Lui-même avait du mal à rester éveillé.

Près de deux heures plus tard, il aperçut enfin les éternels toits de tôle, symbole de l'architecture africaine. Elmaz se redressa, faisant un effort pour garder les yeux ouverts.

— Ce doit être Yrgalem, dit-elle. Il n'y a rien d'autre par ici.

Ils débouchèrent sur une grande place où s'était regroupés quelques commerçants autour d'une pompe à essence et d'un petit marché. Malko arrêta la Land Rover en face de ce qui ressemblait à un café. Un écriteau annonçait pompeusement « HOTEL ». Une meute de gosses s'agglutina aussitôt autour d'eux. Les Blancs n'étaient pas fréquents dans le sud de l'Ethiopie. On se serait cru au Far West. Un civil était assis sur un pliant devant une petite banque en bois, une cartouchière en travers du torse, un fusil à la main...

Malko pénétra dans le « café ». Une radio hurlait

à faire trembler les murs. Quatre Noirs jouaient aux dominos sous l'œil bovin d'une caissière, rebondie, noire comme un morceau d'anthracite. Il n'y avait qu'un autre client : un Blanc de haute taille, aux cheveux blancs ébouriffés, en train de lire un journal éthiopien. Malko s'approcha de lui.

— Excusez-moi, dit-il en anglais, vous ne seriez pas Mr. Ivanov?

Posément l'inconnu posa son journal et fixa sur Malko un regard intrigué et vaguement inquiet.

— Comment savez-vous mon nom?

— Je suis un ami de Sarah, dit Malko. Je la cherche.

Des gosses étaient en train d'essayer de lui arracher ses chaussures.

— Laissez-les faire, fit Ivanov, ils vont les cirer. Ils font cela très bien.

Son œil brilla. Il ne devait pas être indifférent au charme des petits Noirs. Malko abandonna ses Gucci poussiéreux. Le gosse partit en courant avec et s'accroupit dehors avec un vieux chiffon sale. Le mystérieux Ivanov lui jeta un regard inquisiteur.

— Sarah est partie.

Instantanément, l'angoisse de Malko réapparut.

— Où?

— Elle a pris le bus, il y a une demi-heure, pour Awasa.

S'il n'avait pas été pieds nus, Malko aurait immédiatement foncé jusqu'à la Land-Rover. Ivanov le dévisageait, de plus en plus intrigué.

— Je travaille avec Sarah, dit-il. Nous avons un problème inattendu.

— Ah, fit Ivanov.

Il ne paraissait pas concerné, mais ses yeux s'étaient durcis. Il ajouta :

— Je ne vais pas tarder à en faire autant. Je viens

de passer trois jours à me faire dévorer par des puces grosses comme des éléphants. C'est quoi, votre problème?

— Un contretemps, fit évasivement Malko. Vous deviez prendre un rendez-vous avec Sarah. C'est fait?

L'autre inclina la tête affirmativement.

— Oui. Pour dimanche.

Malko sursauta.

— Dimanche, c'est après-demain!

L'autre haussa les épaules.

— Y'peux rien... Le camion est en panne. Mon chauffeur dit qu'il faut au moins toute la journée pour le réparer et une partie de demain.

— Ecoutez, dit Malko, il faut que nous nous retrouvions samedi.

Ivanov secoua la tête.

— Ce n'est pas à moi qu'il faut le dire, mais au chauffeur. Il est en train de réparer, un peu plus bas, après la place. A un kilomètre d'ici. C'est un gros bahut rouge.

— Vous ne pouvez pas venir avec moi?

Ivanov secoua la tête.

— Impossible, j'attends quelqu'un. Allez-y de ma part. Essayez de le convaincre.

— Très bien, dit Malko.

Il repartit sur ses chaussettes, récupérant au passage ses chaussures brillantes comme la croix du Sud. Elmaz attendait dans la Land-Rover. Il la mit au courant. Un kilomètre plus loin, ils trouvèrent l'endroit indiqué : un terre-plein où des camions chargeaient des bananes.

Malko tomba en arrêt devant un spectacle insolite. Un Noir en train de fumer un énorme cigare, assis sur le marchepied d'un camion-citerne rouge. Ou c'était un amateur de roulette russe, ou il y avait quelque chose de bizarre.

Malko et Elmaz s'approchèrent.

— Je viens de la part de Mr. Ivanov, annonça Malko. Il faut...

Immédiatement, il se rendit compte que son discours passait au-dessus de la tête du Noir... Elmaz prit le relais, très vite, le Noir secoua la tête en crachant par terre.

— Il dit que c'est impossible, traduisit-elle. Pas avant dimanche.

— Insistez.

Elle insista. Sans résultat. L'autre était buté. Pas question de travailler comme une brute pour des étrangers. Malko consulta sa montre. S'il ne partait pas dans les cinq minutes, il ne rattraperait jamais le bus de Sarah. C'était le désastre. Tirant des billets de sa poche, il en prit quatre de cent dollars et les déchira en deux sous l'œil horrifié du chauffeur à qui il tendit quatre moitiés.

— Dites-lui que, s'il répare pour être demain à Awasa, il aura les autres moitiés.

Soudain hautement motivé, le visage du Noir s'éclaira.

— Il va faire tout son possible, traduisit Elmaz. Je crois qu'il viendra.

Le Noir avait déjà enfourné les demi-billets dans une poche de sa salopette.

— Sarah a dû fixer le lieu de rendez-vous, dit Malko. Ne le changeons pas. Qu'il soit là à sept heures, samedi. D'accord?

Traduction. Courte palabre. Malko prit la main graisseuse qui se tendait.

— Il y sera, affirma Elmaz.

Malko était déjà dans la Land-Rover. Le temps de faire demi-tour et ils roulaient ventre à terre vers Awasa.

*
* *

— C'est le bus!

Le véhicule était arrêté près d'une rivière où des Noirs se baignaient. Malko le doubla et sauta à terre. Il vit tout de suite Sarah. Les yeux de la jeune femme s'ouvrirent tout grands. A travers la vitre, Malko lui fit signe de descendre. Il était temps, ils n'étaient qu'à quarante kilomètres d'Awasa. Quelques instants plus tard, Sarah vint vers Malko le front plissé d'inquiétude.

— Que se passe-t-il?

— Je vous expliquerai, dit Malko. Vous venez avec nous.

— Attendez, fit-elle.

Elle courut au bus et revint avec une petite valise. Malko la prit. A son poids, il devinait qu'elle contenait le Kalachnikow, démonté. Ils repartirent avant le bus.

Lorsqu'ils s'engagèrent sur la piste de la vallée, Sarah savait tout.

— Le camion-citerne est plein d'armes, expliqua-t-elle. Il est aménagé spécialement. C'est le seul véhicule que les barrages ne pensent pas à fouiller. Il doit effectuer plusieurs aller et retour.

Malko surveillait la piste glissante, l'estomac serré. Pourvu qu'aucune catastrophe majeure ne se soit produite pendant son absence! Qu'il retrouve Dick Bruce chez les vétérinaires! Sans le sergent Tacho! Elmaz devait penser à la même chose, car elle ne desserrait pas les lèvres. Ils allaient le savoir très vite. Il réalisa qu'ils n'étaient plus que trois pour transporter l'or. C'était au-delà des possibilités humaines. Une nouvelle fois, le trésor se transformait en mirage.

CHAPITRE XVI

Malko s'engagea dans le chemin étroit menant au bungalow des vétérinaires, la gorge serrée. Les jointures d'Elmaz étaient blanches tellement elle serrait ses mains autour de ses genoux. Sarah, le Kalachnikow remonté sur ses genoux, n'était plus qu'une boule de nerfs. Il était plus de midi. Le retour s'était effectué sans problème, à travers la piste de la vallée contournant les barrages possibles. Malko rêvait d'un lit comme un chien rêve à un os. N'en pouvant plus de fatigue et de sommeil, il priait de toutes ses forces pour que tout se passe bien.

L'arrière du Volvo jaune apparut dans son champ de vision, puis le reste du camion, enfin le poney en train de brouter. Sa tension tomba d'un cran. Mais le calme apparent pouvait être un piège. Il avança encore un peu, puis stoppa, laissa le moteur en route. Sa main plongea sur le plancher, ramenant le « 357 Magnum » de Dick. Il leva le chien doucement.

— Restez là, dit-il à Elmaz.

Sarah et lui sautèrent à terre en même temps, chacun d'un côté, avançant vers le bungalow. Tout paraissait normal. Alors qu'ils n'étaient plus qu'à quelques mètres de la porte, il y eut un mouvement derrière la haie. Les deux armes pivotèrent en même temps.

— Eh, attention, ne faites pas les cons.

Le gros barbu sortit d'un massif de bougainvillées, écarquillant les yeux devant les armes. Malko baissa son pistolet avec une énorme envie de rire. Tout à coup, ses précautions lui paraissaient ridicules. Seulement, dans son métier, on ne savait jamais...

— Ça va, dit-il à Sarah. C'est notre ami.

La jeune femme baissa son Kalachnikow. Elmaz arrêta le moteur de la Land et sauta à terre à son tour.

— Où est Dick?

— Là où vous l'avez laissé, répliqua le vétérinaire. Il se repose. Ça va mieux, mais il ne pourra pas marcher avant une semaine...

La minuscule Sarah tournait autour du Volvo, les yeux brillants de joie. Elle se pencha pour ausculter les pneus, grimpa dans la cabine. Le haut du volant arrivait à la hauteur de son front. Malko pénétra dans le bungalow. Dick lisait. Il posa son livre.

— Alors?

— Tout s'est bien passé, mais si je n'ai pas de café dans cinq minutes, je tombe. Vous n'avez vu personne?

— Personne. Mon copain a été à Awasa voir des bêtes malades. Il n'a rien remarqué de suspect. Tacho doit nous attendre au *Bellevue*. Il a sûrement placé des barrages sur les deux sorties nord et sud d'Awasa. Mais il ne peut pas faire plus. Il n'a pas assez d'hommes.

— Souhaitons-le, dit Malko.

Il s'assit près du lit, résuma rapidement son voyage à Yrgalem, et conclut :

— En principe, nous n'avons plus qu'un problème, Dick : transporter ce fichu or. A trois, nous n'y arriverons jamais. Avec votre jambe, vous ne pouvez même pas tirer sur une corde. Il faut demander à votre ami s'il veut nous aider.

— Lui, mais...

— Réfléchissez, dit Malko, cela n'a aucune importance qu'il connaisse l'endroit. Il n'y aura plus d'or...

— Bien sûr, admit Dick Bruce, mais il est trop froussard.

— Ça, c'est un autre problème, dit Malko, laissez-moi le guérir. Il est une heure. Nous devons être prêts à partir à huit heures.

Il entra dans la cuisine. Jack et sa femme préparaient du café. Malko s'approcha d'eux.

— Jack, aimeriez-vous gagner environ deux cent mille dollars?

Le vétérinaire le fixa, ahuri.

— Deux cent mille dollars! Qu'est-ce que c'est que cette histoire?

— Une histoire très sérieuse, confirma Malko calmement. Vous pouvez les avoir demain matin.

Sa femme posa la cafetière.

— Bien sûr, c'est une somme, fit-elle, mais qu'est-ce qu'on peut faire avec ça en Ethiopie?

— Il s'agit de deux cent mille dollars américains, précisa suavement Malko. Et ils vous seront payés en or.

— En or?

Cette fois, le couple n'avait plus du tout envie de plaisanter.

— Qu'est-ce qu'il faudrait faire? dit d'une voix méfiante la jeune femme.

— Travailler, dit Malko. Comme des bêtes, pendant une dizaine d'heures. Avec le risque d'être tués. Mais il n'y a pas plus de chances, statistiquement, que de mourir dans un accident de voiture...

Là, il s'avançait un peu. Le vétérinaire échangea

un regard avec sa femme, frotta ses mains grassouillettes, l'une contre l'autre.

— Donnez-nous plus de détails?

— Non, dit Malko. Si vous dites « oui », vous ne sortez plus d'ici jusqu'à ce que nous partions ensemble, et je vous dis exactement de quoi il s'agit. Autrement, notre conversation s'arrête là. Ce n'est ni un piège ni une plaisanterie. Si vous dites « oui », vous reviendrez demain matin ici avec deux cent mille dollars en or.

Un ange passa, le vol alourdi par ses ailes en or massif.

— Ecoutez, fit la femme, il faut qu'on en parle entre nous. Vous pouvez attendre cinq minutes?

Son ton était presque suppliant.

— D'accord, dit Malko, dites-moi en apportant le café.

*
* *

Jack, le vétérinaire, apparut, une bouteille de Moët et Chandon à la main. Il grimaça un sourire maladroit.

— Je l'avais gardée pour une grande occasion. Nous acceptons.

La voix du vétérinaire n'était quand même pas très assurée. Malko sourit froidement.

— Très bien. Voilà de quoi il s'agit.

Lorsqu'il eut fini, les yeux du couple brillaient de cupidité. La bouteille de Moët était vide et Malko ne tenait debout que par miracle de volonté, le front couvert de sueur froide.

— Nous allons dormir, dit-il à Sarah. Vous veillez sur nous. Personne ne sort d'ici. Vous me réveillez à huit heures.

Il sortit de la pièce, suivi d'Elmaz et se laissa tomber sur le lit de la chambre voisine. Fier de lui. Le camion était là. Les armes seraient au rendez-vous. Le sergent Tacho ne les avait pas découverts. Le lendemain, l'opération serait enfin bouclée. Il avait surmonté tous les obstacles. Seule, Wallela ne profiterait pas de leur victoire.

Il avait hâte d'être au lendemain. Bien que Dieu soit de leur côté, il y avait parfois des trous dans sa protection... Sans même s'en rendre compte, il bascula dans le sommeil, bercé par le chuchotement du couple perdu dans ses rêves dorés. Elmaz dormait déjà.

*
* *

— A vous, chuchota Sarah.

Elle désignait à Malko le trou noir de la caverne. Il regarda le ciel étoilé, écouta le silence de la jungle. Son cœur battait très vite. Il espérait que c'était la dernière fois qu'il descendait dans la cache au trésor...

Jack, sa femme et Sarah l'observaient en silence. Ils parlaient tout bas comme si les arbres avaient pu les entendre. Le Volvo jaune se trouvait au bout de la piste, gardé par Dick, bourré d'antibiotiques, armé du Kalachnikow.

Tout l'équipement était en place. L'échelle de corde permettant d'accéder au premier palier et deux systèmes de poulies pour remonter les sacs d'or. Malko avait un poignard pendu à sa ceinture.

— Jack, dit Malko, vous allez venir avec moi. Vous resterez au premier palier pour hisser l'or. Sarah sera avec vous. Elmaz la relaiera. Moi, je descends au fond. Puis, nous remonterons et le transporterons à la surface. Il faudrait que tout soit fini en quatre heures... Ensuite, il n'y aura plus qu'à le transporter au camion...

— Je descends d'abord avec vous, dit Elmaz. Je veux le voir!

Il s'engagea le premier sur l'échelle de corde. Cette fois, tout le monde avait des lampes. On n'entendait que les grincements des cordes et le bruit gluant des pas dans la boue. Cinq minutes plus tard, Malko touchait le sol de la caverne. Elmaz sauta à terre derrière lui, braqua sa lampe électrique.

— Là-bas, dit Malko.

Elle avança vers les sacs, aperçut les squelettes, poussa un cri. Puis le faisceau balaya l'empilement des sacs. Malko la rejoignit. Il prit un sac, trancha la toile d'un coup de poignard et il plongea la main dans l'ouverture. Ses doigts rencontrèrent le froid des paillettes. Ce fut comme si on avait soufflé une énorme bouffée d'oxygène dans ses poumons... Il retira la main pleine de paillettes et l'ouvrit.

— Mon Dieu! fit Elmaz d'une voix étranglée. Il y en a pour des milliards.

Fascinée, elle regardait les sacs empilés. Elle s'accroupit et regarda les cachets. Puis elle se redressa, les yeux brillants.

— Chaque sac pèse vingt kilos, annonça-t-elle.

Malko avait envie de crier de joie. C'était enfin la réussite, après tant d'efforts et de morts. Il laissa les paillettes couler dans le sac le long de ses doigts. Elmaz y plongea les deux mains, les éleva au-dessus de sa tête et laissa l'or retomber sur ses épaules avec un rire de folle.

Malko était en train de calculer la valeur du fabuleux trésor accumulé par le vieux Roi des Rois dans ce coffre-fort champêtre. Chaque sac de vingt kilos valait environ quatre-vingt mille dollars... Il y en avait des centaines, empilés les uns sur les autres. Le négus avait entassé cela comme un vieil avare alors que son peuple mourait de faim, aveuglément,

Harpagon tropical et primitif, se souciant peu de ce qu'il adviendrait de sa fortune. Malko pensa avec amertume aux prisonniers politiques qui avaient trimé jusqu'à la mort dans les mines de Dolo pour que cet or retourne à la terre. Simplement un peu plus concentré. Dans ces moments-là, l'humanité le dégoûtait.

— Allons-y, dit-il.

Elmaz ne bougea pas. Il braqua sa lampe sur elle et vit l'expression trouble de ses yeux.

— Tout va bien!

La voix forte du vétérinaire venant du haut les fit sursauter tous les deux. Malko s'écarta et cria :

— Ça va.

Il prit un sac dans chaque main et les traîna jusqu'au filet accroché à la corde qui pendait à côté de l'échelle. Le temps de les y jeter, il donna une secousse à la corde et les sacs commencèrent à s'élever dans la pénombre. Il n'y avait plus qu'à renouveler l'opération deux ou trois cents fois.

— Remontez, dit-il à Elmaz, je peux m'en tirer tout seul.

*
* *

— Je n'en peux plus, je vais m'évanouir... haleta Elmaz.

Lâchant l'échelle par laquelle elle venait de descendre, elle tituba jusqu'à ce qu'il restait des sacs d'or et s'effondra dessus à plat ventre. Malko ne put retenir un cri de douleur en se redressant. Ses reins étaient en feu et ses mains en sang. Des dizaines d'ampoules nées du frottement. Il chargea les deux derniers sacs dans le filet, donna une secousse à la corde et cria :

— Allez-y.

Les sacs montèrent. Lui dut faire un effort pour ne pas tomber. Ses oreilles bourdonnaient. Depuis plus de trois heures, il accomplissait les mêmes gestes à un rythme épuisant. Prendre quatre sacs, les traîner, les soulever pour les mettre dans le filet, repartir et recommencer. Chaque cycle prenait environ trois minutes. Son cœur devait battre à cent vingt pulsations minute, il lui semblait que ses mains avaient doublé de volume.

— J'arrête un quart d'heure, cria-t-il à la cantonade. Reposez-vous aussi.

A son tour, il se jeta sur les sacs, à côté d'Elmaz, tâchant de reprendre son souffle. Pendant plusieurs minutes, ils ne dirent rien, immobiles. Puis, la jeune femme se tourna doucement sur le côté. Il sentit sa croupe, s'appuyer contre lui avec une insistance qui ne laissait aucun doute sur ses intentions. Le contact de son pantalon de drap fit s'évanouir la fatigue de Malko. Il écarta ses longs cheveux pour la saisir par la nuque. Elle tourna alors à moitié la tête.

— Je veux faire l'amour ici. Sur l'or.

Sa voix était si rauque qu'elle en semblait désincarnée. Plusieurs sacs s'étaient éventrés, et Elmaz était couchée sur une épaisse couche d'or. Elle s'allongea à plat ventre comme un enfant dans le sable, creusa les reins, quand Malko tira sur la ceinture de drap pour la dénuder. Elle bougea encore, ramenant de l'or sous son ventre, avec sa main, afin d'être plus offerte. En trois gestes, Malko se libéra. Quand il toucha sa chair nue, Elmaz eut un sursaut qui la cambra encore plus. Il avait l'impression que des milliers de pointes de feu hérissaient sa chair. Sans attendre, il entra en elle d'un seul coup.

Elle se cabra comme une chatte couverte, ses doigts firent grincer les paillettes, et elle gémit de la même voix désincarnée.

Malko ne continua pas. Aussi brutalement qu'il l'avait prise, il se retira, tâtonna quelques secondes et s'enfonça de nouveau un peu plus haut. Elmaz eut un sursaut de tout son corps pour le repousser. Mais les genoux enfoncés dans les paillettes, une main autour de sa taille, il la tenait solidement. Rien au monde ne l'aurait fait se retirer des reins qu'il venait de violer.

Elmaz hurla. Il la bâillonna de sa main libre. C'était le retour de l'homme des cavernes. Les deux autres, en haut, ne pouvaient plus ignorer à quoi ils passaient leur pause. Il continua à la labourer brutalement, l'enfonçant dans l'or jusqu'à ce qu'il explose. Elle demeura cambrée sous lui, comme si elle regrettait la fin de son viol. Malko se dit un peu honteux qu'il venait de faire ce à quoi il rêvait depuis qu'il avait vu la jeune princesse.

Il s'arracha d'elle, la contempla quelques instants à moitié déshabillée sur son tas d'or, la croupe d'un blanc laiteux incrustée de quelques paillettes. Le rêve impossible d'un banquier suisse.

Lentement, Elmaz se releva à son tour, rajusta son pantalon de drap, vint vers lui :

— C'était bon, murmura-t-elle.

C'était évidemment à la portée de peu de femmes. A côté de cette fantaisie, les bains de lait d'ânesse de l'impératrice Cléopâtre apparaissaient comme un divertissement de bonnes.

Quand Malko saisit deux sacs, il lui parurent un peu plus légers... Mais cela ne dura pas. En quelques minutes la chape de plomb de la fatigue l'alourdissait de nouveau.

— Remontez, dit-il à Elmaz, je vais finir tout seul. Ils ont besoin d'aide en haut.

Avant de s'engager sur l'échelle, elle balaya la caverne d'un long regard. Malko chargea dans le filet de quoi refaire toute la toiture de son château de Liezen... Mais de l'Ethiopie à l'Autriche, il y avait un long chemin semé d'embûches. L'or était si abondant que cela en devenait abstrait. Il avait l'impression de manipuler du ciment. Encore une heure et demie, calcula-t-il. Après, il restait encore le transport jusqu'au camion. Dans l'état de fatigue où il était, cela allait être un calvaire.

*
* *

Sarah Massawa ressemblait à un zombie. Titubant sous le poids du sac chargé sur son épaule, elle se lança sur la pente à côté de Malko.

— Il nous reste trois heures, dit-elle. C'est pas possible, on n'y arrivera pas.

Malko n'était pas loin de penser la même chose. Lui traînait deux sacs. Tout le contenu de la caverne se trouvait dans les ruines du fort italien. Maintenant, c'était le va-et-vient entre le camion et le sommet de la colline. Un enfer. Dans une obscurité relative. La nuit était claire, et la lune brillait. Jack, le vétérinaire, surgit des broussailles, passa sans les voir, en route vers la pile, reprit un sac et repartit comme un automate. Il avait dû maigrir de cinq kilos en cinq heures! C'est lui qui avait les mains les plus abîmées. A cause de la corde. Ses paumes étaient à vif. Mais il n'avait même plus le courage de se plaindre.

Sarah avançait en zigzag, écrasée sous son sac. Malko se demandait comment elle pouvait avancer. A son tour, il prit deux sacs et se lança dans le sentier qui descendait au camion. Le sol glissait, les ronces piquaient, on n'y voyait rien et le poids des sacs d'or tirait irrésistiblement vers le sol. Pourtant, il fallait continuer sans s'arrêter. A mi-chemin, il croisa Maureen qui remontait pratiquement à quatre pattes. Elle le bouscula comme une bête aveugle.

Chaque voyage représentait à peu près trois cents mètres dont la moitié avec le chargement d'or. Au bout de cinquante mètres, Malko traînait les deux sacs, sans pouvoir les soulever. Au bout de cent mètres, il devait s'arrêter tous les dix mètres pour reprendre sa respiration. Il avait reçu en plein visage une branche d'acacia, et les griffures le brûlaient affreusement.

Un volcan avait élu domicile entre ses côtes. Il croyait à chaque instant qu'il allait exploser, expulsant tous ses organes. Il déboucha enfin hors de la végétation, vit la masse énorme du camion dans l'ombre. L'Américain était à demi allongé dans la couchette du Volvo, le Kalachnikow sur les genoux.

— Plus vite! cria-t-il, on n'y arrivera jamais! Plus vite, bon Dieu!

Malko déposa ses deux sacs sur la plate-forme du camion où ils paraissaient ridiculement petits. Maudissant la C.I.A. Puis il repartit. Il croisa Elmaz qui pleurait bruyamment, pliée sous sa charge, mais n'eut pas le courage de s'arrêter pour la consoler. Sinon, il savait qu'il n'aurait pas la force de repartir.

C'était un cauchemar. Les moustiques s'étaient mis de la partie, attaquant férocement, piquant les chevilles, la poitrine, le visage, le cou, revenant à l'assaut, sans pitié, sans arrêt.

Au bout de trois voyages, Malko était transformé en zombie, avançant comme un automate, ne sentant même plus les courbatures de ses reins, ni même la fatigue, comptant mentalement les sacs qui restaient à transporter, s'acharnant sur le calcul mental des minutes qui passaient, scrutant le ciel pour y distinguer les premières lueurs de l'aube. L'aube qui signifierait la fin de leur supplice.

C'était une tâche inhumaine, mais le mot inhumain n'avait plus de sens pour eux. Ils étaient comme les déportés du Goulag sibérien transportant inlassablement des blocs de sel qui leur rongeaient les mains sur des pentes si raides qu'ils pouvaient se laisser rouler dessus à la descente. Mais, ici, il n'y avait pas de gardes-chiourme, simplement la jungle avec les ronces, les moustiques et la boue.

A un moment, Malko se heurta de plein fouet avec Sarah qu'il n'avait pas vue, fit tomber son chargement. Avant de réaliser, ils s'injurièrent grossièrement, bassement, comme des étrangers. Puis, ils se calmèrent, reprirent chacun dans leur direction, sans même s'excuser.

Il rencontra aussi Elmaz, couchée sur un sac d'or en travers du sentier. Elle sanglotait de fatigue, sans pouvoir parler. Maintenant, elle mettait plus d'un quart d'heure à chaque voyage, se traînant pratiquement à quatre pattes dans la boue. C'était un miracle qu'elle ne se soit pas fait piquer par un serpent ou une araignée... Quant à Malko, il se traînait, serrant les dents, s'injuriant, fouetté par la voix sèche de Dick Bruce, chaque fois qu'il arrivait au Volvo.

L'Américain était le seul à garder conscience du temps et de l'effort. De sa cabine, il comptait tous les sacs chargés sur le Volvo. Il pouvait presque prédire combien ils auraient le temps d'en charger. Mais plus la nuit s'avançait, plus le rythme se ralentissait. Ils haïssaient cet or qu'ils admiraient quelques heures plus tôt.

Malko avait vu le vétérinaire donner des coups de pied dans un sac qui lui avait échappé avec la haine qu'il aurait mis à frapper un ennemi.

L'or était devenu leur ennemi. Sans visage, muet et inerte, pompant leur énergie sans pitié, sans arrêt. Jusqu'à ce qu'ils en crèvent. Un ennemi auquel ils étaient liés. Ils ne parlaient plus, absents, hors du réel, n'échangeant que des interjections brèves, lorsqu'il le fallait absolument... Malko, qui s'était allongé sur le dos quelques instants, avait vu Maureen débouler sur lui, le piétinant comme si c'était un tronc d'arbre.

Ils marchaient tous en dormant, ne sentant même plus les moustiques. Pour remonter la colline, ils s'accrochaient dans la grasse latérite rouge, comme des fourmis. Pour descendre, ils essayaient de se laisser aller, d'utiliser la force de gravité. Mais il y avait les terribles épines des acacias. Dès qu'ils se laissaient un peu aller, une branche claquait dans leur visage, déchirant la peau, risquant de leur arracher un œil. Alors, il fallait de nouveau progresser, cassé en deux, tirant un sac de chaque main, rentrant la tête dans les épaules, comme une bête traquée, ne voyant que le sol luisant des pas de ceux qui les avait précédés.

*
* *

— C'est fini! Il faut partir.

La voix de Dick claqua dans le silence. Il faisait presque jour depuis un moment déjà. Malko jeta les deux sacs sur la plate-forme encombrée et resta là, les bras ballants.

La signification de ce que disait l'Américain ne parvint pas tout de suite à son cerveau engourdi. Comme une chenille blessée, il se hissa dans la cabine, entendit Dick qui lui disait :

— Malko, il faut conduire, moi je ne peux pas.

Heureusement, il fallut encore attendre les autres.

Sarah arriva la dernière. A son avis, il devait rester dans les ruines du fort une quinzaine de sacs. Trois cents kilos d'or. Plus d'un million de dollars.

L'Américain secoua la tête avec fatalisme.

— Ça ne fait rien. Nous n'avons pas le temps.

Ils avaient tous perdu la notion de la valeur des choses. La prochaine Noire qui viendrait jeter son *tchélé* dans la faille trouverait l'or. Cela devait représenter ce que son village avait gagné depuis la création du monde.

Elmaz vint s'effondrer dans le siège de droite, raide de latérite, respirant comme un soufflet de forge, épuisée, et s'endormit immédiatement. Le vétérinaire et sa femme avaient péniblement remonté la ridelle du camion et s'étaient répandus sur les sacs d'or, en compagnie de Sarah. Malko dut faire un prodigieux effort de volonté pour tourner la clef de contact.

Le moteur ronronna, sans problème. Mais les vibrations du volant lui donnaient envie de hurler, tant ses mains étaient meurtries, pleines d'ampoules, en sang. Avec prudence, il passa la première et débraya en douceur. Mais il avait mal calculé son effort. Le Volvo fit un bond en avant sur l'étroite piste et faillit se retrouver dans le fossé.

Dick jura comme un charretier.

— Eh, ne déconnez pas!

Malko éclata d'un fou rire nerveux. Ce serait le comble. Enlisé avec quelques tonnes d'or. C'était la fin de l'histoire. Il parvint à reprendre le contrôle de la lourde machine, et, en première, commença à descendre la colline.

Le soleil commençait à rosir le ciel. Ils étaient dans les temps. Lorsqu'ils traversèrent le village sidalo, les Noirs regardèrent le camion avec surprise, se demandant d'où il pouvait venir : la piste était un cul-de-sac. Malko se sentait mieux, bien que la tôle ondulée fasse vibrer douloureusement ses reins et ses mains. Il accéléra un peu, et le camion sembla voler sur la piste. Il suffisait de rouler à 90... Et de ne pas rencontrer un obstacle. Justement, l'obstacle se présenta trois cents mètres plus loin, après un virage : une trentaine de zébus déambulant paisiblement au beau milieu de la piste.

Malko écrasa le klaxon. Le zébu de tête s'arrêta au beau milieu, la tête baissée, et bien décidé à ne pas céder le passage. Malko effleura le frein, il sentit aussitôt le lourd véhicule partir de l'arrière. S'il donnait un coup de frein, ils avaient neuf chances sur dix de se retrouver dans le fossé.

— Tenez-vous! cria-t-il.

Il accéléra, tenant fermement le volant. Un berger affolé, pieds nus, surgit de derrière un bananier, brandissant un bâton, essayant de sauver son troupeau. Le pare-choc rayé noir et blanc s'enfonça comme un coin d'acier au milieu des bêtes arrêtées sur la route. Il y eut à peine un choc léger, puis un concert de meuglements. Pratiquement décapité, le zébu de tête partit vers le fossé, d'autres s'égaillaient, mutilés, d'autres encore restèrent sur place, tués sur le coup.

Malko n'éprouvait rien. Juste une immense fatigue et la satisfaction d'être resté sur la route... Dans le rétroviseur, il aperçut le berger courant derrière le camion, brandissant son bâton. Un kilomètre plus loin, il y avait l'embranchement de la route de Moyalé. Malko s'y engagea et soudain ce fut le silence sur le goudron. Dick Bruce se pencha vers lui, les yeux brillants de fièvre, et dit d'une voix contenue :

— Nous avons exactement onze tonnes d'or.

CHAPITRE XVII

Malko ouvrit la portière du Volvo et sauta à terre, les reins moulus, les yeux rougis par le manque de sommeil, les mains enflées. Il n'était qu'un peu plus de six heures du matin, et déjà le soleil chauffait très fort. Ils avaient près d'une heure d'avance. Sur la route de Moyalé, ils n'avaient croisé qu'un vieux bus et les éternels troupeaux. Maintenant, le Volvo chargé d'or se trouvait à l'abri derrière une grande bananeraie, à une centaine de mètres de la route. Le lieu de rendez-vous choisi par Sarah Massawa. Après l'embranchement de la piste, Malko avait débarqué Jack, le vétérinaire, et sa femme. Plus quatre sacs d'or. Le double que prévu. Mais ils l'avaient mérité. Jack était gris, de larges poches sous les yeux, les paumes en sang. Ils étaient si fatigués qu'ils avaient à peine dit « merci » avant de monter dans leur Land-Rover avec leur fortune toute neuve.

Dick Bruce et Sarah dormaient dans la couchette. Elmaz somnolait sur le siège de droite. Malko s'étira. Avec le recul, il se demandait comment ils avaient pu parvenir à transporter l'or le long de la colline... Sarah sauta à terre, bâillant à s'en décrocher la mâchoire et vint s'appuyer contre l'énorme pare-chocs, à côté de lui.

— Qu'allez-vous faire maintenant? demanda Malko. Quand vous aurez les armes?

Sarah enfonça ses petites mains dans sa tignasse avec un sourire épuisé.

— Tenter notre coup de force. Le Derg n'a aucun soutien populaire. Il a dépossédé tout le monde. Je connais une mamité qui avait économisé toute sa vie pour s'acheter une petite maison : on l'a nationalisée : elle n'a plus rien et doit payer un loyer à l'Etat! Sur les cinquante dollars éthiopiens qu'elle gagne.

— Vous ne craignez pas la Flamme Division? objecta Malko.

L'Erythréenne secoua la tête.

— Elle est occupée en Erythrée. L'armée de l'air est contre le Derg, les parachutistes aussi. Si nous nous emparons du Vieux Guebbi, du ministère de l'Information et de la caserne de la Quatrième Division, tout s'effondrera.

Malko se demandait si elle n'était pas trop optimiste. La férocité du Derg lui avait permis de s'imposer à beaucoup de tièdes... Les gens ne bascu2leraient pas aussi vite que l'estimait la rebelle.

Il consulta sa montre : sept heures moins le quart. Plus que quinze minutes. Le camion-citerne ne devrait pas tarder à apparaître. Pour tromper son impatience, il alla à pied jusqu'à la route, resta à scruter l'horizon des deux côtés; trois camions et un bus passèrent devant lui. Une vague angoisse commençait à lui peser sur la poitrine. Il pensa soudain au berger qui l'avait poursuivi. Pourvu qu'il ne donne pas l'alerte! Il aurait donné cher pour savoir où se trouvait le sergent Tacho. Lorsqu'il revint au Volvo, Dick Bruce était réveillé. A son expression, il devina que l'Américain partageait son inquiétude... Elmaz dormait toujours. Pour tromper son anxiété, Malko monta à l'arrière examiner les sacs de poudre d'or. Sarah grimpa à côté de lui :

— Il ne va pas tarder, dit-elle d'un ton très sûre d'elle.

Mais Malko ne put trouver son regard. Elle aussi avait peur.

*
* *

— Il y a un pépin.

Personne ne fit écho à Dick Bruce. La Seiko de Malko indiquait neuf heures et demie! Sarah allait sans cesse du Volvo à la route, en dépit de son épuisement.

— Je lui avais pourtant dit sept heures, affirma Malko.

— Nom de Dieu. Vous lui avez dit *sept* heures? explosa Dick.

— Mais oui, pourquoi?

L'Américain secoua la tête, accablé.

— C'est trop con. Vous ne saviez pas que l'heure n'est pas la même dans ce pays! Ils ne font rien comme tout le monde : l'année à treize mois, et elle commence le 23 septembre.

— Comment, pas la même?

Cette fois, Malko tombait des nues. Elmaz poussa un rugissement qui se termina en sanglot.

— C'est vrai! cria-t-elle. Je n'y ai pas pensé. Ici, la journée ne commence pas à minuit, mais à six heures du matin, donc, sept heures pour vous, c'est une heure de l'après-midi pour un Ethiopien!

Malko était atterré. C'était trop stupide, trop incroyable. Il se tourna vers Elmaz.

— Mais vous, vous le saviez?

— Bien sûr, admit la jeune femme. Mais je n'ai pas réfléchi. J'ai cru que vous vouliez une heure de l'après-midi.

Les traits de Sarah Massawa s'étaient brusquement tirés. Malko sentait les reproches monter à ses lèvres, mais elle se contint. Il était ivre de rage contre lui-même. Cela lui rappelait une autre erreur d'heure de la C.I.A. Lors de la baie des Cochons [1], la Navy et l'Air Force s'étaient chacune alignées sur une heure différente...

— Il faut attendre, dit Elmaz. Maintenant que Tacho est dans les parages, nous ne pouvons pas nous promener avec ce camion, c'est trop voyant. Ce serait terrible de se faire prendre l'or.

— Attendons, conclut-il.

Après tout, il ne s'agissait que de trois heures d'attente. Ils étaient bien cachés, on ne pouvait les voir de la route.

— Je vais aller surveiller le croisement, proposa Sarah.

— Je vais avec vous, dit immédiatement Elmaz.

Cette fois, elle prit le Kalachnikow. Les deux femmes s'éloignèrent à travers la bananeraie. Malko avait envie de se cogner la tête contre la portière du Volvo. Dick alluma une cigarette pour se calmer les nerfs.

*
* *

En entendant courir dans la bananeraie, Malko sauta sur le « Magnum ». Ce n'était qu'Elmaz. Echevelée, les yeux fous, haletante.

— Nous l'avons vu! dit-elle d'un trait. Tacho, dans sa Mercedes blanche, avec plusieurs hommes. Il allait vers Moyalé. Il a retrouvé notre trace. Sarah est restée là-bas.

Malko repartit avec elle. C'était la catastrophe. Il retrouva l'Erythréenne dissimulée derrière un bananier en bordure du chemin. Ses yeux marron semblaient encore plus saillants que d'habitude.

[1] L'invasion manquée de Cuba en 1961.

— Ils nous cherchent, dit-elle, j'en suis sûre. La voiture allait à toute vitesse, comme s'ils voulaient nous rattraper. Le prochain village est à une quinzaine de kilomètres. Là-bas, on leur dira que nous ne sommes pas passés. Ils vont revenir et...

Malko regarda le chemin et l'intersection avec la grande route. On voyait nettement les traces de pneus, là où il avait freiné, et ensuite, les empreintes des dix roues dans la latérite grasse. Cela ne pouvait échapper à un observateur attentif. Le parking de la bananeraie était un cul-de-sac. Si le sergent Tacho les surprenait là, c'était la fin du voyage.

— Nous allons partir, dit-il, venez.

Ils regagnèrent le Volvo en courant. Se relancer sur les routes avec leur camion jaune bourré d'or semblait du suicide, mais il n'y avait pas d'autre solution. Dick Bruce, consulté, proposa :

— Essayons de gagner le lac. Si nous parvenons à contourner Awasa, il y a une chance d'y parvenir. Ensuite, nous verrons. On peut enterrer l'or ou tenter de continuer vers le nord...

D'ici là, tant de choses pouvaient arriver. Malko n'avait plus sommeil. Juste une immense fatigue qui lui écrasait les épaules. Le ronflement du moteur du Volvo lui parut une agression personnelle. Le véhicule s'ébranla en douceur. La seule idée de conduire lui donnait la nausée. Il s'arrêta une seconde, à l'intersection, examina la route déserte et lança le mastodonte sur le macadam. Ils s'étaient tassés tous les quatre dans la cabine, Sarah à l'extérieur, à cause du Kalachnikow, Elmaz près de Malko. Une fois de plus, il n'y avait pu qu'à reprendre la piste de la vallée.

***

Le gros camion plongea dans une ornière, les

roues extérieures gauches dérapèrent, il rugit, s'extirpa de la latérite, retomba sur la piste. Un berger regarda avec ébahissement l'énorme véhicule s'enfoncer entre les bananiers : décidément, ces Blancs étaient fous... Le volant revint brutalement dans les mains de Malko, lui heurtant le poignet, et il poussa un juron. Mais une fois de plus, ils étaient passés... Il avait l'impression de tenir ce volant depuis huit jours... Quelquefois, il était obligé d'avancer centimètre par centimètre, pour éviter une glissade fatale dans la latérite et n'avait pas trop des seize rapports de la boîte. D'autres fois, il fallait mettre toute la puissance des 350 chevaux pour arracher le Volvo à sa gangue.

De nouveau, Malko écrasa l'accélérateur, et le Volvo rugit, attaquant la latérite à pleins pneus... Malko était réveillé, maintenant, animé d'une rage farouche, avec une seule idée : déjouer les pièges du sergent Tacho.

Pendant une demi-heure, ils roulèrent sans histoire, au maximum, au milieu des champs de maïs, des bananeraies, des lambeaux de jungle de la vallée.

Malko aperçut soudain un pont de bois devant lui, jeté sur une profonde crevasse.

Prudent, il s'arrêta juste avant et descendit. Tout de suite, l'angoisse le reprit. Les planches pourries et disjointes s'enfonçaient sous la simple pression du pied. A côté d'eux, un berger faisait passer son troupeau dans la rivière à sec. Mais le Volvo ne pouvait pas utiliser cette voie-là. Il rejoignit Elmaz, atterrée.

— On ne passera jamais, dit-elle d'une voix blanche, le pont va s'effondrer.

Malko descendit sous le pont, l'examinant rapidement, remonta, alla taper les planches. Sarah le suivait comme son ombre. La piste ne comportait aucun embranchement, tout ce qui leur restait, c'était de fuir à pied dans les collines pleines de jungle en abandonnant l'or à Tacho.

*
* *

Malko se redressa : une lueur de défi dansait dans ses yeux dorés. Il lui adressa un sourire confiant.

— Le pont va s'effondrer, dit-il, mais nous allons passer. Remontez.

Sarah obéit. Malko alla prendre deux morceaux de bois et les planta dans la latérite, juste avant le pont, dans l'alignement des deux solives qui soutenaient le tablier. Puis il reprit le volant, et partit en marche arrière, remontant le plan incliné qui menait au pont. Dick Bruce et Elmaz observaient sa manœuvre, pas rassurés.

— C'est dangereux, remarqua l'Américain. On risque de se planter.

— C'est ça ou coudre des ailes sur ce camion, répondit Malko avec fatalisme. Tenez-vous bien et priez votre dieu favori...

Il passa la seconde, assura le volant dans ses mains et écrasa l'accélérateur tout en maintenant le frein enfoncé au maximum. Le Volvo vibrait de toute sa carcasse.

Enfin, Malko lâcha brusquement le frein.

Aidé par la déclivité, le Volvo partit comme une flèche. Lorsqu'il atteignit les deux morceaux de bois plantés par Malko, il roulait à près de 60! A cet endroit, le sol remontait, formant une sorte de tremplin naturel. Les roues avant du Volvo s'engagèrent sur le bois pourri du pont, en l'effleurant à peine, dans l'axe des solives.

Malko accéléra encore. Il y eut un craquement terrible au moment où le train arrière atteignit le bois. Le grondement des six cylindres couvrit le fracas du pont qui s'effondrait... Une fraction de seconde après le passage des roues arrière. Emporté par sa vitesse et son élan, le Volvo jaillit de l'autre côté du pont au moment où le tablier basculait dans le torrent à sec. Sous les yeux ahuris du berger noir.

Dick Bruce de sa couchette poussa un hurlement de joie. Malko se détendit d'un coup, tandis que Sarah, en équilibre sur la console centrale calée par quelques sacs d'or, lui sautait au cou! Les deux heures suivantes passèrent dans l'euphorie. Malko ne sentait plus la fatigue dans ses bras. Le moteur ronronnait paisiblement. Ils retrouvèrent la route asphaltée menant à Addis, vingt kilomètres au nord d'Awasa. Les barrages mis en place par Tacho devaient se trouver derrière eux.

Rouler sans cahots parut délicieux à Malko. Il effleurait à peine le volant. A 110, la vitesse maxima du camion, ils fonçaient vers le nord. La route filait toute droite, déserte, écrasée de soleil. Avant le lac, ils devaient traverser deux ou trois bourgades. On pouvait les attendre là. Le danger pouvait venir du ciel aussi. L'armée éthiopienne possédait des hélicoptères. A la minute où Tacho serait sûr qu'ils avaient récupéré l'or, il ferait n'importe quoi pour les retrouver.

Soudain, Malko aperçut une petite tache noire dans le rétroviseur. Un véhicule, très loin derrière eux.

Il continua à rouler, pied au plancher, et s'imposa de ne pas regarder derrière lui. Lorsqu'il scruta de nouveau la route, la tache noire avait grandi. Le véhicule se rapprochait d'eux. De nouveau, l'estomac serré, il ne dit rien à ses compagnons. Inutile de les affoler pour ce qui n'était probablement qu'une innocente voiture.

CHAPITRE XVIII

Les yeux de Malko se fermaient tout seuls. Mais il se rendait compte de sa tension nerveuse à la force avec laquelle il serrait son volant. Derrière eux, le point noir continuait à grandir. Elmaz et Dick Bruce somnolaient mais Sarah ne quittait pas la route des yeux.

Des toits de tôle annonçant un village apparurent dans le lointain, au milieu de la maigre végétation de la savane.

— Voilà Sashamané, annonça Sarah.

Le Volvo parcourut deux ou trois kilomètres. Tout à coup, une lueur jaune jaillit d'un buisson d'épineux près des premières cases, à droite de la route, suivi aussitôt d'un choc sourd sur la tôle de la cabine. Instinctivement, Malko donna un coup de volant à gauche. Dick Bruce se réveilla en sursaut. Le massif d'épineux était déjà derrière eux.

— On a tiré sur nous, annonça Malko, d'une voix altérée. Abritez-vous.

Il essaya de se vider le cerveau, de se concentrer sur sa conduite. L'immense pare-brise rectangulaire les livrait sans défense à d'éventuels tireurs. Dick s'aplatit dans la couchette, Elmaz et Sarah s'étaient tassées sur le plancher de la cabine. Il se disait qu'il y avait peut-être en ce moment même un soldat en train de le cadrer dans la lunette de son fusil. L'image sensuelle d'Alexandra se profila sur la savane, avec une brusque contraction de tout son estomac, un picotement sur le dessus de ses mains. C'était trop bête de mourir.

Le ronflement hypnotique du Volvo n'arrivait pas à le déconnecter de la réalité. De nouveau, la route paraissait déserte. Et tout à coup, Malko les vit. Une quinzaine de soldats mal dissimulés derrière les arbrisseaux de la savane, fusils au poing. A côté d'un troupeau de zébus occupés à paître dans le fossé. Malko se sentit envahi d'un brusque accès de désespoir. C'était impossible de rater un camion à cette distance.

Le « verrou » mis en place par Tacho était d'une efficacité mortelle. Il rentra la tête dans les épaules.

Il y eut un bruit métallique. Sarah venait de passer le canon du Kalachnikow par la portière. A genoux sur le siège d'Elmaz elle ouvrit le feu. Aussitôt, les zébus, affolés par les détonations, jaillirent du fossé et s'enfuirent en direction des soldats.

Juste au moment où le Volvo passait en trombe devant l'embuscade. Quelques coups de feu claquèrent, noyés dans le grondement du moteur. Sarah fit pivoter son Kalachnikow, acheva de vider son chargeur, sur les zébus et les soldats. Par pure méchanceté. Ils étaient passés.

Tout à son soulagement, Malko préféra ne pas regarder le rétroviseur. Il ne voulait pas penser à la suite. La voix de son subconscient lui disait que leur course risquait de se terminer très mal. On ne brave pas impunément une armée régulière, même dans un pays comme l'Ethiopie. Il traversa Shashamané presque sans ralentir, écartant à grands coups de klaxons les carrioles à cheval, les ânes errants et les badauds. Effrayé, un cheval manqua désarçonner le

Sidalo qui le chevauchait, lance au poing. Ils étaient déjà hors du village, avec le ruban noir et rectiligne de la route d'Addis-Abeba devant eux.

— Bien joué! fit Dick Bruce.

Personne ne lui fit écho. Malko inspecta de nouveau le rétroviseur.

La tache noire était là. Pendant quelques minutes, il ferma son esprit à cette tache qui se rapprochait sans cesse, comme un grand malade veut ignorer les symptômes de sa maladie. Il se força à ne pas regarder derrière lui pendant dix kilomètres. Lorsqu'il scruta enfin le rétroviseur, il eut un choc au cœur. La tache était devenue beaucoup plus claire en se rapprochant. On distinguait sans mal une voiture. La Mercedes blanche avec une grande antenne du sergent Tacho.

*
* *

— *Shit!*

Dick Bruce, en se tordant le cou, venait d'apercevoir à son tour la Mercedes blanche dans le gros rétroviseur extérieur. Le Volvo ne ralentissait pas, mais c'était désormais une course aveugle qui ne pouvait mener qu'au désastre. Malko, le cerveau vide, essayait de dominer sa rage. Le destin avait joué à cache-cache avec eux. Ils avaient déjoué tant de difficultés pour cet or! A présent, le piège se refermait.

La Mercedes roulait maintenant à une centaine de mètres derrière eux. Sans même essayer de doubler le Volvo. A quoi bon? Quelque part devant, on les attendait. Probablement à Debre-Zeit, où il y avait une importante base aérienne... Malko serra à droite pour laisser passer un bus qui le croisa dans un mugissement de klaxon et reprit aussitôt le milieu de la route. Même Sarah Massawa semblait découragée. Elle était pourtant en train de remettre un chargeur dans son Kalachnikow. Sortant la moitié du corps de la cabine elle braqua l'arme vers l'arrière et lâcha une longue rafale. Aussitôt, la Mercedes blanche fit un bond en avant, se collant au Volvo dans un angle mort. Pour l'instant, ils ne risquaient rien. Les occupants de la Mercedes avaient, au plus, des mitraillettes. Impossible de crever les huit pneus arrière, et la cargaison protégeait la cabine. Mais, ensuite... Ils ne passeraient pas tous les barrages. La C.I.A. aurait travaillé pour le K.G.B. Malko tourna la tête vers Dick Bruce.

— Dick, pouvez-vous prendre le volant, je vais essayer de passer à l'arrière.

L'Américain secoua la tête.

— Vous voulez leur tirer dessus? Cela ne servira à rien.

— Non, dit Malko, mais il faut se débarrasser de l'or, qu'il ne tombe pas entre leurs mains.

— Comment?

— De la façon la plus simple, dit tristement Malko. Il y a un fort vent transversal. Il suffit d'éventrer les sacs, le vent fera le reste. Sarah va venir avec moi pour les tenir à distance.

Un silence horrifié lui répondit. Tous savaient qu'il n'y avait pas d'autre solution. Mais cela semblait inhumain, de jeter cette fortune au vent.

— Nous n'avons pas le choix, dit Malko.

Avec difficulté, Dick se laissa glisser de la couchette à la console centrale. Malko ouvrit la portière, tenant encore le volant d'une main. Dick le prit et se hissa dans son siège. S'aidant de la grosse poignée extérieure et du réservoir de gas-oil, Malko parvint à s'accrocher à la ridelle et à l'escalader. Un bus les croisa en trombe. Le souffle faillit les déséquilibrer.

Sarah avait accompli la même opération de l'autre côté. Ils se retrouvèrent entre les caisses de viande et les sacs d'or empilés pêle-mêle.

La Mercedes roulait derrière eux, à une dizaine de mètres. En le voyant, le chauffeur ralentit brusquement pour se mettre hors de portée de leurs armes. Malko prit son poignard, se pencha sur le premier sac, l'ouvrit sur toute sa longueur d'un coup sec. Puis il le souleva au-dessus de sa tête, en le secouant.

Un nuage doré surgit du sac comme de la lampe magique d'Aladin, flotta quelques instants en l'air, puis fut emporté par le vent de la vitesse.

Malko lâcha l'enveloppe vide et se pencha sur un autre sac. Cette fois, il l'ouvrit trop.

Un énorme paquet de paillettes d'or partit dans le fossé, se mêlant à la poussière.

Très vite, Malko comprit qu'il n'y arriverait pas assez rapidement, avec cette méthode. Alors, se couchant à plat-ventre sur le haut des sacs, il commença à les larder de coups de poignard, déchirant la toile sur toute leur longueur. Un nuage d'or s'éleva aussitôt du camion, tourbillonna un moment au-dessus de la route, puis s'inclina vers la gauche, se perdant au-dessus de la savane. Quelques toiles partirent avec.

Malko continuait à poignarder les sacs, sans relâche. Il y en avait près de quatre cents... Une quinzaine, à peine venait de se vider... Derrière eux, la Mercedes donna un furieux coup de klaxon. Le sergent Tacho devait être fou furieux. Il avait très bien compris la manœuvre, mais était impuissant à la contrer. Personne ne pourrait récupérer la poudre d'or répandue sur des kilomètres carrés. Car le Volvo continuait à filer à plus de 100.

Le vent entraînerait l'or de plus en plus loin.

Sarah tira une longue rafale et s'arrêta.

— Je n'ai plus de chargeur, dit-elle, je dois aller en chercher dans la cabine.

— Inutile, cria Malko, aidez-moi, c'est plus important. De toute façon, il y a sûrement un barrage devant.

Ils se partagèrent le travail : Malko lacérait la toile des sacs, Sarah les plaçait dans le vent, pour que l'or s'éparpille plus vite. Une langue dorée suivait le Volvo comme une comète de luxe, aveuglant de plus en plus la Mercedes. Ses occupants ne pouvaient même plus tirer sur eux. Lorsqu'elle tenta de se rapprocher, Malko vit que son pare-brise était littéralement incrusté d'une couche d'or qui brillait dans le soleil.

Le Volvo continuait à tombeau ouvert, se frayant un passage à coups de klaxon au milieu des animaux errants, semant son or au-dessus de la savane, dans une course démente et désespérée.

Sarah, prise de frénésie, s'épuisait à soulever les sacs avec un rire de folle, regardant la poussière qui valait des millions s'élever dans le ciel en un nuage, très vite dissous, disparu, avalé par la savane. La Mercedes avait essayé plusieurs fois de remonter le long du Volvo pour tenter de le doubler. Chaque fois, Dick avait rabattu brutalement au dernier moment, essayant de l'envoyer dans le fossé...

C'est tout ce que Tacho pouvait faire. Malko et Sarah étaient protégés par le rempart de caisses de viande. Avec leurs armes légères, leurs poursuivants ne pouvaient que crever le train arrière, quatre pneus sur dix. Ce n'était pas assez pour empêcher le Volvo de rouler.

L'or continuait à voler. Un gisement de cinquante kilomètres de long. Malko photographia au passage le visage ahuri d'un berger en haillons qui recevait une pluie d'or. Dès que le camion fut passé, il se précipita pour ramasser entre ses doigts la poudre jaune, n'en croyant pas ses yeux. Accroupi sur la route il se mit à gratter fiévreusement l'asphalte, pour tenter de récupérer quelques paillettes.

Malko ne sentait plus ses bras, ni ses reins, mais continuait à éventrer les sacs comme un robot détraqué. Les trois quarts de la cargaison d'or était maintenant partis en poussière. Littéralement.

Perdus pour tout le monde.

Malko en ressentait une sorte d'amère jouissance. Il n'avait pas l'or, mais le Derg ne l'aurait pas non plus.

Son élan tomba d'un coup. Tout cela lui sembla soudain d'une navrante imbécillité. Cet or aurait pu servir à soulager tant de misère, sinon à faire la guerre. Maintenant, il n'en resterait plus que quelques sacs. La fête était finie.

La Mercedes était incrustée d'or, ce qui lui donnait un curieux air surréaliste... De larges traces d'or s'étalaient sur la route, peu à peu mangées par le vent.

Tout à coup, Malko faillit être projeté hors du camion par un violent cahot. Il se retourna vers l'avant et vit la route à sa droite. Dick venait de tourner sur la piste menant au lac Abiata, soulevant un gigantesque nuage de poussière. Malko ne comprit pas. Le lac était en cul-de-sac.

La Mercedes s'était engagée sur la piste derrière le camion.

Posément, sachant le temps qui lui restait, Malko entreprit d'ouvrir les derniers sacs. Un groupe de Noirs tout nus qui se baignaient dans la rivière se mit à courir derrière le Volvo, essayant de retenir la poussière entre leurs mains, comme des enfants essaient de garder de la neige!

Le lac apparut sur la gauche du Volvo. La végétation se clairsemait, la piste, peu à peu, s'effaçait. Ils débouchèrent sur le glacis qui entourait le lac. Le camion continuait à filer à toute vitesse, cahotant à peine. Malko remarqua qu'il incurvait légèrement sa trajectoire vers la droite. Déjà, il apercevait les milliers d'oiseaux perchés le long de la rive.

Il n'y avait plus d'or. Seulement des sacs vides et des paillettes accrochées partout, sur les caisses de viande et sur le plancher du camion.

La première, Sarah, entreprit de regagner la cabine, encombrée par son Kalachnikow vide. Malko la vit enjamber la ridelle et refaire en sens inverse le chemin qu'ils avaient parcouru. Il jeta un coup d'œil derrière lui : la Mercedes venait de jaillir hors de la piste, sur la gauche du Volvo et accélérait pour le dépasser.

Cela n'avait plus beaucoup d'importance... Malko aperçut dans la voiture trois hommes en dehors de Tacho. Le Volvo roulait maintenant, parallèlement à la rive, à une cinquantaine de mètres de l'eau, en plein sur le glacis boueux, vide de toute végétation. Il se demanda ce que cherchait Dick. Un kilomètre plus loin, ils allaient rejoindre la rivière. C'était une impasse.

La Mercedes les avait dépassés. Elle sembla soudain, zigzaguer, puis des gerbes de boue jaillirent de ses roues arrière. Elle se mit en crabe, ralentit brutalement.

Enlisée dans la boue noirâtre!

Au même moment, le Volvo amorça une courbe sur la gauche, en direction de l'eau. Fonçant droit sur la Mercedes pratiquement immobilisée dans la boue.

Prêt à la broyer de ses vingt tonnes.

CHAPITRE XIX

L'énorme Volvo jaune fonçait sur la Mercedes enlisée, de toute la vitesse de ses 350 chevaux, dans un rugissement de moteur, ses roues commençant à patiner sur la boue noirâtre entourant le lac.

Les roues arrière de la Mercedes enfoncées jusqu'au moyeu, patinaient furieusement, faisant jaillir des gerbes de boue noire, sans que la voiture avance d'un centimètre : au contraire, elle s'enfonçait de plus en plus.

La portière avant gauche de la Mercedes s'ouvrit. Un homme bondit à l'extérieur, dérapa dans la boue, s'étala et se releva aussitôt : le sergent Tacho, vêtu de son éternel blouson de cuir, une mitraillette Uzi à la main. Malko vit son visage convulsé de rage.

Les pieds enfoncés dans la boue jusqu'aux chevilles, il leva son arme, visant le Volvo. Malko réalisa brutalement que le « Magnum » était resté dans la cabine. Il s'attendait à entendre le « tac-tac » sourd du Kalachnikow, mais rien ne vint. Le Volvo n'avançait plus qu'à 30 à l'heure environ. Malko dut se résoudre à plonger derrière la cabine au moment où Tacho appuyait sur la détente de l'Uzi.

Les coups de feu claquèrent en un staccato interminable. Tout le chargeur avait dû y passer. La cible était assez énorme pour ne pas être ratée. Cette rafale avait quelque chose de futile, contre ce monstre. D'ailleurs les dernières détonations furent noyées dans le bruit de la collision, un fracas de tôles écrasées, de cris. Un des occupants de la Mercedes était en train d'essayer de sortir. Le pare-chocs du Volvo referma la portière sur lui, le coupant en deux. L'avant du camion s'enfonça dans les tôles de la Mercedes comme dans du beurre. Sous le choc, la voiture allemande bascula sur le côté gauche, coincée sous le Volvo.

Violemment projeté contre l'arrière de la cabine, Malko perdit conscience quelques secondes. Il se releva, étourdi, risqua un œil par-dessus la cabine. Le moteur du camion avait calé. Quelques cris sortaient de l'enchevêtrement de ferraille qui avait été la Mercedes. Couvert par les piaillements des oiseaux effrayés par le bruit de la collision. Un vol de flamants roses passa au-dessus du Volvo pour se poser gracieusement quelques mètres plus loin.

Malko enjamba une ridelle et se laissa tomber à terre. Immédiatement, il s'enfonça dans la boue gluante jusqu'aux chevilles. Il se releva à quatre pattes. Tacho braquait son Uzi sur lui. Mais il n'y eut aucune détonation. L'Ethiopien luttait fébrilement avec son arme, enrayée ou vide. Malko se releva, bondit vers la cabine, ouvrit la portière de droite, vit aussitôt pourquoi Sarah n'avait pas riposté.

Le pare-brise du Volvo était étoilé, sur toute sa longueur, presque opaque. L'Erythréenne, à genoux sur le siège droit, serrait encore son Kalachnikow plus grand qu'elle. De gros bouillons sanglants sortaient de sa gorge déchiquetée par une balle. Les yeux déjà vitreux, elle essaya de parler en voyant Malko, mais n'émit qu'un gargouillis atroce. Il vit vaguement Elmaz effondrée sur le plancher au milieu des derniers sacs d'or, et Dick Bruce affalé sur le volant, apparemment assommé. Malko prit doucement le Kalachnikow des mains de Sarah et sauta à terre.

Tacho l'aperçut. Sans même viser, Malko, serrant le Kalachnikow contre sa hanche, appuya sur la détente. Elle s'enfonça dans le vide. Sarah n'avait pas eu le temps d'armer.

L'Ethiopien, sans lâcher son Uzi, bondit aussitôt comme un lapin poursuivi par un chasseur, en direction de la rive du lac. Il avait sûrement d'autres chargeurs dans la Mercedes, mais Malko ne le laisserait pas aller jusque-là. Au moment où ce dernier allait ramener le levier d'armement en arrière, il entendit un râle venant de la cabine. Il se retourna aussitôt. Sarah essayait de sortir. Tacho attendrait. Il n'était plus dangereux. Posant le Kalachnikow contre l'aile du Volvo, Malko prit Sarah sous les aisselles. Avec d'infinies précautions, il la tira à terre, la cala contre le marchepied pour qu'elle ait la tête haute.

— Sarah, dit-il, *It's gonna be all right.* [1]

Le sang continuait à s'écouler de sa gorge. Il aurait fallu une trachéotomie, un chirurgien. L'Erythréenne toussa, cracha des bulles rouges. Elle s'étouffait avec son propre sang. Sa main chercha le poignet de Malko. Un brusque sursaut secoua son petit corps. Puis elle resta immobile, la nuque sur la cuisse de Malko. Insensiblement, la pression de ses doigts sur le poignet de Malko diminua. Il mit plusieurs secondes à réaliser qu'elle venait de mourir dans ses bras. Elle était encore tiède, souple, mais ses traits ne reflétaient plus aucune vie. Doucement, il lui ferma les yeux et se redressa, la gorge bloquée. Cela se terminait encore plus mal qu'il ne l'avait pensé.

[1] Tout va aller bien.

Le sergent Tacho s'était arrêté de courir, à une centaine de mètres, au milieu des oiseaux, son Uzi à bout de bras comme une matraque.

Un gémissement fit sursauter Malko, venant de la cabine. Il tourna la tête et aperçut Elmaz rampant sur le plancher, une énorme bosse sur le front, le visage brouillé de larmes. Vivante.

Il fit le tour, ouvrit la portière gauche. Dick Bruce était toujours prostré sur son volant. Une balle avait pénétré au-dessus de sa tempe gauche, sous les cheveux, le tuant sur le coup. Tout le côté gauche de son visage n'était plus qu'un masque rouge. Le sang s'écoulait encore lentement de sa blessure. A part le décrochement de sa mâchoire, on aurait pu croire qu'il était seulement assommé. Ses mains n'avaient pas lâché le volant. Il n'y avait plus rien à faire. Malko fit le tour, aida Elmaz à descendre. Elle titubait, disait des mots sans suite, le fixa d'un regard de folle, lui demandant qui il était.

Le choc l'avait rendue amnésique. Malko la fit s'asseoir sur le marchepied et dit doucement :

— Attendez-moi, Elmaz, je reviens.

Il arma le Kalachnikow. Le claquement métallique de la culasse poussant une cartouche dans la chambre lui réchauffa le cœur. Là-bas, le sergent Tacho l'observait, immobile au milieu des oiseaux. Malko se dirigea d'abord vers la Mercedes. D'un coup d'œil, il s'assura qu'elle ne contenait plus que des cadavres.

Broyés, écrasés par le choc, atroces à regarder. Il ne s'attarda pas. D'un pas tranquille et décidé, il se mit en marche vers le bord du lac. Aussitôt, Tacho détala comme un lapin, longeant le lac. Malko leva son Kalachnikow. A cette distance, il était sûr de ne pas le rater. Puis il rabaissa son arme. C'était une mort trop facile pour Tacho. Il fallait qu'il l'affronte en face.

Ce dernier courait, avec difficulté, dans la boue parallèlement à l'eau. Malko comprit qu'il voulait atteindre la rivière se jetant dans le lac et la traverser. De l'autre côté, il y avait une maigre végétation. Assez pour se dissimuler.

Malko se retourna : les deux véhicules enchevêtrés ressemblaient à une sculpture surréaliste dans le soleil couchant. Il continua à avancer. Il avait de plus en plus de mal à décoller ses pieds de la glaise noirâtre. Loin devant, Tacho avait presque atteint l'endroit où la rivière se jetait dans le lac. Le bruit de ses pas faisait fuir des centaines d'oiseaux perchés sur des bancs de sable.

Courant maladroitement dans la boue, il glissa, s'étala de tout son long, se releva, repartit. Malko continuait à avancer. Froid et déterminé. Avec le Kalachnikow il était sûr d'atteindre Tacho à deux cents mètres.

Mais il ne tirerait qu'à la dernière extrémité. Si l'autre était sur le point de lui échapper.

Il se mit quand même à marcher plus vite. Maintenant, il avait hâte d'en finir.

En quelques foulées, il fut épuisé. L'effort pour décoller ses pieds de la boue à chaque pas était gigantesque!

D'ailleurs, Tacho avait le même problème. Il tombait, se relevait de plus en plus souvent, traînant toujours l'Uzi à bout de bras comme un inutile fétiche. Arrivé à l'embouchure du lac, là où il y avait le plus d'oiseaux, il pénétra dans l'eau très peu profonde, semée de bancs de sable.

Il s'enfonça dans une meute de flamants roses qui s'envolèrent aussitôt et, soudain, Malko vit son rythme changer. Il avançait comme dans un film au ralenti.

La distance entre eux diminuait à vue d'œil.

Malko ne comprenait pas. Bien que les oiseaux ne s'enfoncent dans l'eau que d'une vingtaine de centimètres, Tacho disparaissait jusqu'aux genoux.

Il fit un pas en avant, levant une jambe très haut hors de l'eau.

Pendant quelques secondes, il demeura comme un échassier, en équilibre sur une jambe. Puis, il dut reposer la seconde qui s'enfonça immédiatement. Alors, il poussa un cri atroce.

Il était engagé dans des sables mouvants.

Malko s'arrêta. Le sergent Tacho se débattait furieusement, essayant de regagner le bord. Plus il remuait, plus il s'enfonçait. Inexorablement. Malko ignorait combien de temps il surnagerait avant de disparaître complètement.

Marchant doucement, il continua sa progression. Les cris désespérés de Tacho faisaient fuir les oiseaux. Un gros marabout, dérangé, s'envola lourdement pour aller se poser cent mètres plus loin. L'eau boueuse arrivait au-dessus des genoux de l'Ethiopien. Le visage déformé par la terreur, il regardait Malko avancer vers lui.

Trente mètres à peine les séparaient.

L'Ethiopien s'était ramassé sur lui-même, comme pour attendre le choc des balles. Voyant que Malko ne braquait pas le Kalachnikow sur lui, il se composa une expression suppliante et interpella Malko en anglais :

— *Please, help me* [1].

Malko ne broncha pas, fit comme s'il n'avait rien compris. Tacho continuait à crier. Sa voix devint plus aiguë, il se mit à vociférer, à injurier Malko, à sangloter. Puis à bout de forces et d'arguments, il fit tournoyer son Uzi au-dessus de sa tête et la jeta

[1] Aidez-moi, s'il vous plaît.

de toutes ses forces en direction de Malko. Ce dernier n'eut même pas à s'écarter. L'Uzi se plaqua avec un bruit humide dans la boue qui l'absorba en quelques instants. Tacho regarda l'arme disparaître, les yeux écarquillés d'horreur.

Puis il recommença à se plaindre, d'une voix de fausset, gémissante, ignoble. Sans que Malko émette un seul son pour lui répondre. Debout, embourbé jusqu'aux chevilles, le Kalachnikow dans la saignée du bras droit, le soleil couchant dans le dos, il observait Tacho. Une des bêtes les plus venimeuses qu'il ait jamais rencontrées. Lentement et inexorablement, l'Ethiopien s'enfonçait dans la boue glaciale, tapissant le fond de la rivière. Des oiseaux étaient revenus se poser autour de lui. Des pélicans, des flamants, des grues, toutes sortes d'échassiers aux cris discordants.

La mort était une chose habituelle dans la nature.

Un marabout haut comme un homme termina son vol lourd à trois mètres de Tacho et se percha dans l'eau à la même distance que Malko, observant l'homme qui allait mourir, la tête penchée. Tacho se tourna vers lui et l'injuria. L'oiseau se déplaça un peu plus loin, dans un grand battement d'ailes.

Le soleil descendait à toute vitesse sur l'horizon, comme toujours sous les tropiques.

Le sergent Tacho continuait de s'enfoncer, essayant de retarder l'enlisement, en étendant les bras sur l'eau. Il suppliait encore un peu, mais sans conviction. Même si Malko avait voulu le sauver, il ne l'aurait pas pu. Il aurait fallu une corde et plusieurs hommes. A perte de vue, il n'y avait que le glacis brillant entourant le lac et les oiseaux. Pas âme qui vive.

Le soleil avait presque disparu. Malko leva le Kalachnikow à l'horizontale, appuya sur la détente.

Laissant son doigt appuyé jusqu'à ce que le chargeur soit vide.

Les détonations se répercutèrent sur la savane, les oiseaux s'envolèrent en un majestueux nuage rose et les cris de Tacho cessèrent d'un coup. Malko jeta le Kalachnikow dans la boue et fit demi-tour.

Il se retourna, cent mètres plus loin. Le sergent Tacho avait le visage dans l'eau. Ses cheveux noirs flottaient à la surface. Un échassier venait de se poser à côté de lui allongeant son long bec vers cette chose insolite. Soudain, plusieurs centaines de flamants roses s'envolèrent avec des cris aigus et passèrent au-dessus du mort, comme un suaire rose et mouvant.

*
* *

— Je ne veux plus de cet or, murmura Elmaz en regardant les quatre sacs que Malko venait de sortir de la cabine. Il me dégoûte.

Il dégoûtait aussi Malko, mais ils avaient un long chemin à parcourir, du lac à Djibouti. L'or pourrait acheter leur liberté. S'ils parvenaient à le transporter. Il ne voyait pas comment.

— Nous allons en prendre un sac chacun, dit-il. Laissons le reste.

Il avait récupéré le Magnum dans la cabine, et l'avait glissé dans sa ceinture. Maintenant, il fallait faire vite. La disparition de Tacho serait remarquée. On se mettrait à sa recherche. Ils étaient obligés de fuir à travers la savane, vers le nord-est. Ils se mirent en marche vers la rivière. Comme elle était très encaissée, ils pourraient toujours s'y cacher.

— Si nous arrivons à Dire-Dawa, dit Elmaz, je connais des gens qui nous aideront là-bas.

Le côté gauche de son front avait doublé de volume,

la fatigue creusait ses traits, elle était sale et poussièreuse, mais arrivait quand même à garder son charme.

Malko se sentait vide. Il avait fermé les yeux de Sarah et de Dick Bruce, crucifié de les laisser là.

Au bout de vingt minutes, ils eurent rejoint la rivière. Là où s'était englouti le sergent Tacho, il n'y avait plus rien. Ils continuèrent à marcher en silence. Soudain, un kilomètre plus loin, à un coude de la rivière, Malko s'arrêta brusquement.

Un homme entièrement nu était en train de se laver dans la rivière. Un Blanc. Ses vêtements en tas près de lui. Sur l'autre berge, en surplomb, il y avait une Land-Rover blanche avec une croix rouge. L'inconnu l'aperçut et lui adressa un signe amical. En voyant Elmaz, il se tourna pudiquement. Malko avança jusqu'à lui.

— Bonjour, lui dit l'homme nu en anglais. Que faites-vous par ici? Vous avez eu une panne?

— Un accident, expliqua Malko. Au bord du lac.

C'était un grand jeune homme blond et barbu, avec de petits yeux bleus enfoncés. Il se sécha rapidement et commença à se rhabiller. Puis il tendit la main à Malko.

— Mon nom est Peter French. Je travaille pour l'O.M.S. Puis-je faire quelque chose pour vous?

— Certainement, dit Malko, nous allons dans la direction de Esbe Teferi et Dire-Dawa.

— Oh la la, ce n'est pas à côté. Mais je vais dans l'Ogaden et je peux faire un petit détour. Il faut s'entraider, dans ce pays.

Brusquement, Elmaz se mit à pleurer. L'émotion, la fatigue. Malko la prit par les épaules et la conduisit à la Land-Rover blanche. Le médecin les regardait, perplexe. Malko se tourna vers lui.

— J'ai quelque chose à prendre dans mon véhicule, pouvez-vous nous emmener jusqu'au lac?

— Bien sûr, fit l'autre, il y a un gué, un peu plus loin.

*
* *

— Mais qu'est-ce qui s'est passé?

Le docteur French contemplait, ébahi, l'enchevêtrement du Volvo et de la Mercedes. Malko revenait vers eux, tirant les deux derniers sacs de poudre d'or. Il les mit à l'arrière de la Land-Rover avec les quatre autres, puis se tourna vers l'Anglais :

— Je vais vous faire une proposition, dit-il. J'ai besoin de votre véhicule et je ne veux pas vous entraîner dans une aventure dangereuse. Je vais donc vous laisser ici, ou à l'endroit que vous désirez. En contrepartie, ces sacs vous appartiennent. Vous pourrez toujours dire que votre véhicule a été volé par des bandits...

Peter French ne quittait pas des yeux le Magnum passé dans la ceinture de Malko. Quelque chose lui échappait.

— Mais qu'est-ce qu'il y a dans ces sacs? demanda-t-il d'une voix mal assurée.

— Quatre-vingts kilos d'or, dit Malko.

— Mais vous êtes fou! sursauta le médecin. Ça vaut une fortune, je ne peux...

Malko lui adressa un sourire plein de tristesse.

— Je suis le dernier des Rois Mages, dit-il.

IMPRIMÉ EN FRANCE PAR BRODARD ET TAUPIN
7, bd Romain-Rolland - Montrouge.
Usine de La Flèche, le 15-02-1977.
1763-5 - N° d'Éditeur 10298, 1er trimestre 1977.